De Pétales & d'Eau Fraîche

Du même auteur

L'Iceberg & la Rose, Tome 1, roman, Autoédition, 2018

De Pétales & d'Eau Fraîche

TOME 2

Julie BAGGIO

Autoédition
ααα

Illustration : 2LI
Crédit photo quatrième de couverture : Teddy Dumont
Comm' un chat perché — Agence Sylvie Desfavries

Logo créé par Artza Studio

TEXTE INTÉGRAL

www.juliebaggio.fr

Merci à mon mari de me soutenir avec autant d'ardeur dans ce projet qui me tient tant à cœur. Dans mon ordinateur, j'ai gardé ce dossier vide que tu as intitulé « *__You are the best! I believe in you & I Love U! xxx* ». Grâce à toi, je souris chaque jour à sa lecture lorsque je m'installe pour travailler. Tu es mon *boost* permanent.

Merci à mes enfants : vous êtes bien trop jeunes pour lire cette romance ou pour comprendre réellement les événements qui se sont opérés ces deux dernières années. Alors, simplement, merci d'être là. Vous êtes mon rayon de soleil. Mon Amour le plus pur avec un grand A, ma plus belle Romance avec un grand R.

Merci à mes parents d'avoir toujours eu une confiance aveugle en moi. « Vous êtes exactement les parents que je voulais ».

Merci à ma Sœurette qui me montre si souvent, par ces nombreuses petites attentions, qu'elle croit très fort en moi. Je t'Aime fort ma Sœurette. La vie rêvée est à portée de mains pour nous tous.

Merci à mamie Raymonde, dite « mamie Loos », d'être ma meilleure commerciale !

Merci à mon *fratello* pour son soutien dans les moments les plus délicats et pour ses idées, disons, modernes… Tu peux y aller, la mule est là (deux fois), peut-être même le dragon. Je ne te donnerai pas les pages, tu devras le lire. Je n'oublierai pas ton pourcentage…

Merci à Julie Huleux, romancière, reine du *webmarketing*, Boss Lady, diva de la romance, pour son travail qui m'a fait gagner des années d'errance. Merci pour ses encouragements, son franc-parler, ses conseils, son talent et sa capacité à partager son savoir pour qu'enfin nous, petits auteurs autoédités, puissions trouver une vraie place.

Merci à Sylvie Desfavries pour ses talents de correctrice et son travail divin sur cette romance. Ses yeux de lynx ont traqué la moindre erreur tout en respectant le langage parlé des personnages tel qu'ils l'auraient réellement prononcé. Parfois, une conversation anodine un samedi matin peut conduire quelques années plus tard à une collaboration sur de nouveaux projets !

Merci à Lydie Wallon de 2LI pour cette deuxième couverture, bien au-delà de mes attentes, et surtout pour sa patience hors norme. J'ai hâte de commencer celle du dernier tome !

Et *last but not least*[1], MERCI à mes lecteurs et mes nombreuses lectrices pour vos commentaires si positifs, vos encouragements si agréables à recevoir et votre impatience si motivante. Nous ne nous connaissons pas personnellement pour la plupart, mais vous m'avez permis de remonter une pente si longue qu'elle n'en finissait plus.

Et enfin, merci à la vie pour ces mauvaises surprises qui en deviennent de bonnes…

[1] Enfin, mais non des moindres

À Bounty, dite Choupette,

qui m'encourageait, couchée sur mes pieds.

Nous ne t'oublierons pas…

Finir par le début...

Je me réveille aux côtés de Dorian. Nous n'avons pas bougé d'un centimètre depuis hier soir. Ses bras m'enlacent toujours. J'ouvre les yeux, j'hésite à me pincer pour vérifier que je ne suis pas en plein rêve. Notre histoire semble avoir débuté tant de fois sans succès que mon cœur oscille entre la peur que tout se fane avant le coucher du soleil et la joie d'être enfin officiellement dans sa vie. Pour ne pas l'éveiller, je me tourne doucement afin de lui faire face. Je peux l'observer sans être embarrassée, pour la première fois depuis deux ans.

Eh oui, je suis arrivée ici il y a presque deux ans : c'était le 28 février 2013. Après avoir fui la France en plein semestre pour oublier Anthony, mon chagrin d'amour du moment, j'ai décidé de prendre un nouveau départ. J'ai laissé Laure, ma meilleure amie, se *dépatouiller* avec nos dossiers de cours, pour un emploi en Angleterre. Après une longue route sous la pluie, j'ai franchi les grilles du domaine avec appréhension. J'ai découvert les pierres grises de ce château, son intérieur si sombre avec ses tapisseries et ses moquettes aux teintes rouges et vertes. Mon arrivée a été semée d'embûches : je n'étais pas la bienvenue parmi mes collègues. Je prenais la place tant convoitée par leur amie Claire. Bien sûr, j'ai rencontré Dorian, enfin *Monsieur*. *La Bête*[2] qui occupait les lieux y régnait au gré de ses humeurs, rendant chacune de mes interactions avec lui assez imprévisible.

---

[2] Référence au film d'animation des studios Disney : *La Belle et la Bête*

Bien plus tard, il m'a avoué être tombé très vite amoureux de moi, presque dès les premiers instants. Ça n'a pas été mon cas. Il m'intimidait ; j'étais troublée par ses regards si magnétiques. Pourtant, sans m'en apercevoir, je succombais petit à petit à son charme.

Mois après mois, nous nous sommes apprivoisés, nous avons appris à travailler ensemble, moi sous ses ordres. Je découvrais l'Iceberg et m'habituais à ses humeurs changeantes en fonction des courants. J'entrevoyais la face cachée d'un patron glacial, irascible, autoritaire, et pourtant si attirant. En contrepartie, il découvrait mon honnêteté et ma spontanéité parfois si piquante.

Nos différences rendaient l'idée d'une histoire improbable. Il était le riche châtelain, dirigeant d'une société prospère, tandis que je n'étais qu'une simple gouvernante qui aurait pu être sa fille. Lorsque nous nous sommes un peu trop apprivoisés, nous avons préféré nous éviter quelque temps, comme pour reprendre la main sur nos sentiments respectifs, ou le contrôle sur nous-mêmes. Il partait souvent à l'étranger ce qui nous permettait des moments de répit au cours desquels j'essayais de me convaincre qu'il était juste mon patron.

Une fois que nous nous sommes rendu compte que c'était peine perdue, nous avons baissé notre garde. Nous nous sommes rapprochés, nous avons appris à nous connaître jusqu'à ce qu'une relation autre que professionnelle devienne inévitable. Nous nous efforcions une dernière fois de rester sourds face à l'inéluctable. C'est alors que Suzanne, dont j'ignorais l'existence, est apparue…

Celle qui partageait sa vie depuis quelques semaines lors de mon arrivée au domaine lui avait servi de garde-fou pendant plus d'un an et il me l'avait bien caché. À peine m'avait-il avoué ses sentiments et son intention de la quitter, que je me retrouvais publiquement humiliée lors de l'annonce de leur mariage à venir. Je n'avais plus d'autre choix que de partir, disparaître au plus vite et repartir de zéro, encore.

Il fallut que Dorian comprenne à quel point il m'avait perdue pour qu'il la quitte. Il tenta désespérément de me persuader que nous étions faits l'un pour l'autre. J'ai résisté aussi longtemps que possible, meurtrie par ces deux années d'ascenseur émotionnel. Mais devant son acharnement pour me prouver qu'il était prêt à tout par amour pour moi, je n'ai pu m'empêcher d'arriver hier soir au château. Je n'étais pas invitée, mais je savais qu'il serait là à fêter le Nouvel An avec ses convives.

J'ai choisi une magnifique robe argentée étincelante dans mon magasin habituel. J'ai franchi les grilles, encore plus anxieuse que la première fois. J'ai laissé mes pas me guider vers la salle de réception. Son meilleur ami, Hadrien, m'a aperçue en premier. C'est un homme prudent. Il est conscient des différences entre Dorian et moi, mais je crois qu'il aimerait que cette relation évolue, surtout pour que son ami trouve enfin quelqu'un qui le rende heureux. Je suis flattée qu'il me pense à la hauteur de cette tâche. Dorian, averti par son complice, a ensuite remarqué que je marchais vers lui. À cet instant, son visage a affiché un regard étincelant ainsi qu'un sourire radieux comme je ne lui en connaissais pas encore. Au contact de nos mains, mon cœur a raté un battement. Lorsque je lui ai remis la bague de fiançailles qu'il m'avait offerte, il s'est évertué une nouvelle fois à me convaincre de lui laisser une ultime chance. Je me suis alors rendu à l'évidence qu'aucune résistance n'était envisageable, mon cœur ayant déjà succombé…

Jeudi 1er janvier 2015 : filer à la française

Je soulève délicatement la couette et je me presse vers la salle de bain. Dorian dort, je n'ai pas envie qu'il me voie nue. Malgré ces deux années écoulées, nous n'en sommes pas encore là. Je me brosse les dents avant de filer sous la douche. L'eau chaude qui ruisselle sur mes épaules me fait un bien fou.

Je tente de prendre conscience de ce qui m'arrive. J'ai quitté mes parents il y a deux jours pour me rendre au domaine. Je n'ai pas hésité un seul instant. Je suis venue sans savoir pourquoi, laissant mon cœur faire dès que j'ai aperçu Dorian. Je repense aux larmes qui, chaque matin, sous la douche, coulaient le long de mes joues, lorsque j'ai rejoint Laure en mai dernier. La douleur, la tristesse, le vide, m'habitaient jour et nuit. Comment ai-je pu revenir ? Comment ai-je pu supporter cette souffrance pour finalement envisager de lui laisser une chance de plus ? C'est assez simple en réalité : je ne me vois pas vivre sans lui, respirer sans lui, avancer sans lui. Il existe en moi. Je me sens perdue, inexistante, dès qu'il ne fait plus partie de mon horizon.

Ces deux dernières années sont passées si vite malgré toutes les mésaventures que j'ai pu vivre. J'ai comme une sensation de déjà vu : la même demeure, le même jour, le même homme allongé à mes côtés. Pourtant tout est si différent. Je ne peux m'empêcher d'espérer qu'il fasse bon usage de cette dernière chance, car je ne pourrai survivre à nouveau à une telle peine.

J'arrête l'eau de la douche, m'habille du peignoir blanc et bleu qui m'est si familier, puis entoure mes cheveux d'une serviette. Je retourne dans la chambre, il dort toujours. Je n'ai pas de rechange, tout est resté au B&B[3]. J'enfile mon boxer noir de la veille, j'ouvre l'armoire, à la recherche d'habits plus pratiques que ma robe de soirée. J'y retrouve les tenues qu'il m'avait payées ainsi que mon ancien uniforme, là où je les avais laissés en partant. Je frôle une des chemises. Ces vêtements, ces lieux me donnent l'impression de reprendre mon rôle de gouvernante pour ce patron si froid. Je plonge ma main à contrecœur dans la penderie alors que j'aperçois les affaires de Dorian sur le fauteuil. Je ferme les portes, m'approche puis me glisse dans sa chemise. J'enfouis ma tête dans le tissu, mon cœur accélère comme je sens son odeur. Je laisse volontairement les quelques boutons du col ouverts.

Légèrement vêtue, je m'avance vers le lit, m'assieds à ses côtés. Je caresse sa peau du bout des doigts, d'abord son épaule, son bras, puis sa main qui enlace alors la mienne avant que nos yeux ne se croisent. Son regard si hypnotisant, ses yeux bleus si miraculeux, me déstabilisent toujours autant. Je l'aime de tout mon être, jusqu'au bout des ongles.

— Bonjour, Allie, chuchote-t-il, ébloui par un rayon de lumière qui apparaît à travers le rideau dans un éclat presque féérique.

Ses yeux n'en sont que plus beaux. Je l'observe sans un mot comme lorsque le charme se rompt et que Belle reconnaît La Bête sous les traits d'un homme pour la première fois. Je vois Dorian devant moi, si différent, et pourtant le même que toutes ces fois où je l'ai croisé dans cette maison chaque jour.

— Est-ce que tout va bien ? s'inquiète-t-il de mon silence.

---

[3] Bed and Breakfast : chambre d'hôtes

— Parfaitement bien.

Je souris, habitée par un sentiment de légèreté.

— Petit-déjeuner ?

Ses doigts pincent le tissu de sa chemise posée sur mes épaules. Il m'incite à la lui rendre par un regard, mais je ne me laisse pas convaincre.

— Volontiers, je meurs de faim !

Il sort du lit, enfile son pantalon, me tend la main, le sourire aux lèvres. Il m'emmène hors de la chambre sans autre choix que de rester torse nu. Main dans la main, nous descendons l'escalier. Ce dernier est toujours orné de cette moquette grenat si moelleuse sous mes pas. Je ne me soucie plus d'avoir le droit de marcher pieds nus ou non. Arrivés en bas, Dorian me fausse compagnie.

— J'ai un appel à passer, déclare-t-il l'air mystérieux. Peux-tu nous faire des œufs à la coque, s'il te plaît ?

Certaines choses ne changent pas. Je souris en guise d'acquiescement avant de me diriger vers la cuisine. J'inspire profondément en entrant dans la pièce, comme un réflexe nécessaire pour m'aider à surmonter un stress. Elle est vide en ce lendemain de fête. Pourtant, j'y retrouve tellement de souvenirs : février et mon premier repas avec des collègues si distants à mon arrivée, ou encore en août lors de cette soirée avec *Monsieur* à cuisiner des œufs à la coque en sirotant du champagne. Malgré nos efforts, il était déjà difficile de rester à distance l'un de l'autre.

Tout est prêt quand Dorian réapparaît. Il s'approche, m'enlace puis dépose un baiser délicat sur ma joue. Il a pris une douche, s'est habillé d'un pantalon accompagné d'une chemise : pas de relâche pour le maître des lieux, même en ce premier janvier.

J'ajoute la théière sur le plateau. Pour plus d'intimité, il l'emporte avec lui vers sa salle à manger. Le dernier repas que j'ai orchestré dans cette pièce était celui durant lequel il présentait Suzanne à Hadrien et Diana Williamson. Volontairement, je m'assieds sur la place que Dorian occupait ce soir-là. Coupé dans son élan, il dévie son parcours pour s'installer face à moi. Nous déjeunons, silencieux, mais nos sourires parlent pour nous.

— Tu devrais peut-être boutonner ta chemise ? me suggère-t-il.

— Pourquoi, tu trouves que ce n'est pas professionnel ? Tu penses que l'équipe ignore encore que nous avons dormi ensemble ?

J'ironise, surprise par sa demande. Nous sommes seuls dans cette pièce où aucun employé ne se rendra en ce jour férié. Son visage affiche un sourire gêné. Pourtant, les deux boutons restés libres ne laissent pas entrevoir mon décolleté nu sous le tissu. Ma tenue est décontractée, idéale pour un réveil un lendemain de Nouvel An. Dorian paraît nerveux. J'imagine naïvement qu'il s'agit juste d'une réaction naturelle à notre nouveau statut.

Concentré sur son repas, il se lève d'un bond au retentissement de la sonnette. Il va ouvrir lui-même, une première depuis longtemps. Il échange avec un homme puis l'accompagne jusqu'à son bureau. Je ne reconnais pas la voix. Après un instant de silence, j'entends les pas de Dorian s'approcher jusqu'à ce qu'il passe la tête par l'entrebâillement de la porte pour me demander de le suivre. Encore une fois, il reste bien énigmatique. Je m'exécute, presque anxieuse. J'entre dans la pièce ; j'y découvre un homme assis dans un fauteuil et qui m'est vaguement familier : veste en velours, grosses lunettes, calvitie mal cachée. Dorian recule une chaise pour moi. Je m'installe, disciplinée, tandis qu'il commence à me parler en anglais.

— Laisse-moi t'apporter un pull.

— Non, merci.

Je refuse uniquement pour le déstabiliser, ravie de constater que cela fonctionne au-delà de mes espérances.

— Très bien, répond-il terriblement gêné. Allie, monsieur Brookestow a gentiment accepté de se déplacer à la dernière minute pour nous voir aujourd'hui.

Il m'observe avec insistance, l'air inquiet. Grâce au nom, la mémoire me revient et avec elle, la méfiance. J'aimerais comprendre. Cet homme avait, comme toutes les personnes qui entrent dans ces murs, une fiche à son nom, l'une des nombreuses fiches que j'ai dû apprendre par cœur en arrivant, telle une employée modèle.

— Peux-tu m'expliquer ce qui nous vaut l'honneur de la visite de ton notaire un premier janvier alors que je n'ai même pas terminé mon petit-déjeuner ?

— Monsieur Galary m'a appelé tout à l'heure afin que je vous prépare un contrat protégeant ses biens. Il a dû vous en parler. Je l'ai rédigé, vous n'avez plus qu'à le signer.

J'écoute, incrédule, pendant que mes yeux se posent sur le document qu'il me tend en deux exemplaires. Je lis les premières lignes rapidement avant de me concentrer, interloquée sur le court paragraphe central.

Je soussignée, Alice Delonnay, certifie par la présente que je ne tirerai profit d'aucun des biens mobiliers ou immobiliers de monsieur Dorian Galary.

Si un mariage venait à être prononcé entre les deux parties citées ci-dessus, ce présent contrat serait alors caduc et se verrait remplacé par un contrat de mariage.

Si au cours de la relation avant mariage qu'entretiennent les deux personnes précitées, une grossesse venait à se déclarer, l'enfant ne serait pas reconnu par monsieur Galary, et aucun héritage ne pourrait lui être concédé.

Je survole les dernières lignes avant de lever les yeux vers Dorian. Il baisse le regard face à mon air fâché et s'adresse à moi en français. Il évite ainsi que le notaire ne comprenne ses excuses aussi maladroites que son papier.

— Je ne veux pas que tu interprètes mal mon geste, Allie, mais comprends-moi, je dois protéger mes acquis.

Pour que chacun profite pleinement de la conversation, je réponds en anglais.

— Même si j'aurais aimé en être informée, je comprends ta démarche, mais je ne signerai pas, pas celui-là, en tout cas. Monsieur Brookestow, pourriez-vous rédiger un autre document que je vous dicterai ?

— Oui, c'est possible, bien entendu.

— Très bien, alors écrivez, s'il vous plaît. Moi, Alice Delonnay, m'engage à ne profiter d'aucun bien, quel qu'il soit, de monsieur Dorian Galary : propriétés, véhicules, argent, entreprises et autres. Je vous laisse déterminer la liste. Je ne serai admise à me trouver au domaine qu'en tant qu'invitée lors d'événements particuliers, au même titre que les autres personnes présentes. Je devrai libérer les lieux aussitôt lesdits événements terminés. Je m'engage à n'accepter aucun cadeau de la part de monsieur Dorian Galary : fleurs, vêtements, bijoux. Encore une fois, vous ferez une liste. Si des frais étaient dépensés de manière commune : vacances, additions de restaurant, sorties, etc., ils seraient bien évidemment partagés à parts égales. Si monsieur Galary venait à décéder durant notre relation, aucun héritage ne serait réclamé par mes soins. Pour finir, afin d'assurer qu'aucun enfant ne naisse de cette union hors mariage, je m'engage à respecter une abstinence totale avec monsieur Galary. Je vous laisse présenter tout cela avec les termes qui vous semblent adéquats.

Un silence de mort résonne dans la pièce, je n'entends que le bruit de la plume sur la page. Monsieur Brookestow finalise sa rédaction durant d'interminables minutes avant de me soumettre le document. Je le relis rapidement, le signe aussitôt puis le tends à Dorian.

— Voilà, tu n'as plus qu'à signer là. Monsieur Brookestow, vous m'adresserez la facture de votre déplacement du jour, comme mentionné plus tôt. J'en règlerai la moitié. Je laisse le soin à monsieur Galary de vous transmettre mes coordonnées. Messieurs, veuillez m'excuser : d'après ce document, je n'ai rien à faire ici sans que nous ne considérions que je profite des lieux. Je vais donc aller mettre des sous-vêtements, des chaussures, reprendre mes affaires et quitter les lieux sur-le-champ. Je vous souhaite une excellente journée.

Je me lève, sors du bureau immédiatement, arrive dans ma chambre en hâte, remets mes vêtements de la veille, attrape ma pochette, avant de sortir de la pièce. Je descends l'escalier d'un pas décidé, pends sa chemise à la rampe puis pars de la maison alors que la porte du bureau s'ouvre. Je rejoins ma voiture au parking des invités lorsque j'entends sa voix.

— Allie, attends !

J'aperçois le notaire qui se faufile dans son véhicule, gêné d'être témoin d'une telle scène.

— Non Dorian, je pars. Tu n'auras qu'à me faire signe quand tu auras vraiment confiance en moi, si c'est le cas un jour.

— Allie, voyons, j'ai confiance en toi.

— C'est évident ! Bonne journée, Dorian.

J'entre dans le garage, m'installe au volant, démarre en trombe et le frôle sur l'allée de cailloux en désertant le domaine. *Philibert*, ma petite citadine rouge, fait les frais de ma conduite nerveuse. Je hais Dorian si fort à cet instant. J'accélère, il m'agace, m'horripile. Je n'ai qu'une idée en tête : prendre sa photo, l'accrocher sur un punching-ball pour taper dessus de toutes mes forces. Je me gare devant le B&B, claque la portière avant de rejoindre ma chambre avec la même énergie malgré ma robe de soirée. Cendrillon s'est fâchée avec son Prince.

Aussitôt la porte passée, je me change, jeans et tee-shirt sont bien plus adaptés pour boxer son joli visage. À défaut de punching-ball, je range mes affaires puis m'installe sur mon lit pour répondre aux nombreux messages habituels, reçus après minuit. Elle commence bien cette nouvelle année…

Je n'ai pas le temps d'en envoyer un seul que quelqu'un frappe à la porte. Je me lève, interrompue dès les premières secondes de ce moment de calme après la tempête.

— *I'm coming*[4], dis-je machinalement.

J'ouvre pour me trouver nez à nez avec Dorian. Comme un réflexe face à un danger, sans réfléchir, je referme aussitôt la porte, moi-même surprise du geste. Il frappe à nouveau, je n'ai pas bougé, pourtant j'attends un instant avant de lui ouvrir. J'appuie enfin sur la poignée. Je reste muette, mon regard droit dans le sien, le menton légèrement relevé, les épaules droites.

— Je peux entrer ?

Je ne bouge pas.

— Excuse-moi, Allie.

Je ne réponds toujours pas, il ne va pas s'en tirer si facilement.

---

[4] J'arrive

— Je n'ai pas pris le temps de réfléchir, j'ai eu peur de ta réaction, je crois. Tu comprends, tu pars demain, je devais agir dans l'urgence, poursuit-il très maladroitement.

C'est tout ? Il ne regrette pas son torchon ? Il n'avait juste pas le choix parce que je pars demain ? C'est à moi de comprendre ? Je reste bouche bée, incapable de savoir quoi lui répondre ou comment réagir. Suis-je réellement la fautive, à penser qu'il a eu tort de me faire signer son soi-disant contrat sans m'en parler au préalable ? Suis-je trop exigeante ? Après tout, il m'en aurait parlé, je l'aurais certainement signé son papier. Non, je refuse de laisser passer ça, il n'a pas confiance en moi, ni pour aborder un tel sujet ni pour pouvoir se passer d'un notaire pendant quelques jours. Comment peut-il me croire intéressée à ce point ? Après Suzanne, la reine des profiteuses, comment peut-il me faire un tel affront ? Je sens la colère bouillir en moi, ne sachant pas quoi lui répondre sans m'emporter, je préfère couper court. Je referme la porte sans un mot.

— Allie, s'il te plaît, j'aimerais discuter, implore-t-il depuis le couloir.

Je laisse le silence répondre à ma place.

— Allie, ouvre-moi, s'il te plaît. Tu ne peux pas tout arrêter juste pour un désaccord !

Décidément, il ne comprend vraiment rien. J'ouvre la porte.

— Je discuterai quand tu auras compris ton erreur, et d'après ce que j'entends, tu en es loin. Pour le moment, je te conseille de te taire et de partir. À chaque mot que tu prononces, tu aggraves ton cas. Au revoir, Dorian, dis-je avant de refermer une dernière fois la porte sur lui.

Comment peut-il passer de l'homme de mes rêves à l'homme le plus agaçant de la terre en à peine deux heures ? J'écoute ses pas qui s'éloignent dans le couloir. Il est parti sans un mot, il a laissé tomber vite, trop vite, ça ne lui ressemble pas. Je m'attends à une contre-attaque de sa part. Pour le moment, je vais retourner à mes textos de bonne année, allongée sur le lit. Ils ont un effet anti-stress très efficace. Je finis même par m'endormir sur ma couette en imaginant une photo de Dorian qui se serait échouée sur le sol après avoir été rouée de coups.

Je me réveille au bout de deux heures de sieste, affamée. Je vais me rafraîchir un peu avant de prendre la direction du seul pub du coin ouvert tous les ans un premier janvier. Je suis presque surprise de ne voir aucune trace de Dorian devant le B&B.

Une fois sur place, je commande un *fish and chips*[5] avec une bière. Je pars m'installer dans un coin avec mon verre, dos à la salle. Je ne suis pas d'humeur à me faire aborder par des habitués avinés en manque d'affection en ce début d'année. À peine quelques minutes se passent-elles que me voilà déjà la proie de l'un d'entre eux. Je sens sa présence juste derrière moi. Je prépare une réplique polie mais ferme quand mon plat se pose devant mes yeux. Sur mes gardes, j'ai failli agresser ce pauvre serveur. Lorsqu'il retire sa main, je remarque la manche de costume, un peu trop classe pour ce pub. Je relève les yeux. Sa seconde main dépose une bouteille de bière que je ne connais pas. Sur l'étiquette, le logo représente une rose. Plus de doute, je lève la tête pour remercier ce serveur qui, comme je le sais déjà, n'est pas de la maison.

— Tu te lances dans la restauration maintenant ?

— Puis-je me joindre à toi ?

— Je ne suis pas certaine que ce soit autorisé pendant ton service.

Il s'assied, un léger sourire aux lèvres en réponse à ma remarque.

---

[5] Filet de poisson frit servi avec des frites

— J'aimerais discuter si tu me le permets.

— T'es déjà assis, il me semble. Quelqu'un a écourté mon petit-déj' ce matin, alors je meurs de faim. Tu m'excuseras, mais je vais dîner. T'as qu'à parler pendant ce temps-là. On verra si j'ai envie d'écouter.

— Allie, tu connais ma situation. Tu sais que je bénéficie d'une certaine aisance financière.

— Jolie formulation.

— J'ai confiance en toi, mais dans une position comme la mienne, je me dois de prendre des précautions.

— Et t'es tellement habitué à *prendre des précautions* que ton notaire a juste ressorti la copie qu'il a fait signer à Suzanne ainsi qu'aux autres avant elle, n'est-ce pas ?

Il baisse les yeux vers ses mains jointes sur la table, avouant ainsi que je suis la seule à l'avoir eu entre les mains, cette fameuse précaution. *Monsieur* est doublement coupable. Je pose ma fourchette et m'adosse à la chaise.

— Dorian, mets-toi à ma place deux minutes. Tes amis me voient comme un morceau de viande fraîche intéressée par ta fortune, dont tu vas vite te lasser, briseuse de ménage par-dessus le marché. Nous sommes en couple depuis moins de vingt-quatre heures et tu prends la décision de me faire signer un contrat sans m'en parler au préalable. Alors que la femme la plus intéressée que je connaisse n'a pas eu à signer ton torchon. À ton avis, comment j'ai interprété ton geste ?

— C'était maladroit, je le reconnais.

— Me dire pendant le petit-déj' que comme je partais demain, tu allais faire venir ton notaire en urgence pour me faire signer ce papier aurait été maladroit. Ce que tu as fait ce matin n'était pas maladroit, c'était totalement irrespectueux. J'aimerais comprendre. Pas ton papier : je te le signe tout de suite, je me moque de ce contrat, mais j'aimerais comprendre quelle mouche t'a piqué pour agir comme ça.

— Un mauvais conseil reçu durant la soirée d'hier.

— Mal appliqué en tout cas, ce conseil. Hadrien ?

— Non, il ne m'aurait jamais préconisé de faire une chose pareille. Au contraire, je l'ai contacté en rentrant de ton B&B. Il m'a ouvert les yeux.

— Il y a au moins un de tes proches qui a du bon sens et qui ne me déteste pas. Depuis quand un homme comme toi, qui s'est construit tout seul, a-t-il besoin qu'on lui dicte ce qu'il a à faire ?

— Depuis que j'ai accepté qu'une femme transperce mon armure.

— Un pauvre prince sans armure, je vais te plaindre.

Le serveur nous interrompt pour prendre la commande de Dorian.

— Tu n'as pas peur que je pique dans tes frites ?

Il sourit devant mon ironie. Je reprends mon repas sans attendre que le sien soit servi.

— J'ai manqué de discernement. Est-ce que tu me pardonnes ?

— J'appellerais plutôt ça : être stupide, mais c'est toi qui vois. Si ça doit fonctionner entre nous, il faut qu'on apprenne à communiquer. Promets-moi de ne plus jamais agir derrière mon dos comme ça. Dorian, hier soir, je t'ai dit que cette chance était la dernière. J'étais sérieuse. Tu commences très mal.

— Je peux t'assurer que j'ai compris. Pardonné ?

— Oui, je te pardonne, mais c'est ton ultime maladresse. Ma tolérance a des limites surtout quand tu me confonds avec Suzanne.

Il baisse les yeux.

— Ton notaire va se souvenir de ce premier janvier.

— Il va surtout se souvenir de toi. Encore une fois, tu t'es montrée piquante, une jolie rose pleine d'épines.

— Si tu aimes plonger la main la première dans les rosiers, c'est ton problème. La prochaine fois, mets des gants.

Nous sourions, l'ambiance se détend légèrement. Avant de le pardonner totalement, il me reste un point à éclaircir.

— Et alors, ce contrat ?

— Quel contrat ? répond-il, l'air innocent.

— Non, mais sérieusement. Je suis prête à en signer un, si c'est important pour toi. Tant que nous discutons ensemble des termes avant.

— Nous verrons ça plus tard, nous ne sommes pas pressés.

Le serveur lui apporte son assiette. Nous gardons le silence jusqu'à ce qu'il s'éloigne.

— Il y a environ un an, une jeune femme m'a fait découvrir cet endroit. C'était une soirée étrange, j'étais à la fois triste et heureux ; je rêvais de l'embrasser même si je savais que c'était inutile puisque ça ne marcherait jamais entre nous.

— C'est dommage d'avoir des a priori sur une relation qui n'a pas encore commencé.

— Tu étais si jeune, comment pouvais-tu t'intéresser à moi ?

— Et aujourd'hui, j'ai vieilli et toi non, c'est ça ?

Il acquiesce, le regard dans son assiette, comme piégé par ses propres mots.

— Touché, je ne sais pas. J'avais cette idée insensée dans la tête depuis des mois que toi et moi, nous n'avions aucune chance. Peut-être que si j'avais réfléchi à nous autrement, j'aurais tenté de te séduire bien plus tôt. Je me serais séparé de Suzanne dès le début. Nous nous serions évités toute cette année d'attente, de déceptions, mais aussi de souffrance.

— Mais ça n'aurait pas duré deux jours.

— Peut-être.

— Il faut voir le bon côté des choses : nous avons appris à nous connaître, à nous aimer, à nous détester même. Maintenant, nous savons où nous allons. Et puis, j'ai une excellente histoire à raconter à mes futurs petits-enfants quand ils me demanderont comment nous nous sommes rencontrés.

— Laisse-moi devenir le père de tes enfants avant d'envisager les petits-enfants.

Je rougis, consciente de l'aspect prématuré de mes mots ; après tout, nous sommes ensemble depuis moins de vingt-quatre heures. Nous restons silencieux un moment, le regard plongé dans celui de l'autre, tentant de comprendre ce qui nous arrive.

Quelques minutes plus tard, nous changeons de sujet pour régler les détails de mon départ du lendemain. Dorian m'accompagnera jusqu'à Douvres tandis que James nous suivra dans la limousine. Il me laissera passer mes partiels tranquillement. Il en profitera pour gérer les urgences professionnelles, tout en me promettant de venir me voir très rapidement. Je range les gants de boxe pour cette fois.

Sur le chemin du domaine, nous passons au B&B. J'y récupère toutes mes affaires puis dépose la clef à l'accueil en partant. Une fois au manoir, Dorian me rejoint dans le garage des invités où j'ai garé ma voiture.

— Laisse-moi porter ta valise. Au moins, je suis certain que tu ne t'échapperas pas cette fois.

— S'il le faut, je suis prête à l'abandonner. J'ai mis mes Converse, la tenue idéale en cas d'urgence. Cendrillon n'avait pas compris ça : on ne s'enfuit pas avec des pantoufles de *verre*[6].

Souriant, il m'invite à m'installer dans le petit salon pendant qu'il apporte mes bagages dans sa chambre. Les armes ont été déposées pour ce soir, remplacées par quelques gouttes de champagne. Aucun de nous n'a envie que les heures passent ni que demain arrive, même si l'horloge en a décidé autrement.

Deux heures plus tard, nous quittons le salon puis rejoignons sa chambre main dans la main comme s'il avait peur que je me dérobe. Aussitôt la porte passée, je suis mal à l'aise. Même s'ils ont disparu, je revois les coussins ainsi que les photos de Suzanne. Je me retrouve à sa place, dans ce lit qu'elle a partagé de nombreuses nuits avec lui. Dorian éteint la lumière avant de m'enlacer. Tous mes muscles se crispent à son contact. Il m'embrasse, mais mes lèvres ne répondent presque pas.

— Est-ce que tout va bien ?

— Oui.

— Tu en es sûre ?

— Oui, je suis juste un peu fatiguée.

— Repose-toi, ta route sera longue demain. Bonne nuit, Allie.

— Bonne nuit, Dorian.

---

[6] Allie pense à la pantoufle de verre de l'adaptation du film d'animation *Cendrillon* par les studios Disney et non à la version originale du conte de Charles Perrault, qui fait l'objet d'une controverse sur la matière des pantoufles qui auraient été *de vair* et non *de verre*.

Je n'ai pas le temps de fermer les yeux qu'il chuchote à mon oreille.

— Tout à l'heure, tu as dit que nous avions appris à nous détester. Je comprends que ce soit ton cas, mais celui que j'ai détesté c'est moi, de t'avoir fait souffrir et certainement de t'aimer à ce point. Je ne t'ai jamais détestée, je n'ai fait que t'aimer.

Je serre davantage ses doigts entre les miens en guise de réponse, puis m'efforce en vain de m'endormir dans cette chambre qui, contrairement à ce que j'aurais voulu, me rappelle tant de mauvais souvenirs. À la fin de cette première journée, nous devrions être heureux. Pourtant ce soir, je ne ressens ni étoile dans les yeux ni papillon dans le ventre. Serais-je en train de commettre une erreur ?

Janvier : toutes les portes mènent au romantique

Me voilà seule à attendre pour l'embarquement. J'ai profité le plus longtemps possible de Dorian. Il me reste à peine trente minutes à patienter sur le port. Je n'ai pas le temps de descendre de ma voiture pour aller prendre un café. Assise au volant, je suis envahie par toutes sortes de sensations. Malgré cette première journée mitigée, une chose est certaine : je suis folle amoureuse de Dorian. Nous nous sommes dit au revoir il y a moins d'une vingtaine de minutes, mais il me manque déjà terriblement. Mon ventre est noué et mon cœur est lourd. J'ai l'impression de le quitter pour toujours. Nous avons eu du mal à nous séparer même si nous savons que nous nous reverrons très bientôt.

Un klaxon retentit me faisant sortir de mes pensées. Le véhicule qui me précède est déjà loin devant. Je reprends mes esprits puis en guise d'excuses, lève la main vers mon rétroviseur intérieur à l'attention du conducteur impatient. Mécaniquement, je suis les directions des agents alors que la voiture s'enfonce dans le bateau. Je prends mon sac à main en repérant ma place : porte B, escalier vert, rangée du milieu.

Comme à mon habitude, je vais sur le pont admirer le paysage pour le départ. Nous ne sommes que quelques-uns à braver la pluie et le froid. Les machines ne tardent pas à se mettre en marche. Des remous remontent le long de la coque. Bientôt, le bateau vibre, fait sa manœuvre et sort doucement du port.

Nous longeons les falaises blanches de Douvres. J'aperçois au loin, en haut de l'une d'elles, une forme adossée à une voiture. Le véhicule est particulièrement long et sombre. Dorian m'observe certainement sans me voir, nos regards trop éloignés pour nous distinguer se croisent pourtant, alors que j'entends ses lèvres murmurer un « je t'aime ». Mon téléphone vibre dans ma poche pendant que le ferry s'éloigne définitivement des côtes anglaises.

— Bon voyage, reviens-moi vite. Dorian

— Merci, tu me manques déjà.

Je m'assieds au chaud à proximité de grandes vitres. Je profite de la vue en sirotant mon thé quand une demoiselle s'adresse à moi. Elle dépose sur la table un plateau avec un chocolat chaud recouvert de chantilly, ainsi qu'un muffin accompagné d'un cadeau. Surprise, je lève la tête en sa direction. Sans que j'aie le temps de lui répondre, elle poursuit.

— Il a dit que vous comprendriez. Bonne traversée.

Elle s'éloigne déjà, me laissant seule face à mon muffin et ce paquet cadeau que j'ouvre délicatement. Plusieurs personnes m'observent, intriguées par cet échange. Je découvre une trousse à l'effigie de *La Belle et La Bête* vêtus de leurs habits de bal. Décidément, il disait ne pas avoir été vexé par la comparaison lorsque je l'avais mentionnée presque par inadvertance une nuit d'août, mais sa mémoire n'a pas oublié ce parallèle. Mon petit trésor entre les mains, je souris, attendrie par cette attention aussi mignonne qu'inattendue alors qu'un passager, à la table voisine, s'adresse à sa femme.

— Tu te plains toujours de mes cadeaux : tu vois, certaines sont heureuses avec juste une trousse.

— Vu le sourire de la dame, c'est bien plus qu'une simple trousse, mais décidément, tu ne comprends pas grand-chose aux femmes.

Je termine mon muffin au moment où le capitaine annonce que nous approchons de Calais. Je jette un dernier coup d'œil par la vitre pour contempler cette mer qui nous sépare avant de me tourner vers le couple toujours assis.

— Je vous confirme, c'est bien plus qu'une simple trousse.

J'emporte mon sac ainsi que mon trésor bien au chaud tout contre mon cœur, puis je rejoins ma voiture. Une fois installée au volant, je consulte mon téléphone qui a retrouvé le réseau français, lorsqu'un message s'affiche.

— Malheureusement, le choix était maigre dans la petite boutique du bateau. J'espère qu'il a été à la hauteur de mes espérances.

— C'est le cadeau parfait ! Une partie de toi m'accompagnera en permanence lors de mes journées de cours. Merci.

J'hésite à terminer par un « mon amour ». Le véhicule de devant avance et je pose mon téléphone pour le suivre. Je souris en imaginant la réaction qu'il aurait pu avoir : après les « Monsieur », les « Dorian », il sera peut-être bientôt temps de passer à quelque chose d'un peu plus intime.

Après avoir roulé plusieurs heures, j'arrive chez mes parents. Pendant le repas, ma mère se montre curieuse au sujet de ma soirée. Elle ne tarit pas d'éloges sur l'homme charmant qui était venu leur rendre visite en octobre dernier. Pourtant, je n'ose pas mentionner ma relation naissante avec lui.

— C'est Dorian son prénom, c'est ça ?

— Oui, mais ça se prononce *Doriane,* à l'anglaise.

— Oui, bien sûr. Peut-être qu'un jour tu nous diras ce qu'il s'est passé quand tu es partie la dernière fois ?

— Je voulais reprendre mes études, c'est tout.

– C'est vrai qu'en avril, c'est le meilleur moment pour commencer une année scolaire. J'ai fait du dessert, tu en veux ?

Elle change de sujet et j'apprécie. Je sais bien qu'ils ont compris que je n'étais pas au meilleur de ma forme lors de mon retour il y a neuf mois. Ils n'ont aucune idée de ce qu'il s'est passé, encore moins de l'annonce du mariage de Dorian avec cette Suzanne, *Javotte,* comme l'appelait Hadrien. Même si j'aimerais leur expliquer, leur annoncer que Dorian et moi, nous sommes ensemble maintenant. Pour le moment, ça me paraît bien trop prématuré. Après tout, notre relation ne fait que commencer et malgré moi, je dois bien avouer que j'ai peur de leur réaction.

Nous passons un bout de la soirée devant un film de Noël comme il en passe tous les ans en cette saison. Dès la fin du générique, je pars me coucher. La journée a été longue.

Je m'éveille samedi matin, prends un rapide petit-déjeuner avant de remonter travailler dans ma chambre. Mes partiels commencent lundi et avec tout ça, je ne suis pas tout à fait au point.

Mes parents ont invité les membres de notre famille à déjeuner pour fêter cette nouvelle année. Je ne les ai pas vus depuis un an. J'étais partie du domaine la boule au ventre en cette veille de Noël, Dorian avait l'air si triste, seul dans son grand manoir. Je ne peux m'empêcher d'imaginer ce que ça aurait donné s'il avait accepté mon invitation de dernière minute pour passer les fêtes avec nous. Nos habitudes de Français l'auraient certainement surpris, notre simplicité également : pas de salle de réception, de lustres étincelants, de marbre et d'or ; pas de robes hors de prix, ni de limousine. Une ombre passe sur mon visage ; je me sens tellement insignifiante à ses côtés. Peut-être que cette rencontre entre nos deux mondes n'aura jamais lieu ? Peut-être sont-ils incompatibles ?

Mes grands-parents me sortent de mes pensées. Bien sûr, nous nous sommes parlé ces derniers mois, mais ils veulent que je leur raconte ma vie. Mon expérience en tant que gouvernante en Angleterre, mon été dans le sud de la France et surtout, ma reprise d'études depuis septembre.

— Dis-nous tout, tu as un petit copain ? me demande ma grand-mère.

Surprise par la question, j'essaie en vain de retenir le sang qui monte le long de mes joues, mais il est inutile de tenter de duper les yeux experts de ma mamie.

— Ah ! Tu rougis, il y a quelqu'un dans ta vie ! Je te taquine, tu n'es pas obligée d'en parler. En tout cas, c'est très bien. À ton âge, il faut avoir un petit copain. Quelqu'un qui te ressemble, pour s'amuser, aller danser. Enfin, je ne sais pas ce qui est à la mode chez vous les jeunes, maintenant. De mon temps, ma mère nous accompagnait même pour aller au cinéma, alors c'était différent. En plus, avec tous les divorces qu'il y a de nos jours, il vaut mieux avoir eu plusieurs copains avant de se marier. Comme ça, on est sûr que c'est le bon.

— Maman ! proteste ma mère.

Je sens les regards posés sur moi, mais face à mon silence, les invités changent de sujet. Après leur départ, je repense aux mots de ma grand-mère : « quelqu'un qui te ressemble », « vous les jeunes ». Dorian n'est pas vieux, il est juste *plus* vieux ou moins jeune. Seize ans d'écart, j'avais à peine deux ans le jour de ses dix-huit ans. *Brr*, je frémis à cette idée. Je débarrasse la table en silence. Lorsque ma mère me demande si tout va bien, je lève le regard en sa direction pour m'apercevoir que mes deux parents m'observent depuis quelque temps. Je brouille les pistes en proposant une soirée gaufres puis m'échappe avec le bon prétexte de mes partiels à réviser.

Après trois heures de travail inefficace, faute de concentration, je profite d'une dernière soirée en compagnie de mes parents. Une bonne gaufre, rien de mieux pour réchauffer les cœurs et vous rendre le sourire. Nous échangeons sur des souvenirs de mon enfance puis je vais au lit. Je réponds au message de Dorian en lui souhaitant une bonne nuit. Le dimanche matin, je pars de bonne heure. La route est longue, je dois me coucher tôt pour mes partiels du lendemain. Les embrassades durent, je sais que c'est toujours un déchirement pour mes parents de me voir partir.

Me voilà enfin rentrée. Laure est arrivée hier, mais elle n'est pas là. Je soupçonne un passage chez Thibaut. Ces derniers temps, ils se sont rapprochés discrètement, mais j'étais trop occupée à chasser Dorian de mon esprit pour y prêter attention. Je préviens mes parents de mon arrivée, range mes affaires et prépare un repas rapide. Sans grande surprise, vers 21 heures, Laure apparaît. Elle me raconte ses vacances devant un plat de pâtes froides qu'elle ne prend pas la peine de réchauffer. Je la taquine sur son absence lors de mon arrivée jusqu'à ce qu'elle confirme mes soupçons. Elle m'explique qu'avec mes histoires de *crapaud*, elle a préféré ne pas m'étaler son bonheur au visage.

— Alors tes vacances ? me demande-t-elle.

— Oh rien de spécial. J'ai passé du temps avec mes parents, j'ai vu ma famille…

Laure se lève, marche jusqu'à la cuisine alors que je poursuis.

— J'ai passé le Nouvel An avec mes anciens collègues en Angleterre, j'ai rendu la bague de fiançailles à Dorian et nous sortons ensemble, pour de vrai cette fois.

Laure passe la tête par la porte de la cuisine.

— Quoi ?! Répète !

— Dorian et moi, nous sommes ensemble.

— T'es pas sérieuse ?!

— On ne peut plus !

— Aaaahhhhhh !

Laure court vers moi en criant pour me serrer dans ses bras. Elle me pose des tonnes de questions. Je lui explique la soirée du Nouvel An, ma robe qui brillait de mille feux, mon cœur qui battait à en arracher les coutures, notre nuit l'un contre l'autre puis la visite surprise du notaire.

— Attends, il voulait te faire signer quoi ?

— C'est comme un contrat de mariage, mais pour les gens pas mariés.

— Ça existe ça ?

— J'en sais rien, mais maintenant oui.

— Et ça dit quoi ?

— Ça dit que je ne peux pas profiter de son argent ni lui faire un enfant dans le dos.

— Sympa l'ambiance. Ce n'est pas top finalement de sortir avec un mec riche. Tu as signé ?

— Non, j'ai dicté au notaire une autre version que j'ai signée.

— Une version qui te ressemble, je suppose ?

— J'ai fait écrire que je n'étais même pas autorisée à venir chez lui ou à m'asseoir dans sa voiture, et que je souhaitais une abstinence totale pour éviter toute grossesse.

— Ha, ha ! Je t'adore, t'es géniale. Il va s'en souvenir, le mec. Au fait, il t'a raconté un peu comment ils se sont séparés avec la *Javotte*. C'est lui ou c'est elle ?

— Non, aucune idée. C'est vrai que j'ai pensé que c'était lui, mais j'en sais rien.

— Ça promet une belle soirée romantique la prochaine fois que vous allez vous voir. Désolée d'avoir posé la question ! Bon, allez bichette, je vais au lit.

Je reste sur le canapé, les yeux rivés sur l'écran. Je n'ai pas la moindre idée du film qui passe. Je pars me préparer machinalement avant de me coucher. Je reçois un message de Dorian me souhaitant une bonne nuit. Je fixe le téléphone quelques minutes avant de répondre puis de l'éteindre. Je maudis Laure d'avoir implanté cette garce de Suzanne dans ma tête. Ma nuit est agitée : dans mes rêves Dorian épouse Suzanne et je disparais comme un lointain souvenir.

Ma semaine de partiels débute difficilement. Je dois me rendre à l'évidence, je ne suis pas réellement au point. Mon manque de préparation pendant les vacances m'oblige à m'y prendre à la dernière minute, redoublant de travail le soir. Dorian m'envoie des messages d'encouragements chaque matin. Je tente de me concentrer sur mes examens, mais ne peux m'empêcher de penser à lui malgré tout. Il me manque terriblement.

Vendredi 9 janvier, ma semaine d'examens touche à sa fin. Après mon dernier partiel que je pense avoir raté, je rentre chez moi, le moral au plus bas. Sur le chemin, je découvre un SMS de Dorian : il a des impératifs professionnels qui l'empêchent de me rejoindre avant plusieurs semaines. Notre relation à distance ne s'annonce pas des plus simples. Quand je passe la porte de l'appartement, Laure est déjà là. Elle m'accueille le sourire aux lèvres.

— Tu as reçu un truc, je l'ai mis dans ta chambre. Je pense que ça vient d'Angleterre.

Je lâche mes affaires dans l'entrée, me presse, réjouie, vers ma porte, le cœur battant à pleine vitesse. Sadique, elle me laisse chercher malgré mon impatience. Je parcours la pièce du regard, mais ne vois rien. La blague de Laure me fait moyennement rire. J'avance davantage lorsque j'aperçois une ombre bouger derrière ma porte. Je hurle d'abord de peur puis de joie. Dorian était caché dans ma chambre. Je lui saute au cou le serrant très fort dans mes bras. Surpris, il attrape mes jambes au vol, légèrement déséquilibré. Je l'embrasse comme si nous nous étions quittés il y a des mois, avant de le libérer presque gênée de ma spontanéité aux antipodes de sa personnalité.

— Qu'est-ce que tu fais là ?

— J'avais très envie de te voir. Sachant que tes partiels s'arrêtaient ce soir, j'ai prévenu Laure que j'arriverai aujourd'hui.

— Vous êtes des cachotiers tous les deux ! Comment tu as eu son numéro ?

— J'ai mes sources.

Il m'annonce qu'il peut rester quelques jours et qu'il m'emmène au restaurant fêter nos retrouvailles.

Nous sortons de ma chambre et Laure en profite pour me demander des conseils sur sa tenue. Avec l'arrivée de Dorian, j'avais oublié notre soirée post partiels. Tant pis pour la sortie : il est là, c'est le plus important. Devant son insistance, je me suis changée pour une tenue un peu plus élégante. Laure se décide sur ses chaussures comme nous libérons l'appartement.

Notre dîner se passe à merveille dans un restaurant chic de la ville. Installés à une table légèrement à l'écart, nous restons main dans la main, plongés dans le regard l'un de l'autre. La lueur d'une bougie se reflète dans ses yeux me laissant succomber définitivement à son charme. Après ce succulent dîner, il me ramène chez moi. Sur le trajet, il m'annonce qu'il ne se joindra pas à moi pour la nuit afin de ne pas déranger Laure. Je ne veux pas m'en séparer. Assise sur le siège passager, je me laisse guider jusqu'à l'appartement, silencieuse. Une fois sur place, je l'invite à entrer, lui sers un whisky d'une qualité bien inférieure à ses habitudes puis prétexte d'aller chercher quelque chose dans ma chambre. Je reviens rapidement, un sac à la main.

— Je suis prête.

— Prête pour aller où ? me demande-t-il.

— À l'hôtel avec toi.

— Mais je ne t'ai pas invitée, sourit-il.

— Est-ce que tu m'acceptes avec toi ?

Il fait mine d'y réfléchir, mais accepte, le sourire aux lèvres. Avant de m'y emmener, il prétexte un appel important à passer à Claire, promue au poste de gouvernante, puis s'éclipse à l'extérieur. Alors qu'il s'éternise, je tourne en rond dans le salon. Dès son retour, j'attrape mon sac, ferme dernière nous et lui emboîte le pas vers sa voiture.

— Tu as changé ta voiture de place ?

— Mmm, oui elle gênait.

Nous voici devant un hôtel somptueux. Une personne nous accueille avec le sourire. Je suis surprise de sa présence à cette heure tardive.

— Bonsoir, monsieur Galary ?

Il hoche la tête, récupère la clef qu'elle lui tend, et lui demande de nous apporter une bouteille de champagne. Nous montons au dernier étage. Galant, il me laisse sortir de l'ascenseur la première.

— Quelle porte ?

— Celle que tu veux.

Surprise, je marque un temps d'arrêt. Il me devance et entre dans un appartement immense comprenant un salon, une cuisine, une salle de bain ainsi que deux chambres. Il a réservé ce que je suppose être la plus grande suite de l'hôtel. J'ai à peine terminé la visite que la réceptionniste nous apporte notre commande : une bouteille de champagne dans son seau de glace, accompagnée d'une magnifique corbeille de fruits. Elle propose de nous servir, mais Dorian refuse. Il la gratifie d'un pourboire sorti de la poche intérieure de sa veste. Il s'approche de la bouteille, la débouche puis remplit nos verres. Nous trinquons en nous asseyant sur le sofa.

— Ça a dû te changer le mois dernier, le petit hôtel en face du casino ?

Je fais référence à la chambre voisine de la mienne qu'il avait réservée le soir de notre bal de fin d'année. Cette fameuse nuit durant laquelle il m'avait demandée en mariage, un genou au sol, dans le couloir de l'hôtel du coin.

— Je sais me contenter de peu.

Je ris jaune, ce *peu* était un écart dans mon budget, et j'avais partagé la chambre avec Laure.

— Combien coûte une telle suite ?

— Quelle importance ?

— Simple curiosité.

— Entre 500 et 800 € la nuit.

— C'est plus que mon loyer pour le mois.

Alors que je lui tourne le dos, il se lève, s'approche et m'enlace.

— Peu importe, nous sommes ensemble, c'est ce qui compte, non ?

— Tu as raison.

Je me détends malgré tout, me *contentant* de cet environnement luxueux. Une heure s'est écoulée depuis notre arrivée, l'heure d'aller se coucher est déjà bien dépassée. Après un bref passage dans la salle de bain, où nous avons été chacun notre tour comme trop timides pour nous brosser les dents côte à côte, nous voici allongés dans le lit. J'ai enfilé une nuisette noire à la fois simple et sexy. Je me tourne vers lui alors qu'il commence à me parler. Chacun sur notre profil, nous nous faisons face.

— Je suis content que tu m'aies accompagné ce soir. Tu m'as tellement manqué. Comment ai-je pu imaginer que j'arriverais à vivre sans toi ?

— Je ne sais pas, mais il paraît que je suis comme une drogue : une fois qu'on m'a approchée, on ne peut plus se passer de moi.

Il rit au souvenir de cette conversation dans le parc du manoir, laissant apparaître de jolies rides autour de ses yeux, qui le rendent si séduisant. Je prends son visage entre mes mains avant de l'embrasser langoureusement. Malgré mes baisers et caresses sur sa peau, Dorian ne semble pas suivre mes envies. Il clôture la soirée par un dernier baiser suivi d'un « Bonne nuit, Allie ». Frustrée, je n'insiste pas, je lutte contre la fatigue avant de tomber dans les bras de Morphée.

Samedi matin, 11 heures, je m'éveille seule dans la chambre. J'émerge, m'étire puis sors du lit. Aucun bruit dans la salle de bain. Je passe la tête dans le salon, personne. Je file sous la douche puis me recouche habillée uniquement de mes sous-vêtements. Quelques minutes plus tard, j'entends quelqu'un qui ouvre la porte. J'éteins, feignant de dormir. Dorian arrive sans bruit dans la pénombre. Après une douche rapide, il réapparaît vêtu d'une serviette autour des hanches. Il va ouvrir au *room service*[7] qui nous apporte le petit-déjeuner. Il revient dans la chambre, accompagné du plateau ainsi que d'un magnifique bouquet de roses rouges. Il s'approche doucement de moi et m'embrasse délicatement le front. Je le serre dans mes bras, sous mes mains la peau de son torse est chaude ; j'en profite un peu en glissant mes doigts sur son dos.

— Bonjour petite marmotte, je croyais que tu dormais encore.

— Je suis pleine de surprises. J'adore le *room service* ici.

— Tu as raison, les croissants sont divins.

— Je ne parlais pas du plateau…

— Ah ! C'est un service très particulier réservé au *penthouse*[8] de cet hôtel, mais je ne me déplace que pour les plus belles femmes.

J'allume la lampe de chevet et m'assieds pour saisir la tasse de thé qu'il me tend. Il va s'installer au pied du lit tandis que sa serviette glisse légèrement. Il la rattrape juste à temps sous mes éclats de rire. Nous nous rappelons le B&B miteux où je l'avais accueilli lorsque sa voiture avait été vandalisée. Cette soirée aussi étrange qu'inattendue ou, trempé par la pluie, il n'avait pas eu d'autre choix que de dîner un *fish and chips* à emporter, assis sur mon lit, vêtu d'une simple serviette. Je n'osais pas le regarder, si mal à l'aise face à lui. J'avais fini par somnoler durant les heures que nous avions passées à attendre son chauffeur. J'avais fait un rêve osé entre lui et moi, me réveillant rouge de honte à ses côtés.

— Je n'aurais pas dit non.

— Je ne te crois pas.

---

[7] Service d'étages

[8] Appartement-terrasse haut de gamme

— Vraiment ? Pourquoi ? rit-il.

— Parce que nous nous connaissons depuis presque deux ans maintenant, nous sommes ensemble depuis quinze jours, nous avons déjà passé trois nuits dans le même lit et tu n'as rien tenté pour l'instant.

— Ce n'est pas l'envie qui me manque, murmure-t-il.

— Je travaillais pour toi depuis à peine plus de six mois quand tu m'as presque sauté dessus dans le salon, mais depuis que nous sommes en couple, j'ai l'impression que tu as peur de m'approcher.

— Non, je profite de chaque seconde, de chaque étape. Tu as accepté de tout recommencer à zéro, tu t'en souviens ? Alors, j'apprends à apprécier ces premiers moments, nous ne sommes pas pressés puisque je sais que nous allons être ensemble pour le reste de nos vies.

Il se lève pour éloigner le plateau vide, et vient s'asseoir à mes côtés.

— Le reste de nos vies ? J'espère qu'elles ne seront pas trop longues, je ne suis pas certaine de te supporter bien longtemps.

— Il y a deux ans, en octobre, je te désirais tellement.

— Et plus maintenant ? Eh bien, bonne journée ! dis-je en faisant mine de me lever.

— Bien sûr que si, mais c'était une pulsion. Aujourd'hui, je veux bien plus que céder à une tentation, je te veux toi, bien plus que je ne veux ton corps. Je ne sais pas si tu comprends.

Je souris et me blottis contre lui sous le charme de cette confidence. Je lève mon regard, ses lèvres rejoignent les miennes, ses bras m'enlacent, la peau de nos torses se rapproche. Il me rejoint sous la couette en se séparant de sa serviette. Nos mains parcourent l'autre, nos corps se touchent, puis il dégrafe mon soutien-gorge. L'instant tant attendu semble sur le point de se produire enfin.

— Qu'est-ce que tu fais ? dis-je en m'arrêtant soudainement.

Il pose son front sur mon épaule dans un éclat de rire.

— La même chose que toi, je crois, non ?

— Il manque quelque chose, tu ne crois pas ?

— Préfères-tu que j'éteigne les lumières ?

— Non, je parlais de protection.

— Ah ! Tu sais, ce n'est plus réellement de mon âge, répond-il en s'asseyant à mes côtés.

— De ton âge ? Tu plaisantes ? Ce n'est pas une question d'âge !

— D'autant plus qu'il me paraissait évident que tu prenais un contraceptif.

— Ça ne sert pas qu'à éviter une grossesse ! En plus, tu l'assumes sans même me poser la question. Pas étonnant que Suzanne soit tombée enceinte.

— Tu es certaine que c'est le meilleur moment pour parler d'elle ? ironise-t-il.

— Sois sérieux deux minutes. Tu n'utilises jamais de préservatif ?

— Non, mais tu vas me dire que pour toi c'est systématique ?

— Oui, bien sûr ! Sauf avec Anthony quand c'est devenu sérieux, mais nous avions fait le test HIV[9] avant de nous en passer. Même cet été nous en avons remis.

— Cet été ?

Je rougis, consciente de la révélation que je viens de faire malgré moi.

— Oui, pendant que tu étais occupé à préparer ton mariage.

Je reprends le dessus. Je regrette d'avoir brisé le moment. J'hésite à oublier mes principes, il ne doit pas avoir eu tant de partenaires que ça. Je me ravise en me faisant une raison. Après tout, il serait quelqu'un d'autre, je n'y dérogerais pas.

— Je ne vois pas à quel mariage tu fais allusion, plaisante-t-il en sortant du lit.

Il se dirige vers l'armoire. Je n'ose le regarder alors qu'il passe un boxer, un pantalon de costume accompagné d'une chemise : décidément, toujours pas de relâche même le week-end. Je récupère mes sous-vêtements et les renfile sous la couette. J'ouvre ma valise, en sors un jeans et un pull, mets des chaussettes et ma paire de Converse. Nous sommes silencieux, certainement pour éviter d'aborder à nouveau ce sujet délicat. Nous finissons de nous préparer avant de quitter l'hôtel. Une fois dans sa voiture, je profite du trajet pour regarder mon téléphone : j'ai cinq SMS de Laure ainsi que trois appels en absence. Elle s'inquiète, elle semble même un peu fâchée, et je m'empresse de lui répondre.

— Désolée ma chérie, j'ai oublié de te prévenir, j'ai dormi à l'hôtel avec Dorian. Tout va bien, ne t'inquiète pas.

---

[9] Human Immunodeficiency Virus : Virus de l'Immunodéficience Humaine (VIH), autrement appelé SIDA. Allie utilise ici l'acronyme anglais.

— Ton secrétaire a pris la peine de me prévenir, lui. Bon week-end.

— Merci à toi aussi, bisous, ma Laurette.

Pas de réponse, je pense qu'elle est vexée. Je n'insiste pas, je trouverai bien un moyen de me faire pardonner.

Nous passons un excellent week-end tous les deux. Il me fait découvrir des paysages que je ne connaissais pas encore, m'emmène au restaurant avant que nous rentrions dormir à l'hôtel. Dimanche soir, Dorian m'informe qu'il peut rester jusqu'à mardi matin. Nous avons encore deux soirées pour nous, alors je compte bien en profiter. Nous venons de passer nos premières quarante-huit heures seul à seul. Je suis à la fois heureuse et soulagée qu'elles se soient déroulées sans accrocs, j'en suis même quasiment surprise. Je suppose qu'avec nos antécédents, je n'étais pas certaine que cela soit possible. Le ciel bleu se lève peut-être enfin sur nous deux, m'invitant à y croire. Il est temps d'arrêter de ressasser le passé pour regarder vers demain.

Après ces deux jours superbes, le retour à la réalité se présente sous les traits du lundi matin. Je passe rapidement chercher mes affaires de cours à l'appartement. Laure est déjà partie. Tous les regards sont tournés vers nous dès notre arrivée sur le parking de l'université. Dorian me dépose devant le hall du bâtiment. Il me fait un baisemain avant de s'en aller. Charlie, Laure ainsi que tous les autres, revivent la soirée de vendredi pendant que je m'approche.

— Ton chauffeur te dépose, ça va, tranquille ? me taquine Charlie.

Je souris mais ne réponds pas. J'observe Laure, je la connais bien, son visage montre qu'elle m'en veut. Nous nous asseyons côte à côte en cours comme d'habitude. Elle ne répond que brièvement à chacune de mes sollicitations. Dorian vient me chercher à midi ; je n'ai pas l'occasion d'aller déjeuner avec elle et les autres à la cafétéria.

À la fin de ma journée de cours, il fait nuit. Un vent froid a envahi la ville, nous rentrons directement à l'hôtel. Dorian propose de m'emmener au restaurant une nouvelle fois, mais je n'en ai pas envie. Nous appelons le *room service* qui nous livre nos plats dans la chambre. Je raconte ma journée à Dorian lui expliquant que Laure boude. Il s'évertue à me rassurer, elle doit apprendre à se passer de moi quelques jours. Après tout, nous n'allons pas vivre éternellement ensemble elle et moi. Même si je sais qu'il a raison, je ne peux m'empêcher d'être déçue de sa remarque. J'espérais un peu plus de compassion. Une fois notre repas terminé dans le silence, nous nous couchons l'un contre l'autre. Lorsque le ciel s'éclaircit, mardi se montre déjà, emportant Dorian avec lui.

Février : proche des yeux, loin du cœur

Vendredi soir, il est 23 heures, Dorian ne devrait plus tarder. J'ai préparé mes affaires. Je l'attends. Laure est sortie ; quant à moi, je m'impatiente devant un divertissement télévisé. Je sursaute lorsque quelqu'un toque à la porte. J'ouvre. Dorian est là et je l'embrasse avant même de le laisser entrer. Il est épuisé par le décalage horaire d'un voyage professionnel à l'étranger dont il est revenu hier, ainsi que des kilomètres parcourus pour me retrouver. Nous quittons l'appartement sans attendre pour rejoindre l'hôtel. Il s'endort quelques minutes à peine après notre arrivée, je me blottis contre lui, puis m'endors à mon tour, apaisée.

Nous passons la dernière semaine de janvier à l'hôtel. Nous avons notre petite routine : nous partons ensemble le matin, moi avec mon sac de cours, lui avec un porte-documents noir dont il refuse de se séparer même pour un simple aller-retour à l'université. Il me dépose chaque jour devant le bâtiment, m'emmène déjeuner tous les midis et m'attend sur le parking à la fin de la journée. Je rate la sortie du jeudi soir : il n'est pas très emballé à l'idée de m'y accompagner, et je ne suis pas très emballée à l'idée d'être loin de lui. Nous passons le week-end ensemble. Je préfère les deux jours en Italie qu'il me propose plutôt que le bar du samedi ou la sortie dominicale avec Laure à faire des longueurs dans une eau tiède.

Février commence sur le même rythme. Je retrouve mes amis le lundi matin devant les portes de notre salle de cours. En rangeant nos affaires quatre heures plus tard, ils échangent sur les soirées à venir. La prochaine sera sur le thème des rayures. Mes moqueries à leur égard leur permettent de comprendre que je ne me joindrai pas à eux. Quand Élisa me propose de venir avec Dorian, je botte en touche, prétextant des projets déjà organisés. Je remarque que Laure m'observe, silencieuse, alors que les autres sortent de la salle.

— Vendredi soir, à l'anniversaire de Gus, tu seras là quand même ?

Devant mon hésitation, elle me répond sur le ton du reproche.

— Ne te fatigue pas, j'ai compris. Tu sais, Dorian est peut-être l'homme de ta vie, mais il ne faudrait pas que tu oublies de vivre aussi un peu pour toi, voir tes amis, sortir…

— Il est de retour depuis à peine dix jours et il repart lundi. Tu sais bien que nous n'en sommes qu'au tout début, ces moments où tu as envie de passer tout ton temps avec l'autre. En plus, je t'avoue que j'avais complètement zappé cette soirée.

— Je sais, mais quand même. Je te mets juste en garde parce que je t'aime très fort, ma poulette. Je t'ai encouragée à retourner vers lui, maintenant pense aussi à toi. Il n'est pas la seule personne dans ta vie, je ne veux pas te perdre. Je ne voudrais pas non plus que tu oublies qui tu es ni ce que tu es censée faire à ton âge. Tu ne pourras pas revenir en arrière. Ton chauffeur t'attend.

Je n'insiste pas, la sentant agacée : c'est vrai que nous passons très peu de temps ensemble dès qu'il est présent. Je profite du trajet vers l'hôtel pour informer Dorian de la soirée organisée pour l'anniversaire de Gus. Choisissant de sacrifier une sortie sur les deux, je n'aborde pas le sujet de celle du jeudi. Laure pourra me pardonner si je viens au moins à l'une d'entre elles. Je comprends très vite qu'il n'est pas emballé, mais malgré tout, il accepte.

Nous sommes vendredi soir, je suis prête. J'ai opté pour une minijupe avec des bottes ainsi qu'un haut assez décolleté que j'aime beaucoup. Je suis très loin de la robe de soirée, et le regard de Dorian trahit sa désapprobation. Fidèle à lui-même, il a enfilé sa tenue de tous les jours : un pantalon accompagné d'une chemise ainsi qu'une veste de costume.

— Tu pouvais mettre un jeans, tu sais ?

— Toi aussi, me répond-il, un sourire malicieux aux lèvres.

La main sur la poignée de porte du *penthouse*, je lui tire la langue en guise de protestation. Une fois arrivés devant l'appartement de Gus, Dorian me piège. Il s'arrête en double file et m'annonce qu'il viendra me chercher. Prise au dépourvu, je riposte avant de capituler, exaspérée par les klaxons des conducteurs gênés par son véhicule garé en plein carrefour. J'arrive chez Gus, fâchée du lapin que Dorian vient de me poser. Je retrouve Laure qui semble agréablement surprise de ma présence. Son sourire suffit à me détendre.

— Ah, ma poulette, je suis trop contente que tu sois venue ! Tu es seule ?

— Oui et toi ?

— Pareil, Thibaut avait déjà une soirée prévue avec ses potes. T'es superbe !

— Merci, c'est pas du goût de tout le monde.

— Il te préfère en robe de soirée haute couture ?

— Je crois, ouais.

— Alors, tu sors en célibataire ce soir ? me demande Gus en nous apportant à boire.

— Oui, je ne voulais pas rater ton anniversaire, dis-je en trinquant avec lui.

— C'est sympa de te voir sans chaperon.

Je souris, ne sachant pas comment répondre.

— Il t'a libéré de ton donjon ?

— Haha ! Arrête un peu, c'est pas un monstre.

— Ça va, je plaisante.

— Je sais, t'inquiète.

Je passe une excellente soirée, mes amis m'avaient manqué. Je ne me soucie pas de l'heure qui tourne, trop occupée à profiter du moment. Soudain, la musique se coupe alors qu'une voix résonne.

— La petite Allie est appelée à l'entrée, la petite Allie, son chauffeur est là.

Je rougis, honteuse, avant de riposter avec humour.

— Ça t'amuse, hein !

— Ouais, un peu. Allez Cendrillon, c'est l'heure ou ta Porsche va se transformer en citrouille et ton prince, en petite souris.

Tout le monde rit tandis que je m'avance vers la porte. Je croise le regard de Dorian qui ne rit pas, lui. Il s'étonne de ne pas avoir eu de mes nouvelles plus tôt. Je lui réponds qu'il n'avait qu'à se joindre à moi s'il ne voulait pas s'inquiéter. Je l'invite à rester prendre un verre : devant son refus, je lui glisse à l'oreille qu'il avait accepté de m'accompagner avant de se défiler lâchement. Coincé devant mes amis, il accepte à contrecœur. Je lui sers à boire puis l'emmène avec moi à la rencontre de Gus.

— Gus, Dorian m'a rejointe dès qu'il avait fini son boulot pour être présent à ton anniversaire.

— Excellent anniversaire à vous, prononce Dorian d'un ton monotone en direction du principal intéressé.

— Euh, merci, c'est cool.

Nous nous éclipsons vers Laure. J'invite Dorian à retirer sa veste ; malgré sa réticence, j'insiste jusqu'à ce qu'il cède. Je déboutonne le col de sa chemise d'un cran puis ses poignets de manches pour remonter légèrement celles-ci.

— C'est mieux, non ?

Je regarde tour à tour Dorian et Laure.

— Vous savez, elle a raison. Il faut vous mettre à l'aise, on ne mord pas, renchérit Laure.

— Je n'ai surtout pas le choix ; elle est coriace quand elle a décidé quelque chose.

— Ne m'en parlez pas ! Elle est têtue comme une mule, notre Allie. Si elle n'est pas décidée, c'est très compliqué de la faire changer d'avis ! Je dois être la seule à réussir à la faire céder, mais ça me demande du boulot !

— C'est bon à savoir, je risque de vous solliciter à l'avenir.

— Avec plaisir !

Ils rient, et malgré leurs reproches envers moi, je suis soulagée du ton qu'a pris cette conversation, même si je ne peux m'empêcher d'espérer que très bientôt Dorian demande à Laure de le tutoyer. Entendre ma meilleure amie vouvoyer mon petit ami me met très mal à l'aise. Je sais que nos langues maternelles fonctionnent différemment, la distinction du *tu* et du *vous* n'existant pas en anglais. Cela dit, la qualité du français de Dorian me confirme qu'il le maîtrise suffisamment pour être conscient de la distance qu'il instaure entre mes amis et lui.

Nous restons à peine une heure et je sens que la patience de Dorian est arrivée à ses limites. Les doses d'alcool ingérées par le groupe commencent à faire dévier l'ambiance bon enfant vers une ambiance un peu plus loufoque, totalement aux antipodes des soirées du domaine.

— Laure, nous allons rentrer. Tu veux qu'on te ramène ?

Dorian se tourne vers moi, soulagé à l'idée de quitter les lieux. Accompagnés de Laure, nous partons après avoir salué rapidement les autres. Une fois devant notre appartement, Dorian sort de la voiture afin d'ouvrir à Laure. Souriante, elle me fait un signe de la main avant de rentrer. À l'hôtel, nous allons directement nous coucher, il est déjà plus de 4 heures du matin.

Le lendemain, je me réveille de nouveau seule : Dorian est parti courir. Comme tous les matins, il revient suivi de près par le service de chambre apportant le petit-déjeuner.

— Allie, il y a une proposition que j'aimerais te faire.

Son regard si envoûtant me scrute, peut-être pour anticiper une réaction.

— Tu prends des risques : la dernière fois que tu m'as demandé quelque chose dans un hôtel, ça ne s'est pas bien terminé.

— Je ne suis pas d'accord avec toi, ce baiser était délicieux. Et si la bague n'est pas encore à ton doigt, elle y sera un jour. Je n'en ai aucun doute.

— Vous êtes bien sûr de vous, monsieur Galary.

— Optimiste surtout. Cela dit, tu as raison, prépare-toi. Allons nous promener.

Je me lève, me prépare, puis nous partons marcher. Main dans la main, nous longeons un lac presque gelé, réchauffés par les timides rayons du soleil de février.

— Tu me fais languir, c'est quoi cette proposition ?

— J'ai décidé d'acheter un pied-à-terre ici. Notamment pour avoir un bureau digne de ce nom lorsque je suis dans la région. Je ne peux pas mettre en péril l'entreprise. J'aimerais que tu y emménages avec moi, l'idée étant que tu y restes même en mon absence.

— Tu cherches une gouvernante pour gérer ton appartement ?

— J'en connais une qui travaillait pour moi à une époque et qui ferait peut-être l'affaire. Te concernant, je pensais davantage à deux mugs de thé dans l'évier le matin, deux brosses à dents dans la salle de bain et moins de couette pour moi.

Je souris, séduite par ces quelques mots certainement préparés et néanmoins très romantiques.

— Je m'en voudrais si tu attrapais froid la nuit.

— J'en achèterai une plus grande. Alors qu'en penses-tu ?

— Comment dire, j'ai déjà un appartement, je ne vais pas abandonner Laure surtout si tu n'es pas là.

— Vous n'allez pas vivre ensemble toute votre vie. Elle sera bien obligée d'habiter seule un jour.

— Oui bien sûr, mais c'était plutôt entendu entre elle et moi que nous allions être colocataires jusqu'à la fin de notre master. Maintenant, je comprends que tu ne puisses pas délaisser ton travail pour moi. Dans trois mois, je dois effectuer un stage, je peux contacter des entreprises à proximité du domaine. Nous pourrions passer tout l'été là-bas, ce serait plus simple pour toi. D'ici là et pour l'année scolaire prochaine, j'ai la place de t'accueillir. Quand nous sommes en cours, tu peux travailler sans que nous te dérangions. Je peux passer du temps au manoir à chaque période de vacances, tu pourras aussi venir en avion les week-ends. C'est l'histoire d'à peine plus d'un an. J'aurai fini mes études en mars l'année prochaine, ensuite j'aurai un autre stage à effectuer d'avril à septembre : je pourrai le faire de nouveau proche de chez toi. Ça va aller très vite.

— Ce n'est pas tout à fait ce que j'imaginais. Si tu n'as pas envie d'emménager avec moi pour le moment, ce n'est pas grave, je comprends, répond-il visiblement attristé.

— Vivre avec toi, bien sûr que j'en aurai envie si ça fonctionne entre nous. Je n'ai pas accepté de tout reprendre à zéro pour une relation de quelques mois. En plus, quel est l'intérêt d'acheter pour revendre dans un an ? Il va falloir le meubler, peut-être aménager certaines choses.

— Tu n'as pas à te soucier de ça.

— Oui, donc tu veux que nous vivions ensemble, mais chez toi.

— Tu seras chez toi, ne sois pas ridicule. Je ne vais quand même pas te demander de payer la moitié de l'appartement, il sera revendu bien avant que tu n'aies le temps de rembourser.

— Tu es quand même incroyable. Il y a un mois, tu voulais me faire signer je ne sais quel contrat pour protéger tes biens, et là tu me proposes de nous acheter un appartement. Je comprends mieux comment Suzanne a pu profiter de la situation aussi facilement.

— Ne te fâche pas s'il te plaît. C'était juste une proposition. C'est notre dernière journée ensemble, je voudrais que nous passions un bon moment.

— Je ne suis pas fâchée, je suis touchée. C'est juste que tu vas trop loin, trop tôt. Sans oublier que tu ne prends pas en compte ma vie actuelle : je n'ai pas forcément envie d'en changer si vite.

Il me sourit malgré une déception perceptible sur son visage. Je vivrais seule, ce serait différent. Ma décision aura un impact sur Laure également. Je ne peux pas lui faire ça.

Le soir venu, nous nous couchons l'un contre l'autre, bercés par les images du paysage magnifique qui a accompagné nos pas autour de cette eau si paisible. Le lendemain, l'heure de son départ approche déjà. Pour plus d'intimité, Dorian me dépose à l'entrée du parking devant l'université. Il descend de sa voiture, puis me prend dans ses bras. J'ai le sentiment que notre étreinte ressemble à un adieu. Je ne peux m'empêcher de trouver cela ridicule, sans pour autant me résoudre à m'éloigner.

— Je reviens dès que possible, c'est promis.

— D'accord, dis-je dans un murmure étranglé.

Il passe sa main sous mon menton.

— Allie, regarde-moi. Je serai très vite à tes côtés.

Les yeux humides, je lève difficilement le regard en sa direction. Il dépose avec délicatesse un baiser sur mes lèvres, remonte dans sa voiture, puis démarre avant de disparaître. Je m'approche de la troupe lorsque Laure vient à ma rencontre. Elle passe son bras par-dessus mes épaules, me sourit alors que nous avançons en silence. Une fois de plus, ma fidèle amie m'accompagne dans mes chagrins.

Les cours terminés, nous rentrons toutes les deux à pied sous la pluie. Nous en profitons pour prévoir notre prochaine soirée. Dorian étant parti, c'est l'occasion pour moi de retrouver mes amis. Même si nous passons nos journées de cours ensemble, je dois bien avouer que nos repas du midi et nos soirées me manquent. Je réinvestis aussi ma chambre avec plaisir, loin du luxe froid de l'hôtel. Le samedi soir, Laure m'emmène boire un verre au bar. Nous y retrouvons Thibaut. Les deux tourtereaux forment un joli couple. Je rencontre les amis de Thibaut qui sont très drôles. Nous passons une excellente soirée.

Dorian a été très occupé ces derniers jours, certainement à rattraper le temps perdu lorsqu'il était à mes côtés. Je reçois des messages chaque jour, ainsi que des appels dès que son travail lui permet d'avoir un peu de temps libre, souvent le soir. Je le devine, son verre de whisky à la main. Je sens comme une gêne quand je lui raconte ces moments partagés avec mes proches. Je fais au mieux pour comprendre sa vie, je me doute que ça ne doit pas être évident pour lui de comprendre la mienne. Pour autant, je ne veux pas occulter une partie de mes journées pour simplifier nos échanges. Nous devons apprendre à nous connaître malgré nos différences.

Deuxième week-end sans Dorian. Laure invite Thibaut et ses potes Flo, Bastien et Gaëtan, à la maison le vendredi soir. Nous sommes les deux seules filles, je suis assise sur le canapé entre deux des garçons. L'ambiance est détendue, Flo me taquine pas mal. Peut-être même qu'il me drague davantage qu'il ne plaisante, mais je n'y prête pas particulièrement attention et passe un bon moment.

Vers 3 heures du matin, quelqu'un frappe à la porte assez énergiquement. Nous nous regardons les uns les autres. Nous ne pensions pas être bruyants au point de déranger le voisinage. Laure se lève, va ouvrir. Elle s'écarte de la porte, puis revient sur ses pas en me faisant un signe de tête.

— Allie, c'est pour toi.

Surprise, j'avance vers la pénombre de la rue où je distingue à peine une silhouette. Je m'approche davantage lorsque je le reconnais. Je m'élance sur le trottoir pour lui sauter au cou, Dorian est revenu. Je le fais entrer dans la lueur du seuil. Un sentiment de gêne m'envahit, j'ai la sensation d'être prise en flagrant délit. Je m'attends à ce que la présence de nos invités ainsi que ma tenue de ce soir ne lui déplaisent. Je l'invite à s'asseoir, lui expliquant que nous recevons quelques amis. Je vois dans son regard qu'il désapprouve. Pendant que je lui verse un whisky, il adresse un bonsoir distant aux garçons avant que Bastien ne lui cède sa place sur le canapé. Je me retrouve assise entre Dorian et Flo. L'ambiance s'est refroidie et les regards en disent long. Laure, qui cherche à détendre l'atmosphère, engage la conversation.

— Vous êtes de retour parmi nous ?

— Oui, répond Dorian, peu enclin à la conversation.

Je regarde Laure, comme pour lui dire *bien tenté.*

— Tu ne m'as pas prévenue que tu revenais aujourd'hui.

— J'ai essayé de t'appeler toute la soirée sur la route, sans succès. Je commençais à m'inquiéter.

— Oh mince, je n'ai pas regardé mon téléphone, il est dans ma chambre.

— Ce n'est pas grave, tu avais mieux à faire, c'est très bien.

Il sourit, pourtant je le connais suffisamment pour savoir qu'il ne pense pas un mot de ce qu'il vient de dire. Il le penserait peut-être si je m'étais endormie, pas lorsque je passe la soirée en charmante compagnie.

— Vous avez un accent, vous venez d'où ? s'intéresse Thibaut.

— D'Angleterre.

— Ahhh, mais vous êtes le *fameux* Dorian, alors ! s'exclame-t-il.

— En effet.

— Je suis Thibaut, le copain de Laure. J'ai pas mal entendu parler de vous.

— Je ne peux pas en dire autant.

La froideur de l'Iceberg est de retour. J'échange un regard confus avec Laure.

— Du coup, vous êtes ici pour le boulot, j'imagine ? demande Flo toujours assis à ma droite.

— Non, je suis venu voir Allie.

— Ouais OK, mais je voulais dire en France, qu'est-ce qui vous amène en France ?

Flo poursuit en ralentissant son débit de parole, persuadé que Dorian n'a pas compris la question. La situation devient légèrement inconfortable.

— Ma compagne.

— C'est cool ça, surtout pour les enfants, j'imagine, du coup ils sont bilingues et tout, c'est top.

— Je ne saurais vous répondre.

— Flo ! lance Thibaut.

— Si quand même, c'est une chance, insiste Flo.

— Flo ! Sa compagne, c'est Allie, intervient Thibaut.

— Allie qui ?

Thibaut lui fait un signe de tête dans ma direction.

— Ah OK, sérieux ? poursuit Flo en m'interrogeant du regard.

— Oui, Dorian et moi, nous sommes ensemble.

Machinalement, il s'éloigne de moi, restant malgré tout sur le canapé. Dorian finit son verre, le pose sur la table puis s'éclaircit la voix.

— Je vais rentrer, je n'ai rien à faire ici, me prévient-il en anglais afin d'exclure les autres de notre échange.

— Rentrer ? Au domaine ?

— Non, bien sûr que non. Je voulais dire à l'hôtel. Je suis juste passé m'assurer que tu allais bien, poursuit-il en se levant.

Son attitude sonne la fin de la soirée. Les garçons terminent leurs verres en hâte. Laure se charge de les raccompagner à la porte.

— Oh putain, les gars, moi je prends la Porsche pour rentrer, s'exclame Bastien.

— Cherche pas mec, tu saurais même pas la démarrer, répond Gaëtan.

En guise de protestation, Bastien le pousse ; Gaëtan perd l'équilibre et s'étale sur le capot de la voiture.

— Il vaudrait mieux vous tenir éloignés de ce véhicule, intervient Dorian en s'approchant de l'entrée, l'air autoritaire.

— C'est bon, il est 3 heures du matin, le proprio est au fond de son lit. Il avait qu'à la mettre ailleurs s'il ne voulait pas qu'on l'abîme.

— C'est la mienne, répond Dorian.

— Sérieux ? s'inquiète Bastien qui jette un œil à la plaque d'immatriculation anglaise.

— Oui.

— La classe. Rassurez-vous, je l'ai pas abîmée, enchaîne Gaëtan.

— J'espère pour vous.

— Bon allez, bonne soirée, clôture Laure en refermant la porte derrière les trois compères de Thibaut qui est rentré avec elle.

— Je vais remonter à l'appart aussi, lui annonce-t-il.

— Je peux venir avec toi ?

— Ouais, OK.

— Je prends deux trois affaires, j'arrive.

Elle passe à côté de moi, je suis en train de débarrasser la table basse de nos verres et autres restes de notre soirée. Dorian m'observe, immobile, comme figé.

— Laure dort ailleurs. Reste dormir ici, tu dois être épuisé, dis-je en espérant détendre l'atmosphère.

— Je n'ai plus sommeil.

— Tu veux un autre verre ?

— Non.

— Tu peux t'asseoir si tu veux.

— Non, je crois que je vais aller faire un tour.

Laure sort de sa chambre, nous souhaite une bonne nuit avant de m'adresser un regard d'encouragement. La voix de Thibaut résonne pendant que Laure referme la porte derrière eux.

— Il est pas commode son mec…

Je n'entends pas la réponse de Laure, mais je me tourne vers Dorian.

— Qu'est-ce qu'il y a ?

— Rien.

— Ah non, ne commence pas à jouer à ça. Tu as vu ta tête ? Tu veux aller faire un tour à 4 heures du matin ? Dis-moi ce qui te tracasse ou rentre chez toi.

— Je veux te faire une surprise, tu es injoignable, sans mentionner que lorsque j'arrive, tu es entourée d'hommes et habillée comme une…, s'interrompt-il.

— Comme une ? Je n'ai pas entendu tes appels, j'en suis désolée. Dorian, j'ai 24 ans, c'est samedi soir, oui je suis avec des amis, et oui je suis habillée comme une nana de 24 ans qui sort.

— J'ai vu le regard de celui qui était juste là. Il aurait posé sa main sur ta cuisse s'il avait pu.

— Flo est sympa, peut-être même qu'il me drague un peu. Sauf que j'ai quelqu'un dans ma vie. Tu t'en souviens ?

Il détourne son visage.

— Dorian, tu dois me faire confiance, sinon ça va être un cauchemar. Tu ne peux pas être désagréable comme tu l'as été à chaque fois que tu croises des amis à moi. Tu as entendu Thibaut ?

— Tu pourrais si facilement trouver quelqu'un qui te corresponde bien mieux que moi.

— Oui, mais c'est toi que j'aime.

Et voilà, les mots sont sortis de ma bouche sans que je m'en aperçoive. Nous savons que nous sommes amoureux, mais aucun de nous n'a encore franchi le pas pour le dire à haute voix. Instantanément, l'atmosphère se détend alors qu'un sourire tendre s'affiche sur ses lèvres.

— Moi aussi, je t'aime Allie, répond-il en me prenant dans ses bras.

Notre étreinte est douce. Je sens des milliers de papillons parcourir mon ventre. Quelle délicate poésie à mes oreilles que de l'entendre prononcer ces trois mots. À cet instant précis, je suis prête à revivre ces deux dernières années dans les moindres détails malgré les tourments, juste pour ces deux dernières secondes. À cet instant précis, la froideur de l'Iceberg n'existe plus. À cet instant précis, même la Terre s'est arrêtée de tourner, suspendue aux lèvres les plus charmantes qui existent.

— Allez viens, on va faire un tour, dis-je en lui prenant la main. Quand j'ai un coup de cafard, je prends ma voiture, je roule fenêtres ouvertes, musique à fond, sans but, tard le soir, quand il n'y a presque personne. Parfois j'embarque Laure avec moi. On danse en chantant à tue-tête !

— Alors cette fois-ci, laisse-moi t'emmener. Prends une couverture, tu pourrais en avoir besoin.

Au bout de quelques centaines de mètres, nous apercevons Flo, Gaëtan et Bastien, sur le trottoir. Dorian les dépasse avant de redémarrer avec panache au croisement suivant. *Monsieur* marque son territoire : je souris, flattée. Nous roulons pendant vingt bonnes minutes, puis nous nous arrêtons sur un parking avec vue sur la vallée. Il est plus de 4 heures du matin, les lumières de la ville illuminent le paysage. Il éteint le moteur, attrape le plaid que j'ai embarqué avec nous, le met sur mes genoux pour que je me niche bien au chaud. Nous restons silencieux pendant plusieurs minutes puis échangeons sur les jours passés loin l'un de l'autre. Au bout d'une petite heure, il accepte de rentrer avec moi à l'appartement. Il sort ses affaires du coffre et nous allons nous coucher. Le réveil indique 5 h 30. La tête sur son épaule, je lui glisse à l'oreille quelques mots.

— J'ai tout ce qu'il faut si tu veux.

— Allie, je ne veux pas te découvrir à travers un morceau de plastique.

— Je ne sais pas si c'est romantique ou inconscient. Bonne nuit, Dorian.

— Bonne nuit, Allie.

Je dépose un baiser sur ses lèvres en me blottissant contre lui. Dès le réveil, nous quittons l'appartement. Malgré mon souhait d'y revenir le soir, Dorian me convainc de prendre des affaires pour séjourner de nouveau à l'hôtel avec lui. Pendant notre déjeuner, je reçois un SMS de Laure.

— Ski demain avec Thibaut et sa bande : partants ?

Je montre le message à Dorian qui, sans grande surprise, se montre réticent.

— Au moins, je serai en combinaison, dis-je avec ironie.

— Je n'en ai pas.

— On peut aller t'en acheter une. Tu sais skier ?

— Bien sûr.

— Alors, partant ?

— Si tu le souhaites, répond-il sans le moindre enthousiasme.

— Super, merci.

Nous passons le début d'après-midi à faire du shopping avant de rentrer à l'hôtel. Pendant le dîner, Dorian m'explique qu'une de ses amies pourrait peut-être me prendre en stage cet été. Elle a créé son entreprise d'organisation de mariages, à environ une heure de route du manoir. Nous trinquons à cette bonne nouvelle.

Nous passons le dimanche sur les pistes de ski. C'est une journée splendide. Le soleil nous réchauffe le visage pendant que nos skis glissent sur une neige parfaite. Des flocons matinaux sont venus déposer une couche de poudreuse délicate sur les pistes damées durant la nuit. J'entends la neige craquer sous mes skis. Les remontées mécaniques carillonnent dans un rythme lent et régulier. Les sapins libèrent leurs branches de ce manteau blanc qui vient s'échouer à leurs pieds, arrosant parfois un skieur qui s'est aventuré entre leurs troncs. J'observe Dorian, droit, élégant en toutes circonstances. Il skie divinement bien. Décidément, il sait tout faire. Régulièrement il s'arrête, m'invitant à le rejoindre afin d'observer les montagnes qui nous entourent. Ces dames blanches, majestueuses, nous offrent leurs terrains de jeux. Nous sommes minuscules face à leur immense beauté, leur grandeur et leur poésie. Habituellement bien trop occupée à descendre leurs versants, j'en ai parfois oublié de les contempler avec respect. Dorian m'initie à cet émerveillement avec pudeur.

Après trois heures de ski, nous nous arrêtons pour déjeuner en haut des pistes avec Laure, Thibaut et ses amis. Laure et Dorian discutent. Ils font chacun des efforts, pour ma plus grande joie.

— On est repartis ? demande Thibaut.

— *Go*[10] ! confirme Laure, aussitôt levée de sa chaise.

— Tu ne viens pas ? dis-je en me tournant vers Dorian qui ne semble pas décidé.

— Non, je vais rester encore un peu. J'aime admirer le paysage, mais je t'en prie.

— Allez-y, on se retrouve plus tard, dis-je avant de me rasseoir.

Laure, déjà équipée, me fait un rapide signe de tête avant de glisser un mot à l'oreille de Thibaut. Je sais qu'elle est déçue. Dorian et moi repartons seulement quinze minutes plus tard. Nous skions encore deux heures avant de revenir à notre voiture. Je préviens Laure par SMS que nous rentrons : pas de réponse. Une fois de plus, elle boude. Décidément, mes journées seraient plus simples sans ces deux caractériels à tendance possessive.

---

[10] Allons-y !

Mars : l'Amour rend la vue

Comme tous les lundis, je retourne en cours. Je m'installe près de Laure qui semble s'être levée du pied gauche.

— Pourquoi vous ne nous avez pas rejoints hier après-midi ?

— On vous a cherchés, mais on ne vous a pas vus.

— Si j'avais su, je t'aurais pas proposé de venir.

— T'exagères pas un peu, là ? On a skié avec vous le matin et déjeuné ensemble le midi. C'est pas grave si on n'a pas réussi à se retrouver après.

— Ouais, c'est ça. Genre, c'est ta seule excuse, vous n'avez pas réussi à nous retrouver ?

— Je comprends pas pourquoi tu le prends comme ça ?

— Je sais pas, demande à ton Dorian.

— Laisse-le en dehors de ça.

— En même temps, j'aurais dû m'en douter. T'es ma meilleure amie Allie, par contre, niveau mecs, t'as le chic pour te mettre qu'avec des connards.

— Pardon ? Je peux savoir ce qui te prend ?

— Rien de spécial, tu sais ce qu'on dit sur ce genre de mecs. Je ne comprends même pas que tu lui fasses confiance.

— Tu le connais à peine, c'est pas à toi de juger de ça. Si tu t'es embrouillée avec Thibaut, t'as qu'à m'en parler, mais commence pas à reporter vos problèmes sur mon couple.

— Tout va bien avec Thibaut. J'en dirais pas autant de toi et de ton Dorian. Déjà avec Anthony, t'avais fait fort, mais là, avec lui, c'est le pompon. T'es devenue complètement aveugle, ma pauvre.

— Je peux savoir ce que t'insinues ?

— Oh, rien, juste qu'à force d'être collée à lui, tu ne vois plus que ses beaux yeux. Prends un peu de recul, bichette. Vous n'êtes pas seuls au monde.

— Si tu supportes pas de me partager, c'est pas de ma faute. Un jour, il va falloir que tu arrêtes d'être possessive avec moi.

— Parce que c'est moi qui suis possessive, alors ça, c'est la meilleure. Bon allez, c'est bien. J'en ai assez entendu.

Elle se lève pour aller s'asseoir quelques places plus loin. Nos amis qui arrivent à ce moment-là la rejoignent. Je me retrouve seule dans un coin de l'amphithéâtre à ruminer ses paroles.

Comme d'habitude, je rejoins Dorian le midi. Je suis d'humeur maussade. Lorsqu'il s'inquiète, je lui explique que Laure se montre très possessive avec moi. Il tente de me réconforter. Il m'incite à ne pas retourner en cours l'après-midi. À la place, il me propose d'aller marcher près du lac sous les doux rayons hivernaux du soleil. Cette promenade me fait un bien fou. Pendue à son bras, j'oublie mes soucis, amoureuse. Il m'invite le soir dans un restaurant renommé de la région à deux heures de route de là. Le déplacement vaut largement le détour. Nous rentrons tard après une excellente soirée.

Le lendemain matin, je me réveille seule dans le lit. Je regarde mon portable sur la table de chevet. Il affiche 10 heures. Je suis très en retard. Je me lève, Dorian n'est pas là. J'essaie de le joindre : répondeur. L'hôtel est trop loin de la faculté pour y aller à pied et ma voiture est restée à l'appartement. Je me prépare, j'avancerai jusqu'à la gare pour rejoindre les lignes de bus en direction du campus si Dorian ne revient pas d'ici là.

Je suis encore dans la salle de bain quand je l'entends rentrer. Il me rejoint, souriant.

— Pourquoi tu ne m'as pas réveillée ? J'avais cours ce matin.

— Tu étais fatiguée hier soir, j'ai pensé qu'il te fallait un peu de repos. Tu as bien dormi ?

Il me prend dans ses bras, alors que je m'évertue à lui faire comprendre que je ne peux pas m'absenter comme ça.

— Je prends soin de toi sinon, qui le fera ? Je t'ai apporté le petit-déjeuner. Prends ton temps, je te déposerai pour tes cours de l'après-midi.

J'oublie l'université un instant, blottie dans ses bras. Après tout, qui n'a jamais séché de cours ? Nous passons une fin de matinée douce puis il m'amène à mes cours l'après-midi. Je suis une nouvelle fois mise à l'écart par le groupe, ainsi que durant les jours qui suivent. Je termine la semaine, une boule au ventre, impossible de me réconcilier avec Laure si elle refuse de me parler. Heureusement, mes vacances débutent. J'invente un dossier à rendre dès mon retour pour ne pas aller chez mes parents. Dorian et moi passons toute la semaine en Angleterre. Il est débordé, mais au moins nous sommes ensemble. Pour ne pas me déranger quand je dors et comme il doit travailler, il a décidé de nous faire dormir dans mon ancienne chambre à l'étage. Je pense qu'il veut également éviter que je ne traverse son bureau en pleine visioconférence ou au cours d'un appel important. Cette situation m'arrange : je n'avais pas vraiment envie de revivre la nuit du Nouvel An durant laquelle Suzanne occupait mes pensées.

Nous rentrons en France à la dernière minute le dimanche soir. Je dors très mal, je ne veux pas retourner en cours. Après ma journée du lundi, je raconte mes déboires à Dorian. Nous avons un nouveau travail collectif à rendre. Pour la toute première fois depuis le début de notre scolarité ensemble en primaire, Laure a intégré un autre groupe. Je me retrouve seule sans mon binôme habituel. Je vais devoir montrer patte blanche à d'autres étudiants pour qu'ils m'acceptent auprès d'eux. J'ai la sensation d'être la dernière roue du carrosse, ce dernier élève choisi pour constituer l'équipe de basket. Je termine cette semaine le moral au plus bas. Heureusement, Dorian est là pour m'écouter, sans parler du soutien qu'il m'apporte. Il s'est montré plus attentionné que jamais ces derniers jours. Présent, il ne manque aucune occasion pour me prendre dans ses bras. Ce réconfort me fait un bien fou, même si me consoler semble vain.

— Allie, une idée me passe par la tête. Pourquoi n'envisagerais-tu pas de finir tes études en Angleterre ? Il y a une université à proximité du manoir, tu pourrais t'inscrire là-bas ?

— En cours de semestre ?

— Pourquoi pas ? Sinon, tu peux t'y inscrire pour septembre. Tu y feras ta dernière année de master. Nous pourrions vivre ensemble au domaine dès le mois de mai.

— Il faudrait que je me réadapte à un nouveau système juste pour un an. C'est un grand changement pour pas grand-chose. Et puis, je n'ai pas envie de quitter Laure ni le groupe, même si c'est plutôt eux qui m'évitent ces derniers temps.

— Réfléchis-y. Sois sincère, as-tu vraiment envie d'y retourner lundi ?

— Non, mais bon, ça va passer.

— Tu sais, si tu ne te sens pas bien, il faut trouver une solution. Je n'aime pas te voir comme ça. Lors de mon prochain départ, je ne pourrai pas te laisser ici en te sachant au plus bas, ça sera au-dessus de mes forces.

— D'ici là, tout ira mieux, ne t'inquiète pas. Laure et moi, nous sommes comme un vieux couple, avec ses hauts et ses bas. Heureusement, ça s'arrange toujours.

Même si je veux terminer mon master ici, les paroles de Dorian résonnent dans ma tête durant tout le week-end. C'est vrai que tout serait plus simple si j'étais au domaine en permanence. Je n'ai pas envie de quitter Laure, mais est-ce qu'elle ne m'a pas déjà quittée ?

Je suis assise à ma table de cours le lundi matin lorsque Laure s'approche. Je souris timidement, pensant qu'elle est enfin prête à discuter. Je redescends vite de mon nuage quand je comprends qu'elle veut juste savoir si je compte libérer l'appartement. Comme je n'y suis jamais, elle en a discuté avec Élisa qui aimerait se rapprocher de l'université. Deux heures plus tard, effondrée, je rejoins Dorian à l'entrée du bâtiment. Pour couronner le tout, il m'annonce qu'il doit repartir avant la fin de la semaine. Je ne veux pas retourner à l'appartement. Malheureusement, je n'en ai pas le choix. Pour me consoler, il me propose de garder la chambre d'hôtel en son absence. Je refuse, je ne veux pas y vivre seule.

— Tu es vraiment obligé de rentrer cette semaine ?

— Je devrais être déjà sur la route, j'ai réussi à repousser l'échéance pour rester davantage avec toi. Allie, viens avec moi. Je ne veux pas te laisser dans cet état. Pars avec moi, prends quelques jours, dis que tu es malade. Ça te laissera le temps de réfléchir.

— Non, je n'en suis pas là. J'ai très envie de passer du temps en ta compagnie, ne te méprends pas, mais je dois me concentrer sur mon année. J'ai validé de justesse le premier semestre, je ne peux pas rater le prochain.

— Comme tu veux. Je crains que si tu ne te sens pas bien, ça empiète sur ton travail. Nous pouvons au moins nous renseigner pour une inscription là-bas, même si c'est pour septembre.

— Je ne sais pas. Je suis tellement déçue. Je ne pensais pas me fâcher autant avec Laure. D'habitude, ça ne dure jamais bien longtemps.

— Je comprends. Tu sais, de vrais amis, nous n'en avons pas énormément. Si Laure ne peut pas te partager, tôt ou tard, tu devras faire un choix.

— C'était déjà un peu le cas quand j'étais avec Anthony. C'est vrai qu'elle est assez jalouse au début, mais ça lui passe toujours.

— Tu vois. Allie, pense à toi, pense à nous. Viens avec moi dès vendredi. Je n'attends que ça depuis le premier jour, que tu viennes vivre avec moi.

Je ne retourne pas en cours le mardi, je profite de Dorian. Bien que ma décision ne soit pas prise, nous nous renseignons pour un transfert de dossier en Angleterre. Je ne me présente pas en cours le mercredi. Malgré ses réticences, je décide d'y retourner tout de même le jeudi. Après tout, si je quitte cette faculté à la fin de la semaine, pourquoi y perdre mon temps ? Contrairement à ce qu'il semble penser, je ne suis pas encore décidée. Bien sûr que j'aimerais le suivre, pourtant je ne peux pas me résoudre à laisser cette dispute me séparer de Laure. Je dois au moins éclaircir cette situation avant de partir.

J'arrive un peu en avance le matin pour attendre Laure devant les portes de l'université. Lorsque je l'aperçois, je m'approche et l'interpelle. Elle accepte de m'écouter. Pour plus d'intimité, nous décidons d'aller nous installer à la cafétéria, le cours se fera sans nous. Je ne suis plus à ça près. Nous commençons à nous expliquer calmement. Elle me reproche mon absence à l'appartement, aux soirées, mais aussi de ne vivre aucun autre moment de ma vie d'étudiante que les cours. C'est vrai que je n'ai pas pris un seul café ou déjeuner avec le groupe depuis que Dorian est là. D'ailleurs, j'apprécie ce moment seule à seule avec mon amie de longue date. Tout rentre dans l'ordre jusqu'à ce qu'elle aborde le sujet de notre journée de ski.

— J'étais vraiment déçue quand j'ai compris que vous ne nous rejoindriez pas l'autre fois au ski.

— On a skié deux heures encore après le repas. On ne vous a pas aperçus une seule fois, pourtant je vous ai cherchés. Dorian voulait rentrer, alors on est partis.

— Allie, j'avais donné un point de rendez-vous à Dorian. Il savait où nous allions. Il y avait une démo de *freestyle*[11] sur l'autre versant. Quand tu es partie rechercher tes gants dans ta voiture garée sur le parking, nous étions tous convenus de nous retrouver là-bas vers 15 heures si on se perdait de vue dans la journée. Dorian était là, il a acquiescé comme tout le monde.

Je n'en crois pas mes oreilles. Je me suis fâchée avec Laure, pensant qu'elle ne supportait pas de me partager. Je me suis trompée de cible. Comment a-t-il pu me cacher qu'il était la cause de ma dispute avec mon amie ? Pourquoi a-t-il laissé cette situation s'enliser ? Comment pouvait-il me réconforter alors qu'il se savait coupable de cette dispute ?

Nous retournons en cours après ces deux heures de tête à tête. Je m'installe à ses côtés dans la salle pour la première fois depuis plusieurs semaines. Enfin, je retrouve mon amie pour mon plus grand plaisir. Malheureusement, il est de courte durée. C'est le moment que choisit la secrétaire pour m'apporter mon dossier de transfert. Laure m'observe, perplexe. N'ayant pas d'autre choix, je lui avoue que j'hésite à finir mon master en Angleterre. Elle reste bouche bée quand elle comprend que mon départ

---

[11] Ski acrobatique

devrait se faire au plus tard en septembre ou au plus tôt dès ce vendredi.

— Je comprends mieux pourquoi tu as autant séché les cours ces derniers temps.

— Je n'en ai pas séché tant que ça, juste quelques-uns cette semaine.

— Arrête, je vous croise régulièrement le mardi après-midi pendant ton cours d'allemand.

— Je te confirme, c'est pas nous. Je n'ai jamais séché ces cours-là.

— Des Porsche grises immatriculées en Angleterre avec un couple assis à l'avant, il n'y en a pas des masses qui roulent dans le quartier ! me répond-elle, l'air agacé.

Le professeur arrive alors que je lis la colère sur le visage de Laure.

— Je t'assure, si quelqu'un est assis à l'avant avec Dorian à cette heure-là, ce n'est pas moi. C'est impossible.

Elle comprend à mon regard que ce n'était vraiment pas moi. Je comprends au sien qu'elle pensait sincèrement que j'étais la passagère de cette voiture.

Le cours débute, nous ne pouvons poursuivre notre conversation. Je repense à notre dernière dispute : « Tu es complètement aveugle, ma pauvre ». Si elle avait raison, si j'étais complètement aveugle au sujet de Dorian ? Laure me passe un petit morceau de papier sur lequel elle a simplement écrit « J'ai dû me tromper de jour, il ne te ferait jamais ça ». Je lève les yeux vers elle, elle semble s'excuser, consciente du doute qu'elle a déposé involontairement dans ma tête. Suzanne s'invite sans crier gare dans mes pensées. Il pourrait me faire ça, il l'a déjà fait. Non, Laure se trompe, elle se trompe forcément.

Je rejoins le véhicule de Dorian à l'heure du déjeuner, comme d'habitude. Je reste distante. Je ne lui raconte ni ma conversation avec Laure, ni qu'elle pense m'avoir vue avec lui alors que c'est impossible, ni la réception du dossier pour mon transfert. Il me ramène l'après-midi et me récupère le soir.

Durant notre dîner, je sors l'enveloppe de mon sac. Voir Dorian qui rayonne dès qu'il parle de notre futur au manoir me confirme que Laure a dû se tromper. Il m'explique qu'il va contacter des déménageurs pour rapporter mes affaires sur place dès ce week-end afin de nous éviter de revenir plus tard. Il appellera Claire à la première heure demain pour la prévenir de mon arrivée. Il m'accompagnera lundi à l'université pour m'inscrire définitivement. Je souris timidement, ne sachant pas comment lui faire part de mes doutes sans le blesser.

Alors que Dorian se lève pour se resservir un verre, mes yeux se posent sur un mail rédigé en anglais. Je le parcours et découvre que ma faculté actuelle a pris contact avec le président de celle qui va m'accueillir. Ce dernier y explique qu'après entretien avec monsieur Galary le mois dernier, il accepte bien évidemment le transfert de mon dossier au sein de son établissement.

— Tu as contacté le président de l'université anglaise ?

— Pourquoi l'aurais-je fait ?

— Parce que c'est écrit là, peut-être ? dis-je en posant la copie du mail à côté de son assiette. Tu l'as même contacté il y a un mois, paraît-il.

Toujours près du bar, il me tourne le dos, la bouteille de whisky à la main. Il lève la tête, je ne peux pas voir l'expression sur son visage. Il repose la bouteille puis revient à table sans prendre la peine de lire le mail.

— En effet, mais ce n'est pas ce que tu imagines. Pendant mon retour au domaine le mois dernier, j'ai eu l'occasion de rencontrer le président lors d'un gala de charité. Naturellement, j'en suis venu à lui parler de toi. Lorsqu'il a compris que j'effectuais régulièrement des allers-retours en France pour te voir, il m'a simplement indiqué que si tu souhaitais t'inscrire dans son université, tu serais la bienvenue. Sur le moment, je n'ai pas prêté attention à sa proposition. Puis je suis revenu ici et je ne voulais plus te quitter ; alors l'idée a germé. Je ne l'ai jamais recontacté depuis. C'était une simple coïncidence.

Je ne sais ni comment le prendre ni comment réagir. La voix de Laure résonne dans ma tête : « il connaissait le point de rendez-vous ».

— Et pour le ski ? C'est une simple coïncidence aussi, le rendez-vous fixé par Laure que vraisemblablement tu as oublié ?

Il baisse les yeux.

— Dorian, c'est quoi le problème ?

Le silence est la seule réponse qu'il m'apporte.

— Je suis fâchée avec Laure depuis des semaines parce que tu ne m'as pas parlé de ce point de rendez-vous. Alors, explique-moi pourquoi tu n'as pas juste dit que tu ne voulais pas les rejoindre. J'aurais trouvé une excuse plutôt que de me fâcher avec elle pour une raison que j'ignorais jusqu'à ce matin. Tu sais que c'est en grande partie ce qui a déclenché ma dispute avec Laure. Pourquoi tu n'as rien dit ?

Il se lève, approche sa chaise de moi puis se rassied en prenant mes mains entre les siennes.

— Le problème Allie, c'est que j'aimerais t'avoir pour moi, uniquement pour moi. Je n'ai jamais été comme ça avec quiconque, seulement avec toi. Alors oui, j'ai préféré te cacher la vérité sur les pistes pour être juste avec toi. Je souhaite profiter de ta compagnie à chaque instant, seul à seul. Je sais que je ne peux pas te garder juste pour moi. Lorsque nous vivrons ensemble, ce sera différent, ce sera plus facile. Je t'assure. Je t'aurai contre moi tous les soirs, j'ouvrirai les yeux pour croiser ton regard. Je sentirai ton parfum dans toutes les pièces. Je saurai que tu vas bientôt rentrer. C'est tout ce que je désire, Allie : vivre avec toi chaque jour. Cette distance m'est insupportable.

Ses yeux me fixent. Ému, il n'en est que plus attendrissant. Je suis perdue, il semble si sincère. Est-ce qu'il me dit la vérité ou est-ce qu'il cherche juste à me manipuler depuis le début ?

— J'ai une question à te poser. Quelqu'un t'a vu dans ta voiture, accompagné d'une femme. Est-ce que c'est possible ?

— Bien sûr, dans la mesure où tu es assise à mes côtés ! répond-il instantanément.

— J'aimerais que tu me dises la vérité, ça ne pouvait pas être moi. Quand cette personne t'a vu, j'étais en cours.

— Eh bien, cette *personne* se trompe. Allie, le monde est rempli de jaloux qui ne comprennent pas notre amour. Ne fais pas attention à tous ces on-dit.

Je lui souris. Après tout, Laure a elle-même reconnu qu'elle avait pu se tromper. Je prends une grande inspiration, la boule au ventre. Il est temps de lui donner ma réponse quant à un départ au manoir avec lui ou non. L'amour rend aveugle, Laure a au moins raison sur ce point. Je me suis laissé aveugler ces dernières semaines et il est temps que je reprenne la pleine possession de mes moyens.

— Dorian, je ne vais pas partir avec toi. Je vais rester ici. Je crois que c'est mieux pour nous deux. Si ce que tu dis est vrai, j'en suis profondément touchée, mais c'est la preuve que cette relation nous consume avant même qu'elle ne commence. Tu ne peux pas m'avoir pour toi tout seul et tu le sais bien. Je sais que nous voyons les choses différemment, je sais que tu veux avancer, que tu es sûr de toi à notre sujet. Et si tu te trompais ? Et si ça ne fonctionnait pas ? Je ne peux pas, au bout d'à peine trois mois de relation, changer toute ma vie pour toi du jour au lendemain. Je viendrai vivre volontiers avec toi cet été si je trouve un stage près du domaine. Si tout va bien, pourquoi ne pas venir vivre avec toi en Angleterre dès le mois d'avril l'année prochaine, une fois mes études terminées ? Parce qu'à ce moment-là, je serai certainement prête à le faire. Aujourd'hui, je ne le suis pas, pas encore. C'est trop tôt pour moi. J'ai encore des expériences à faire, ma vie à construire.

— Ta jeunesse à vivre, ironise-t-il.

Jusque tard dans la nuit, nous abordons notre couple. Nous essayons de comprendre où nous en sommes, où nous allons et surtout, comment faire pour que chacun y trouve son compte. Il comprend que je me perds dans notre relation ; je comprends que quelque part lui aussi. Nous échangeons sur notre vision de l'année à venir. Nous convenons qu'à son prochain retour, je ne viendrai plus à l'hôtel avec lui. Je resterai à l'appartement où il sera le bienvenu. Je ne vois pas d'inconvénient à ce qu'il trouve une solution ou qu'il garde une chambre d'hôtel pour travailler la journée. Par contre, je n'ai jamais envisagé que l'hôtel deviendrait ma résidence principale. Je ne pensais pas qu'il resterait aussi longtemps lorsqu'il viendrait ni qu'il envisagerait de revenir si souvent. J'ai aussi besoin de retrouver mes habitudes. J'ai passé l'âge d'avoir une nounou qui m'accompagne à l'école tous les matins. Je ne veux pas aller au restaurant tous les midis ni que mon chauffeur vienne me chercher le soir. Il me laissera plus d'espace, ça ne peut être que plus sain pour nous deux. Il a besoin d'apprendre à me partager. Nous avons besoin d'exister chacun de notre côté pour mieux nous construire ensemble.

Il me dépose le vendredi matin après un rapide passage à l'appartement pour y déposer mes affaires. Je vois une tristesse profonde dans ses yeux bleu-gris. Je tente de le rassurer. Nous nous quittons ce matin pour mieux nous retrouver très bientôt. Dorian est complexe, je le sais, je l'aime avec ses travers. Notre relation ne sera peut-être jamais simple, ça aussi je le sais. Je partage sa tristesse de le voir rentrer seul au domaine, mais je suis également comme soulagée. J'ai besoin de me retrouver.

Mars : tout mensonge n'est pas bon à dire

Je dois bien avouer que je revis. J'ai été présente tous les matins devant les portes de l'université pour discuter avec mes amis, j'ai déjeuné avec eux tous les midis, je n'ai raté aucune soirée. Dans notre chez nous, je retrouve ma complicité avec Laure, et nos habitudes reviennent immédiatement.

Deux semaines plus tard, Dorian est de retour selon mes conditions. Il a été très occupé par son travail. Malgré tout, la distance entre nous lui a été pénible. L'étreinte à laquelle j'ai droit à son retour en est une preuve certaine. Nous passons toutes nos nuits à l'appartement. Il a tout de même préféré trouver un espace de *coworking*[12] pour y travailler la journée. À ma grande surprise, il ne me propose pas d'aller dormir à l'hôtel une seule fois. Le message semble passé. Nous nous octroyons des soirées à deux au restaurant, des sorties le week-end pour qu'il puisse m'avoir pour lui seul. Il ne m'amène plus à l'université et je retrouve une liberté qui me manquait bien plus que je ne le pensais. Nous apprenons à nous aimer selon les besoins de chacun. Voir l'homme qu'il est déambuler dans mon petit appartement au quotidien est une sensation assez étrange. Laure l'a accueilli avec plaisir. Aussi complexe que notre relation puisse paraître, je pense qu'elle a compris que nous séparer serait difficile.

[12] Espace de travail partagé

Le premier mardi, à ma sortie de cours, j'aperçois une Porsche grise au loin. Je ne parviens pas à lire la plaque ; deux ombres à l'avant : mon cœur rate un battement. Je marche jusqu'à l'appartement, le souffle coupé. Laure aurait-elle raison depuis le début ? Je pousse la porte, prête à lui tomber dans les bras, en larmes, lorsqu'à ma grande surprise, j'aperçois Dorian debout dans le salon. Il vient m'accueillir, le visage inquiet face aux larmes naissantes au coin de mes yeux. Je me blottis dans ses bras, rassurée.

— Je suis désolée d'avoir douté de toi. Tu avais raison, je viens d'apercevoir une Porsche comme la tienne avec deux personnes dedans, mais comme tu es là, ça n'était pas toi.

— Tu vois, je te l'avais bien dit qu'il s'agissait forcément d'une erreur. Je ne suis pas le seul homme au monde à posséder une Porsche grise. Par contre, je suis le seul qui ait le privilège de t'y voir assise à mes côtés.

Je surprends un regard entre Laure et Dorian. Il doit avoir compris que l'accusation venait d'elle. Je m'en veux d'avoir abordé le sujet en la présence des deux, je ne veux pas créer d'animosité entre eux.

Le mardi suivant, Charlie me propose de me déposer chez moi en voiture pour éviter la pluie torrentielle qui s'abat sur la ville. J'accepte, étonnée que Dorian n'ait pas fait exception aux règles que nous nous sommes fixées. J'arrive, l'appartement est vide. Presque aussitôt, Laure et Dorian apparaissent dans un éclat de rire. Surpris de me voir, ils se taisent aussitôt la porte passée.

— Tu es déjà là ? me demande Laure.

— Oui, Charlie m'a ramenée.

— J'ai croisé Laure sur le retour, je me suis arrêté pour lui éviter la pluie.

— Délicate attention, dis-je avec ironie, jalouse malgré moi de ne pas avoir été celle qui bénéficiait de cette faveur.

Laure se prépare un casse-croûte. Je surprends un tutoiement au moment où elle propose un verre à Dorian. Je souris, heureuse de voir que les barrières tombent entre eux. Les jours avancent dans la bonne humeur, laissant une routine s'installer dans notre cohabitation. Les doutes ont été dissipés dans l'esprit de Laure et elle profite à nouveau de sa meilleure amie. Mes deux âmes sœurs s'entendent bien mieux que je n'aurais pu l'imaginer et ce, pour mon plus grand plaisir.

Dorian repart le lendemain pour l'Angleterre, alors nous passons notre soirée au restaurant. Il me questionne sur mes projets, surtout sur mon envie de rester ici à la rentrée de septembre ou bien de partir vivre avec lui. Devant mon hésitation, il conclut par lui-même que je ne serai jamais étudiante dans cette université anglaise dont il m'a tant vanté les mérites. Notre nouvelle organisation va durer plus longtemps qu'il ne l'aurait souhaité, il va falloir qu'il l'accepte. Il paraît attristé par cette décision, mais n'en dit rien. Je passerai déjà l'été entier au domaine pour mon stage. Ce sera l'occasion pour moi de faire un test grandeur nature sur ma capacité à y vivre en tant que compagne, et non en tant que gouvernante.

Ma vie reprend une nouvelle fois son cours sans lui jusqu'à son retour le dimanche suivant. À mon grand regret, Laure ne va pas chez Thibaut ce soir-là. Nous passons donc notre soirée à trois, ce qui ne semble pas déranger Dorian le moins du monde. Peut-être s'habitue-t-il enfin à mon quotidien.

Le mardi suivant, après avoir déjeuné avec mes amis, nous apprenons que notre cours d'allemand est annulé. J'en profite pour rentrer à l'appartement. Laure n'est pas là. Je cherche à joindre Dorian : répondeur. Je travaille deux heures dans le salon avant d'entamer une pause. Je me régale d'une tartine de Nutella, puis m'attaque au tri de mes cours, assise en tailleur sur le parquet de ma chambre, mes classeurs étalés devant moi. Après avoir vécu à l'hôtel, j'ai laissé traîner les choses, et mes cours ressemblent à un amas de feuilles volantes qu'il est grand temps de ranger.

Je suis dans cette position depuis plus d'une heure, finissant mon rangement, lorsque j'entends les clefs dans la serrure. Laure ne peut pas me voir depuis l'entrée.

— Tu veux un thé ?

Je m'apprête à répondre, surprise de sa voix enjouée, quand quelqu'un d'autre répond. Je reste assise, me tenant le cœur qui s'emballe.

— Non, j'ai encore des choses à faire, j'y retourne.

— Déjà ?

— Oui, je suis désolé, plus que quelques jours et tout sera plus simple.

— Je suis pressée d'y être, je n'en peux plus d'attendre.

— Je sais, moi aussi.

— Le plus difficile, c'est de la voir tous les jours et de lui mentir.

— C'est bientôt terminé. Il faut que j'y aille, à tout à l'heure.

— Je te rejoins dès que je peux.

— Parfait, je pense pouvoir lui annoncer demain.

— J'espère, répond-elle.

Les classeurs posés au sol deviennent flous devant mes yeux.

— Allie, t'es là ?

Je reprends rapidement mes esprits alors que la voix hésitante de Laure résonne. J'attrape mes écouteurs posés derrière moi sur le bureau, les enfile juste avant qu'elle ne pousse la porte de ma chambre, le regard inquiet. Je fais mine de lever la tête, surprise.

— Tu n'es pas en cours ?

— Non, le prof était absent, dis-je en retirant un écouteur muet de mon oreille ; du coup je range un peu, avec de la bonne musique. Thibaut est avec toi, j'ai entendu une voix masculine.

— Euh, il m'a juste déposée, il est déjà reparti. C'est là que j'ai vu tes affaires sur la table. Bon, ben, je te laisse bosser, indique-t-elle en sortant de ma chambre avant d'aller s'enfermer dans la sienne.

Dorian prétexte avoir beaucoup de travail, l'obligeant à rentrer tard le soir. Laure, quant à elle, part chez Thibaut, du moins c'est l'excuse qu'elle me donne. Je passe ma soirée seule assise sur le canapé, le reste du pot de Nutella entre mes mains. J'essaie de démêler la conversation que j'ai surprise entre eux plus tôt. Je n'ose à peine imaginer l'impensable. Laure est ma meilleure amie, jamais elle ne pourrait me faire une horreur pareille. Peut-être essayait-elle de me faire comprendre certaines choses le mois dernier ? Et si c'était elle, cette femme assise à côté de Dorian dans la voiture dont elle me parlait ? Je veux bien croire que j'ai été aveugle plusieurs fois en ce qui concerne Dorian, déjà bien avant que notre relation ne commence, mais je ne peux pas l'avoir été à ce point-là. Je ne peux pas y croire. Bien plus en colère que triste, je m'acharne sur le chocolat, refusant de verser la moindre larme.

Dorian rentre discrètement vers 3 heures du matin ; je fais mine de dormir, pas de traces de Laure. J'attends que Dorian s'endorme, pour me lever. Je quitte à pas de loup la chambre, grimaçant au moindre grincement qu'émet la porte. Je traverse le salon sur la pointe des pieds. J'arrive dans l'entrée, percute une chaussure mal rangée de Laure. Je peste intérieurement contre la douleur provoquée à mon petit orteil. J'aperçois la veste de Dorian accrochée au portemanteau. Telle une épouse jalouse, j'y enfouis ma main : rien dans les poches extérieures. Je la plonge dans une première poche intérieure, j'en sors son portefeuille. Je l'entrouvre : à la vue d'une large liasse de billets, je le referme, mal à l'aise. Je tente la seconde, j'en sors une feuille blanche pliée en quatre. Plusieurs séries de chiffres y sont inscrites dans une écriture qui ressemble énormément à celle de Laure. Il s'agit peut-être de références de dossiers dont il avait besoin, rédigées par une collègue là-bas, en Angleterre. Je sursaute lorsqu'une lumière apparaît. Mon sang ne fait qu'un tour, mais ce n'était que les phares d'une voiture qui se reflétaient dans la vitre de la fenêtre. J'hésite et déplie entièrement la page lorsque mes yeux tombent sur une forme de conclusion à ces codes étranges. Aucune ambiguïté sur ces derniers sigles : trois cœurs qui se suivent. Je range en hâte le document, encore plus en colère. Que penserait Hercule Poirot[13] ou Sherlock Holmes [14] devant ces maigres indices ? Une conversation étrange et des cœurs gribouillés à la fin d'un message codé. Dorian a passé l'âge de ce genre d'enfantillages. Je trouve sa sacoche, impossible de l'ouvrir sans le code. Je joue les espionnes en essayant plusieurs combinaisons, mais aucune ne fonctionne. Me voilà bien avancée, ce qui me rend encore plus en colère. Je m'installe recouverte d'un plaid sur le canapé. Incapable de penser à autre chose, mon cerveau bouillonne alors que mes yeux sont hypnotisés par un reportage nocturne sur des bilbies [15] vivant en Australie. Cette mésaventure m'aura au moins permis d'apprendre l'existence de ces petits animaux.

Je n'ai quasiment pas adressé la parole à Dorian ce matin. Je n'ai même pas besoin de lui mentir pour justifier ma présence sur le canapé lorsque je lui annonce que je ne me sens pas très bien. Une fois à l'université, je m'installe à l'écart dans l'amphithéâtre. Je suis abasourdie quand celle que j'appelais

---

[13] Détective récurrent dans les romans d'Agatha Christie

[14] Détective privé créé par le romancier Sir Arthur Conan Doyle

[15] Petits marsupiaux

jusque-là ma meilleure amie vient s'installer à côté de moi, souriante. Nous faisons une pause au bout de deux heures, et Laure enchaîne les cafés en plaisantant avec le groupe. J'imagine que cette nuit a dû la fatiguer. Quand nous nous réinstallons, elle dépose son téléphone sur la table avant de passer rapidement aux toilettes. Lorsqu'il bipe, j'approche ma main pour le mettre en silencieux et le ranger dans son sac alors qu'un nouveau message arrive. « Dorian » s'affiche sur l'écran, suivi de ces mots : « Encore merci pour hier, j'ai passé un excellent moment en ta compagnie cette nuit. Rendez-vous à midi aujourd'hui. Surtout pas un mot à Allie, Dorian ». Cette fois-ci, pas besoin d'être Richard Castle[16] pour comprendre. Étourdie, je range rapidement le téléphone dans la poche de sa veste. Laure s'installe à la hâte pendant que notre professeur commence.

Une fois le cours terminé, je me lève brusquement, me précipite hors de la salle, tourne dans le premier couloir que je croise pour que Laure ne sache pas où je suis allée. Mon cœur bat à toute vitesse, je retiens mes larmes avant de m'enfermer dans les toilettes. Les étudiants désertent les couloirs pour aller déjeuner pendant que je m'effondre. Je ne peux pas y croire, mon instinct me dit que c'est impossible. Jamais ils n'auraient pu me faire une chose pareille. Pourtant, il semblerait que je n'aie pas d'autre choix que de me rendre à l'évidence. Je me relève, il est temps d'arrêter ce cirque. Je dois les trouver et les confronter où qu'ils soient en ce moment. Je redresse mes épaules, sèche mes larmes et sors du bâtiment.

Monsieur est adossé à sa voiture sur le parking à quelques mètres de moi en compagnie de sa poupée du moment, elle-même toute joyeuse.

---

[16] Romancier consultant pour la police de New York dans la série télévisée *Castle*

— Ça va, je ne vous dérange pas, dis-je agacée de les voir se pavaner en public.

— Justement, nous t'attendions, répond Laure enjouée.

— Laisse-moi deviner, *tu n'en peux plus d'attendre,* dis-je en reprenant ses termes de la veille sur un ton qui ne leur laisse aucun doute sur mon état de colère. Ne vous fatiguez pas, je vais vous simplifier la vie. Ce soir, je vais dormir ailleurs et demain, je ne veux plus aucune de vos affaires à l'appartement. J'espère que t'as déjà transféré ton dossier dans cette superbe université parce que je ne veux plus jamais vous revoir ni l'un ni l'autre. Bon courage, c'est à toi de te farcir le *connard* comme tu l'as appelé il n'y a pas si longtemps que ça.

Ils me fixent, échangent un regard puis éclatent de rire.

— Connard ? demande Dorian à Laure.

— Oui, bon, excuse-moi, mais je ne te connaissais pas encore bien à ce moment-là.

— Allie, monte dans la voiture, Laure et moi avons une surprise pour toi. J'espère sincèrement qu'elle te plaira et en effet, nous ne pouvons plus attendre de te la faire découvrir.

Je les observe, immobile et dubitative. Leur sourire est contagieux. Je me décide à les suivre restant dans le flou total devant leur réticence à m'en dire davantage.

Nous dépassons le campus d'à peine cinq cents mètres avant que Dorian ne sorte un badge de sa poche. Une porte de garage s'ouvre devant nous le laissant y engouffrer sa Porsche. Le sous-sol est immense, on peut y garer plusieurs véhicules sans problème. En sortant de la voiture, j'aperçois une pièce, certainement une buanderie. Dorian m'indique l'escalier d'un geste de la main. Laure monte en premier, je la suis. Elle ouvre la porte et me guide vers l'intérieur. J'arrive au milieu d'une petite pièce, comme un sas d'entrée. Sur la droite, se trouve un second escalier avec en face, un miroir surplombant un comptoir vide, et à gauche une porte ouverte. Dorian m'invite à entrer. Me voilà au milieu d'une immense cuisine aménagée, ouverte sur une salle à manger et un grand salon. Les meubles ultramodernes, dans les tons majoritairement gris et les murs blanc cassé, font un mélange épuré très élégant. Je me tourne vers eux, l'air interrogateur.

— Notre situation actuelle est compliquée à gérer pour moi, alors j'ai trouvé une solution. J'ai cherché un appartement qui me permettrait de travailler dans de bonnes conditions tout en vous permettant de rester ensemble.

Il arrive derrière moi pour me prendre dans ses bras. Je me retourne et le serre fort avant de le taper légèrement sur le torse.

— Vous m'avez fait peur tous les deux !

— Comment as-tu pu imaginer une telle chose ? Continuons la visite, tu veux bien ?

— Avec plaisir, dis-je le sourire aux lèvres.

Nous entrons dans une salle de bain pavée d'un sol imitation ardoise, et composée de meubles blanc immaculé ; les toilettes adjacentes sont situées sous l'escalier. De l'autre côté de la salle de bain, deux belles chambres : la première est dans les tons crème et marron, et la seconde est crème et cerise. Les lits sont parés de draps des mêmes couleurs. Nous poursuivons vers les deux dernières pièces : deux bureaux. Le premier est spacieux avec une immense bibliothèque sur le mur du fond ainsi qu'une grande table en plein centre munie d'un matériel informatique dernier cri, le tout complété d'un grand fauteuil. Les murs peints dans les tons verts me rappellent le bureau de Dorian au château, en plus lumineux. Le second est plus petit, ses murs sont beiges, il est aussi équipé d'une table ainsi que d'une étagère. L'odeur de peinture fraîche est encore présente dans toutes les pièces. Nous terminons la visite de ce niveau par un grand balcon avec une vue magnifique sur les montagnes.

Dorian poursuit la visite par le second étage où un autre sas nous accueille. À gauche, une porte donne sur une salle de sport tout équipée. Une deuxième porte amène dans une cuisine ouverte sur un salon, une pièce vide destinée à être une chambre, une seconde plus petite, idéale pour un bureau, et enfin une salle de bain. Nous revenons sur nos pas pour prendre à droite. Une dernière surprise m'attend. Cette fois-ci, nous descendons un escalier couvert qui mène directement vers une piscine sous un toit vitré. Autour de celle-ci se trouve un petit jardin avec terrasse ainsi qu'une porte menant au garage.

Nous remontons finalement au premier étage où Dorian m'invite à m'asseoir sur le canapé. Je suis restée muette pendant toute la visite, à la fois subjuguée par les lieux et clairement dépassée par les événements.

— Qu'en penses-tu ? demande Dorian impatient.

— C'est magnifique.

— Je savais qu'il te plairait.

— Comment se fait-il que tu aies déjà les clefs ? Tu l'as acheté ?

— Non, non, tu m'as bien dit que tu ne voulais pas que j'achète ; c'est en location. L'agent immobilier n'était pas disponible. Il a accepté de me les laisser.

Je ne suis pas totalement surprise, Dorian a un pouvoir de persuasion très efficace.

— J'ai pensé que nous pourrions occuper cet étage. Laure pourrait vivre au deuxième. Vous seriez ensemble tout en étant indépendantes. Elle pourra l'aménager comme elle le souhaite, poursuit-il.

— Mais c'est neuf ?

— Oui, c'était un hôtel, ils ont arrêté leur activité avant de le vendre, enfin de le mettre en location. Il a simplement fallu faire des travaux. Nous serons les premiers locataires. Alors, qu'en dis-tu ? Est-ce que tu m'autorises à sortir le champagne pour fêter ça ?

Je regarde Laure, dubitative. Mon expérience auprès de Dorian m'a appris à me méfier. Elle intervient pour me rassurer.

— Il est super, franchement ! Même la déco est top, les meubles et la piscine ! Qu'est-ce qu'il te faut de plus ?

— Tu veux dire que les meubles restent ?

— Oui, tout reste.

— Quels seront les noms sur le bail ?

— Les nôtres, si vous êtes d'accord bien sûr, répond Dorian.

— Quel sera le loyer ?

— Nous nous sommes mis d'accord avec Laure : vous payerez la même chose que pour votre appartement actuel.

— Mais le loyer de celui-ci est de combien ?

— Pas aussi élevé que tu pourrais le penser.

— Ça ne répond pas à ma question.

— Allie, arrête de vouloir tout contrôler, on dirait que t'as pas confiance en lui. Il a fait ça pour te faire plaisir. Tout ce que tu as à faire, c'est accepter, il s'occupe de tout. Détends-toi un peu. On ne te parle pas de faire quelque chose d'illégal, juste de louer un appart'.

— OK, OK, ça va. Je vois que tu as déjà fait ton choix.

— Carrément, l'appart' est mille fois mieux que le nôtre, juste à côté de la fac. On a une terrasse, une salle de sport. On a une piscine, sérieux !

— Justement, qui va payer pour les factures d'eau et d'électricité de la piscine ? Toi, avec ta paye d'étudiante ?

— Loin de moi l'idée de profiter de ton petit ami, mais je te rappelle que c'est son idée. Dorian et moi avons déjà parlé de tout ça. Il s'occupe de tout, et toi et moi on participe à hauteur de nos factures actuelles. Cet appart' est trop bien, Allie. L'agent immobilier a été très clair : si on ne se dépêche pas de signer le bail, il va nous passer sous le nez.

Dorian arrive avec une bouteille et trois flûtes. Il agit comme s'il était déjà chez lui. Il me fixe, le regard interrogateur, usant de ses charmes pour me supplier sans un mot. Je confirme, son pouvoir de persuasion est dévastateur.

— Puis-je l'ouvrir ? me demande-t-il.

— Bon, OK. Ça va, je capitule.

Le bouchon de champagne me fait sursauter. Nous trinquons alors que je baisse ma garde pour profiter du moment. Dorian sort le bail de son porte-documents noir dont il ne se sépare toujours pas, pour que Laure et moi signions. J'ai à peine posé le stylo qu'elle s'empresse de faire de même en m'arrachant presque le bail des mains. Elle est assurément conquise par l'idée. Nous allons rapporter nos meubles ici pour l'étage de Laure. L'appartement étant libre, nous convenons d'emménager définitivement dès ce week-end. Dorian me dit qu'il va tenter de nous obtenir un préavis d'un mois pour l'ancien. Nous quittons notre futur chez nous pour nous rendre au restaurant afin de fêter dignement notre emménagement à venir.

— Mesdemoiselles, à notre colocation qui débute ! Allie, j'ai également une seconde bonne nouvelle dont je souhaitais te parler. Mon amie Kimberley confirme qu'elle serait intéressée pour te prendre en stage cet été. Voici son adresse mail, contacte-la, vous conviendrez d'un rendez-vous pour un entretien via Skype.

— Décidément, que de bonnes nouvelles ! Merci encore pour l'appartement, j'apprécie beaucoup d'avoir été intégrée au projet, trinque Laure.

— Je lui envoie un mail demain sans faute. Merci Dorian, pour tout, dis-je conquise par cet homme aux petits soins pour moi.

Je me sens idiote d'avoir eu autant de doutes envers eux. Même si au plus profond de moi, je sentais que c'était impossible, les signes étaient difficiles à ignorer. En compagnie de mes deux personnes préférées, je me rends compte à quel point je suis chanceuse de les avoir et à quel point il faut faire confiance à ceux que l'on aime, bien plus qu'à des rumeurs ou des impressions. Ce soir, je trinque avec eux à une nouvelle page qui se tourne. Dorian n'est pas l'homme parfait, mais une chose est certaine : il fera tout ce qui est en son pouvoir pour me rendre heureuse quoi qu'il arrive. Après tout, n'est-ce pas simplement ça l'amour ?

Mars : mettre la clef sur la porte

Après la visite de l'appartement, Laure et moi arrivons joyeuses à nos cours de l'après-midi. Nous annonçons la bonne nouvelle à nos amis. Gus et Charlie nous demandent si notre ancien appartement est loué, car il les intéresse. Ils vivent tous les deux chez leurs parents dans la ville voisine, désespérés de pouvoir prendre enfin leur indépendance. Je préviens Dorian. Deux heures plus tard, il m'envoie un message pour m'annoncer que l'agence est d'accord pour annuler le préavis si les garçons emménagent aussitôt après notre départ, sous réserve que leurs dossiers soient acceptés.

Dorian me propose d'aller dormir dans notre nouveau chez nous le soir même. Laure et moi voulons profiter des deux dernières nuits en tête à tête. Dorian, compréhensif, va emménager avant afin de nous laisser seules pour ces dernières heures dans notre petit appartement. Nous commençons à faire nos valises dès que nous rentrons de notre journée à l'université. Nous emballons, plions et trions, dans la bonne humeur. Laure ne peut s'empêcher de me répéter à quel point Dorian est génial, et je ne peux m'empêcher de penser que sans son portefeuille, elle ne le dirait peut-être pas. Je n'insinue pas qu'elle est intéressée, pas du tout, mais la situation serait bien différente si Dorian n'était pas autant Dorian.

Samedi matin vers 9 heures, Thibaut arrive, suivi de près par Dorian habillé pour une fois en jeans et pull. Depuis notre premier rendez-vous galant il y a un an, je ne l'avais pas vu autrement qu'en costume. Je suis presque surprise qu'il en ait en sa possession ici et je soupçonne un achat la veille. Je devrais l'inciter à en mettre plus souvent, il porte le jeans comme personne. Même Laure me fait discrètement remarquer que ça le rend encore plus sexy. J'ai réussi à le dissuader de faire appel à des déménageurs. Laure et moi avons déjà chargé nos deux voitures au maximum ; nos meubles iront dans le véhicule que Gus et Charlie ont loué. Ils arrivent peu de temps après avec toutes leurs affaires dans la camionnette. Ils sont venus nous aider à déménager et en contrepartie, nous les aidons à emménager. Nous vidons leur véhicule, y chargeons notre canapé, notre table ainsi que les chaises, le lit et l'armoire de Laure. Ma chambre restera sur place, je l'ai revendue aux garçons, je n'en ai plus besoin. Nous installons rapidement leur mobilier à la place du nôtre, et vers 13 heures nous avons terminé. Notre appartement est toujours le même, pourtant il est déjà si différent. Laure et moi avons un léger pincement au cœur, même si nous serons amenées à y faire encore des soirées.

Quelques minutes plus tard, nous voici dans notre palace de location. Thibaut, Gus et Charlie n'en reviennent pas. Après la visite, nous déjeunons rapidement avant de nous mettre au travail. Les hommes s'occupent de monter les meubles de Laure au deuxième étage avant de les installer. Laure et moi vidons nos voitures afin de commencer à ranger nos affaires. Vers 18 heures, nous avons presque terminé. À ma grande surprise, Dorian propose aux garçons de boire un verre avec nous. Il sert une bière à tous dans notre grand salon. À peine une heure plus tard, la sonnette retentit. Il a commandé des pizzas pour tout le monde. Je lui adresse discrètement un « merci » ; il acquiesce, le sourire aux lèvres, avant de s'asseoir à mes côtés.

— Dorian, je peux vous appeler Dorian ? se lance Gus. Merci, mec, c'est cool.

— Merci, disent en cœur tous les autres.

— Je crois que pour vous, en France, le tutoiement est important. Je pense que le mieux serait que dorénavant nous l'employions, propose Dorian.

— Ça marche, avec plaisir, répond Gus sans s'y risquer immédiatement, malgré un acquiescement général.

Je passe une excellente soirée entourée d'amis ainsi que de l'homme de ma vie. Je suis heureuse, me sentant presque chez moi. Gus et Charlie finissent par partir, pressés de retrouver leur nouvel appartement. Laure et Thibaut en profitent pour s'éclipser à l'étage, nous laissant seuls. Dorian se lève pour remplir nos verres de nouveau. Il me rejoint sur le canapé pour trinquer.

— Bienvenue chez nous, me dit-il.

— Merci. Oh, tant que j'y pense, j'ai quelque chose pour toi.

— Un cadeau pour moi ?

Je me lève et pars chercher mon sac à main. J'en sors deux feuilles et les lui tends.

— Euh, non pas vraiment. Je suis passée chez mon généraliste hier.

Il me regarde, perplexe, baisse les yeux vers les ordonnances et sourit.

— Tu es têtue.

— En effet. Puisque tu sembles décidé à ne pas te plier à certaines obligations à cause de ton *âge*, j'ai trouvé une autre solution. Une prise de sang pour remplacer le *plastique*.

— J'irai avec toi lundi. C'est important pour toi de faire les choses dans l'ordre, je le conçois tout à fait. Que veux-tu faire demain ?

— J'opterais bien pour une journée canapé. J'ai encore pas mal d'affaires à ranger et j'ai envie de découvrir ma nouvelle maison.

— Avec plaisir, tant que nous sommes ensemble. J'ai très envie de savourer cette journée avec toi. Après tout, c'est la première fois que j'emménage avec une femme.

— Tu oublies Suzanne.

— Ça n'avait rien à voir, elle a emménagé chez moi. Là, nous sommes chez nous.

— Dorian, en parlant d'elle. J'ai une dernière question qui fâche, puisque nous y sommes, autant tout faire en même temps.

— Je t'écoute.

— Qui a quitté l'autre ?

Il se racle la gorge. Avant même qu'il ne parle, je connais la réponse.

— C'est elle qui est partie.

— Quand ?

— Dès ton départ, elle a compris que nous avions dépassé les barrières du professionnel, toi et moi. La guêpière que tu avais déposée sur mon lit en partant ne laissait pas beaucoup de place au doute. Notre couple a commencé à être sur le déclin immédiatement. Quelques semaines plus tard, elle a été victime d'un malaise. Il s'est avéré qu'elle avait fait une fausse couche, comme tu le sais. Elle l'a assez mal vécue, elle me parlait en permanence d'essayer d'être de nouveau enceinte. Je ne pouvais pas la toucher, je pensais à toi constamment. Je me suis rendu compte qu'en réalité j'étais soulagé par cette mauvaise nouvelle. Nous continuions à préparer le mariage. Pourtant, je n'en avais pas envie, aucun des choix qu'elle faisait ne me plaisait. Mon entourage était ravi pour nous, pour moi, et malgré cela je ne l'étais pas moi-même. Hadrien me demandait régulièrement si j'avais de tes nouvelles. Je pense qu'il essayait de me réveiller. Début juin, lors d'un voyage professionnel, Suzanne a rencontré le dirigeant d'une entreprise avec qui nous travaillons. Je suppose qu'ils se sont rapprochés. Au retour de son voyage, elle est restée environ une semaine avant de m'annoncer qu'elle me quittait. Je t'ai écrit un mail le jour même, un de plus resté sans réponse. Je t'ai appelée à maintes reprises jusqu'à ce que ton numéro soit hors service. Tu connais la suite.

— Tu es resté ? dis-je troublée par sa réponse.

— Comment ça ?

— Il n'y avait plus d'enfant à venir et tu es resté. C'est l'excuse que tu m'as donnée pour justifier ton choix de l'épouser. Il n'y avait plus d'enfant, mais tu es quand même resté…

— Allie, s'il te plaît, n'y pense plus.

— Oh si, j'y pense chaque jour. Peut-être que pour rendre la chose plus supportable, j'espérais naïvement que tu l'aies quittée par amour pour moi. Être ta solution de repli est bien moins romantique.

— Tu n'es pas une *solution de repli.* Depuis le début, tu es celle que je veux. Aujourd'hui, nous sommes ensemble, c'est tout ce qui compte.

— C'est facile à dire pour toi. Tu n'as pas souffert après avoir été publiquement trahi.

— Allie, viens là.

Il me prend dans ses bras malgré ma réticence.

— Tu te trompes sur toute la ligne. J'étais avec Suzanne pour de mauvaises raisons, je cherchais une femme parce que j'estimais qu'il était temps pour moi. Il se trouve qu'elle pouvait remplir cette tâche parfaitement. Elle est tombée enceinte et tu peux me croire, ce n'était pas prévu. Je suis resté une fois de plus pour de mauvaises raisons. Je me détestais de t'avoir fait du mal, je ne pouvais pas imaginer faire ma vie avec quelqu'un d'autre que toi. Tu étais partie, par ma faute je te l'accorde, et je me punissais en restant avec elle. Et puis, quand elle a rompu, je me suis promis d'assumer mes sentiments envers toi, de tout faire pour que tu me pardonnes, pour que tu acceptes de me laisser une nouvelle chance. Aujourd'hui, nous sommes là. Je t'aime Allie, de tout mon être, je n'ai aimé que toi durant ces deux dernières années.

Il m'embrasse sur le front, certainement inquiet de ma réaction à venir.

— Je vais aller me coucher, dis-je peu encline à poursuivre cette conversation après une journée si éreintante.

— Accorde-moi encore une seconde s'il te plaît, il faut que tu voies ça.

Il me prend la main, m'emmène sur le balcon et m'enlace pour me réchauffer. Nous regardons les lueurs de la ville et des villages perchés sur les flancs des montagnes alentour.

— Je t'aime, me souffle-t-il à l'oreille.

Je ne réponds pas, profitant du paysage quelques minutes encore avant de frissonner et de rentrer pour aller me coucher. Une fois dans le lit, Dorian se tourne vers moi.

— Tu es bien silencieuse. Ça ne te ressemble pas.

— Je n'ai rien à dire.

— Allie, s'il te plaît, ne te couche pas fâchée contre moi. Pas aujourd'hui.

— Je ne le suis pas. Tu m'as expliqué ce qu'il s'était passé, ce que tu avais ressenti. Je n'ai rien à répondre à ça. J'ai compris, ça ne signifie pas que j'approuve. Maintenant voilà, j'ai compris donc j'accepte. Je ne suis pas fâchée contre toi, vraiment ; déçue, oui, certainement, mais pas fâchée.

— J'aurais préféré que tu sois fâchée plutôt que déçue.

— J'aurais préféré que tu ne me laisses pas partir et que tu t'interposes entre elle et moi après la gifle qu'elle m'a mise, voire même que tu la jettes dehors. Tu vois, on ne choisit pas toujours. Maintenant, je vais tenter de dormir et de digérer tout ça pour que demain soit un autre jour.

Il n'insiste pas. Je l'embrasse du bout des lèvres avant de m'endormir assez vite malgré tout. La journée a été chargée.

Dimanche arrive, le soleil tape dans les fenêtres du salon. Les toits sont couverts de neige fraîchement tombée cette nuit. Dorian est sorti, je l'entends revenir et monter les escaliers jusqu'à l'étage du dessus. Je pense qu'il part courir sur le tapis, sauf qu'il redescend aussitôt. Je suis assise à la table, un lait chaud entre les mains. Il me tend des croissants. Je comprends qu'il en a déposé à la porte de Laure.

— Alors, qu'a donné cette première nuit ? Bien dormi ?

Je sais qu'il déguise la question pour savoir si mon sommeil a été bon, non pas dans notre nouvel appartement, mais bien suite à notre conversation d'hier soir.

— Oui, très bien. Mieux que je n'aurais pu l'imaginer. À croire que je m'habitue à tes frasques, dis-je bien décidée à ne pas le laisser s'en tirer si facilement cette fois-ci.

— Tant mieux, je suppose, répond-il sur la réserve.

Sans un mot, nous poursuivons notre premier petit-déjeuner de colocataires.

— Tu as prévenu tes parents ? demande-t-il en brisant le silence.

— De mon emménagement ? Non, pas encore.

— Tu envisages de les avertir quand ?

— Cette semaine.

— Nous n'avons jamais abordé le sujet, je suppose que tu leur as parlé de nous ?

— Oui, en quelque sorte.

— *En quelque sorte* ? Allie, nous sommes ensemble depuis trois mois. Tu as emménagé avec moi, et tes parents n'ont pas la moindre idée que nous sommes en couple ?

Je ne réponds pas, coupable.

— Je vois. Tu dois régler cette situation rapidement Allie, ce sont tes parents.

Je suis la fautive pour une fois. Gênée, je hoche la tête l'air naturel. J'essaie de le convaincre par ce geste que je gère la situation. Je termine mon croissant en hâte puis pars détendre mes courbatures de la veille sous une bonne douche que je fais volontairement durer. Avec un peu de chance, il sera passé à autre chose à ma sortie.

Le mercredi qui suit, je dois me résoudre à appeler mes parents. Je ne peux plus repousser l'échéance. Je prends de leurs nouvelles, échange sur des banalités. Je leur parle de mes cours, de mes recherches de stage, notamment cette nouvelle opportunité en Angleterre, avant de me lancer. Je leur explique que j'ai emménagé dans une colocation plus grande avec Laure ainsi qu'une troisième personne. Ils sont d'abord surpris d'apprendre que je ne les ai pas consultés bien qu'ils soient mes garants. Comment ai-je pu obtenir cette location sans présenter de garanties ? Je n'avais pas pensé à ça. Coincée, je m'enlise dans des explications aussi floues qu'incompréhensibles sur mes fiches de paye de gouvernante avant de prétexter un cours à travailler pour un examen le lendemain. Je raccroche, soulagée que cette conversation soit terminée. J'ai très mal préparé mon appel et n'ai absolument pas pensé à cette histoire de garants. Focalisés sur l'aspect administratif, ils n'ont pas relevé cette colocation à trois. Par la même occasion, je prends conscience que je n'avais pas l'intention de leur parler de mon couple : juste de l'appartement. Je tente de passer à autre chose, assez peu fière de leur mentir.

Nous avons emménagé depuis une semaine seulement, pourtant Dorian s'absente déjà. Je monte chez Laure le soir quand elle n'est pas avec ou chez Thibaut. Nous squattons son canapé, mangeons devant un bon film, ensuite je rejoins ma chambre. Laure me questionne sur Dorian et moi, surprise que nous ne soyons pas encore allés plus loin.

— Tu m'avais dit que vous alliez faire le test. Vous n'y êtes pas allés ?

— Si, tout est OK. Je crois qu'il est un peu en mode gentleman, à patienter jusqu'au bon moment ou je ne sais quoi.

— C'est un romantique finalement ton Dorian. Il est peut-être du genre à attendre le mariage. C'est peut-être pour ça qu'il t'a proposé de l'épouser si vite ! rit-elle.

— Non, sinon je serais sa première.

— Peut-être que tu l'intimides !

— Ha, ha, très drôle.

— Je change de sujet, mais Allie, je dois te demander quelque chose et je ne veux pas que tu te vexes, m'implore Laure.

— Attends, depuis le temps qu'on est amies toi et moi, tu peux tout me confier.

— J'aimerais que tu me préviennes quand tu entres dans mon appartement.

— C'est-à-dire ? Tu savais que je venais ce soir ?

— Non, mais quand je n'y suis pas. J'aimerais le savoir, même si tu montes juste chercher du sel.

— Je ne viens jamais quand tu n'es pas là, pourquoi tu penses ça ?

— Vraiment ?

— Mais, pourquoi je viendrais ? Et puis, quand tu es chez Thibaut, je suis avec Dorian. Pourquoi voudrais-tu que je monte chez toi ?

— C'est bizarre, j'ai des affaires qui bougent, j'étais persuadée que c'était toi. Qui ça peut être du coup ?

— Je ne sais pas, je ne pense pas que Dorian s'amuse à ça non plus, tu sais.

— Non, ça ne peut pas être lui. J'ai encore remarqué des choses étranges hier, et il est en Angleterre.

— T'es sûre que c'est pas toi ?

— Ha, ha, très drôle. Mais non, je t'assure. La dernière fois, je suis certaine d'avoir laissé mon sèche-cheveux sur le lit. Je suis rentrée, il était dans la salle de bain. Mon bougeoir n'était plus à droite du meuble, mais à gauche. La photo de Thibaut et moi n'était pas comme d'habitude sur ma table de chevet, et la fois d'avant, ma tasse de café du matin était propre et rangée.

— Pour ton sèche-cheveux, tu as dû oublier que tu l'avais rangé ; peut-être que Thibaut a déplacé ton bougeoir et ton cadre la dernière fois qu'il est venu te voir. Pour la tasse, tu as un fantôme bien gentil qui te fait la vaisselle, de quoi tu te plains ?

— Arrête, c'est pas drôle, peut-être que je deviens folle. Je vais finir par prendre des photos de mon appartement tous les matins pour vérifier en rentrant.

— Si ça recommence, tu me le dis, on enquêtera version Sherlock Holmes, OK ?

— Excellente idée, Docteur Watson[17].

Deux jours plus tard, nos cours sont annulés. Laure et moi avons prévu d'aller travailler à la bibliothèque. Nous nous accordons un réveil plus tardif qu'à l'accoutumée. Je me lève, profite de mon petit-déjeuner, vais sous la douche puis pars m'habiller dans la chambre. J'ai à peine enfilé mes sous-vêtements que la porte s'ouvre. Je bondis en poussant un cri d'effroi.

— Oh pardon Madame, s'excuse une femme en refermant la porte.

J'enfile un jeans, un tee-shirt, et sors immédiatement de la chambre, équipée de mon téléphone et d'un livre qui passait à proximité. Mon cerveau s'efforce de me raisonner, je ne vais pas à la chasse à l'araignée. Inutile, je ne perçois pas les messages, prête à bondir sur cette intruse, armée jusqu'aux dents. J'ouvre la porte avec précaution, y passe ma tête lorsque j'aperçois la même dame, la tête dans mon réfrigérateur. Je fais un pas, bombe mon torse et prépare ma plus grosse voix. Je pense à Simba[18], lionceau sans défense, qui rugit de toutes ses forces pour repousser les hyènes, sans grand succès.

— Qui êtes-vous ?

— Bonjour, Madame, je suis là pour le ménage, rétorque-t-elle, son éponge à la main.

Elle referme le frigo. Je m'approche, sceptique.

— Vous avez été embauchée pour faire le ménage ici ?

---

[17] Acolyte de Sherlock Holmes

[18] Personnage du film d'animation *Le Roi Lion* créé par les studios Disney

— Oui, par Monsieur.

À ce mot, plus aucun doute. Je baisse ma garde, déposant téléphone et livre.

— Excusez-moi, je n'étais pas au courant. Je m'appelle Allie, et vous ?

— Lydia, enchantée.

— Moi de même, Lydia. Vous voulez un café, un thé ?

— Je ne veux pas vous déranger.

— Aucun problème, café ?

— D'accord, merci beaucoup.

— Je vous en prie. Vous faites tous les étages ?

— Oui, Madame.

— Vous venez combien de fois par semaine ?

— Tous les matins, sauf le week-end. D'habitude, Monsieur est seul dans son bureau. Il n'est pas là aujourd'hui ?

— Non, il a dû repartir en Angleterre. Je devrais moi-même être en cours, mais ils ont été annulés.

Je lui sers un café, elle poursuit son travail pendant que nous discutons. Nous plaisantons sur les inquiétudes de Laure quant à ses affaires qui ont bougé toutes seules ces derniers temps, lorsque nous l'entendons frapper à la porte.

— Entre, Laure, tu tombes bien, je te présente Lydia. Lydia a de petites mains invisibles qui font le ménage, ce qui explique les mouvements dans ton appartement.

— Bonjour ! Enchantée, moi c'est Laure.

— Enchantée. Excusez-moi si je n'ai pas bien remis vos affaires.

— Aucun problème, au contraire ça me rassure, je ne deviens pas folle. Tu viens, Allie ? Faut qu'on y aille.

— Oui, je te suis. Merci, Lydia, bon courage.

— Merci Madame, à vous aussi.

— Appelez-moi, Allie.

Elle me sourit alors que nous partons. Laure me demande si j'étais au courant, je lui avoue que je ne l'étais pas du tout. Encore une surprise de Dorian. En même temps, vu le nombre de personnes qui travaillent pour lui au domaine, je ne devrais pas être surprise qu'il ait embauché une femme de ménage. Laure me confie être mécontente, car elle aurait aimé être prévenue que quelqu'un rentrait chez elle. Je la comprends. Je tente de lui cacher ma déception de ne pas en avoir au moins été informée. Je détourne la conversation en plaisantant sur le fait qu'elle et moi avons nettoyé tout l'appartement pour rien dimanche.

Après mes cours, je me connecte à Skype. Aujourd'hui, j'ai rendez-vous avec l'amie de Dorian, qui me prendra peut-être en stage. Elle me pose des questions sur mes expériences professionnelles précédentes, notamment au manoir, ainsi que sur les tenants de mon stage. Après m'avoir donné des informations complémentaires sur son activité, nous convenons d'un rendez-vous physique pour confirmer notre collaboration. Je suis soulagée. J'ai déjà effectué plusieurs démarches auprès d'employeurs potentiels ; pourtant, aucun des stages envisagés ne me plaît autant que celui-ci.

Dans la soirée, Dorian m'appelle. Je lui fais part de ma rencontre du jour avec Lydia. Il m'explique qu'il n'a pas jugé utile de me prévenir puisqu'il lui semblait évident que nous aurions une femme de ménage pour s'occuper de l'appartement. Je cherche à lui faire passer en douceur le message, qu'une fois encore, informer les autres personnes qui vivent ici aurait été une bonne initiative. Nous passons à mon entretien. Il est satisfait de la tournure des événements, et je le remercie encore une fois de l'opportunité qui s'ouvre à moi grâce à lui. Avant de raccrocher, il m'indique qu'il devra rester quelques jours encore et donc qu'il n'est pas certain de revenir ce week-end. Je l'incite à rester sur place afin de limiter ses voyages. Il acquiesce, puis me promet qu'il rentrera avant la fin de la semaine prochaine au plus tard.

Je passe un excellent week-end avec mes amis : soirée au bar vendredi soir et pendaison de crémaillère chez nous le samedi 28 mars. Il était convenu que nous la ferions ce week-end. Quand nous avons su que Dorian devait repartir, il a insisté pour que nous la maintenions. J'ai bien compris qu'il n'était pas fan de nos soirées étudiantes. Je dois avouer que cela m'arrange, je suis bien plus détendue quand il n'est pas là, ce qui me permet de m'amuser davantage. Laure et moi avons eu un réveil difficile le dimanche. Il a fallu partir à la chasse des cadavres de bouteilles laissés un peu partout y compris au fond de la piscine, avant d'entamer le ménage : impossible de laisser Lydia gérer l'appartement en l'état demain matin.

Moi qui avais refusé d'emménager avec Dorian en premier lieu, je suis heureuse du compromis que nous avons mis en place. Il vit sa vie, je vis la mienne et pourtant, nous partageons officiellement le même toit. C'est vraiment la solution idéale. Me voici telle une parfaite épouse attendant le retour de son petit mari : cette pensée me fait sourire. C'est étrange d'envisager qu'un jour, peut-être, nous en arriverons là.

Avril : ça ne fait pas un bail

Nous sommes en couple depuis plus de trois mois maintenant. Après les premières tornades, il ne semble plus y avoir de nuages en vue. Notre cohabitation est facile lorsque Dorian est en France. Nous sommes contents de nous retrouver le soir : nous nous endormons toutes les nuits dans les bras l'un de l'autre. Nous profitons des week-ends pour passer du temps ensemble. Nous nous créons des souvenirs aussi variés que possible grâce à des balades le long des lacs, des visites de musées, des plongeons dans notre piscine, ou juste des moments de détente à l'appartement. Je sors seule avec mes amis une fois par semaine. Je passe aussi du temps avec Laure certains soirs. Contrairement à ce que j'aurais pu imaginer, Dorian est agréable à vivre au quotidien. Je reste consciente que nous vivons sous le même toit depuis peu, d'autant plus qu'il a déjà passé une dizaine de jours au domaine et qu'il a dû repartir ce matin. Ses absences ne me dérangent pas le moins du monde. Bien sûr qu'il me manque, mais cette distance imposée nous octroie aussi un peu de répit. Et puis, s'il est obligé de faire ces allers-retours, c'est pour être près de moi aussi souvent que possible.

Comme chaque jour, je récupère le courrier après les cours. Laure et moi avons chacune une enveloppe de la Caisse d'allocations familiales. J'ouvre celle adressée à mon nom en montant l'escalier. La CAF m'informe que suite à mon déménagement, mes indemnités restent les mêmes pour mon nouveau logement. Il m'est proposé deux possibilités : le versement de l'allocation sur mon compte ou directement auprès de mon nouveau propriétaire, monsieur Galary Dorian. Quoi ?

Je ne comprends pas. Je relis la dernière phrase, pas d'erreur. Je prends l'enveloppe de Laure, et après une seconde d'hésitation, je l'ouvre : même phrase. Je me presse dans l'escalier, me dirige directement dans le bureau de Dorian. Très précautionneuse, je cherche dans ses documents un dossier ou la moindre chose, qui me permettraient de confirmer la preuve d'achat de l'appartement. Une heure plus tard, je dois me rendre à l'évidence : ma recherche est vaine. Je n'ai pas dit mon dernier mot et ne compte pas baisser les bras si vite.

Dans la soirée, Dorian m'appelle. Je n'aborde pas le sujet, je conserve même l'enveloppe de Laure pour le moment. Je suis soulagée qu'elle ait décidé de dormir chez Thibaut aujourd'hui, me laissant ainsi le temps de comprendre avant de devoir lui avouer ce nouveau mensonge. Que j'en sois victime, c'est une chose, mais elle n'a pas à subir ça. Dorian qu'as-tu fait encore ?

Je me lève de bonne heure mardi matin, bien décidée à découvrir la vérité. Après avoir prétexté par SMS un gros rhume à Laure, je me rends en centre-ville. J'ai fait la liste de toutes les agences immobilières. Ma journée s'annonce chargée. J'entre dans une première agence. L'appartement n'est pas connu. Je passe la porte d'une deuxième. Idem, inconnu au bataillon. Et de trois, je désespère. Au fur et à mesure de la matinée, mes doigts se glacent au contact de l'air froid. Ma liste qui s'amenuise dangereusement ressemble à un brouillon raturé. Découragée, je tente ma chance une nouvelle fois. Une jeune demoiselle me reçoit : à en croire son âge, j'imagine une élève de troisième en stage de découverte.

— Bonjour, j'habite depuis peu dans un appartement au-dessus du campus et j'aimerais consulter le contrat de celui-ci, s'il vous plaît.

J'évite volontairement les termes de bail de location ou compromis de vente. Elle me regarde, un peu perdue.

— Euh, lequel ? Je vais aller demander.

— L'ancien hôtel.

Elle s'en va sans un mot de plus. J'attends, elle ouvre une porte qui mène à une arrière-cour. Elle s'adresse à quelqu'un que je ne peux pas voir.

— Il y a une dame qui voudrait le contrat d'un appartement.

— Qui voudrait quoi ? répond une première voix.

— Je ne sais pas, elle veut voir les papiers d'un ancien hôtel.

— Ah oui, c'est celui qui est au-dessus du campus. Tu sais, le beau gosse plein aux as. Je t'ai raconté, il cherchait un truc spacieux, soi-disant qu'il voulait en faire un appartement. Enfin, vu la taille de l'hôtel, je crois que c'est surtout parce que le mec il a une sorte de harem. Il a choisi un hôtel proche du campus, histoire de se trouver des petites étudiantes mignonnes. Il les loge, les nourrit et derrière, elles doivent certainement payer un loyer d'une manière ou d'une autre si tu vois ce que je veux dire. Remarque, c'est pratique : quand il s'ennuie avec une, il peut changer.

— Il y en a qui ne s'en font pas. Remarque, deux ou trois pouffes un peu naïves, c'est mieux que des call-girls[19].

Une femme rentre en regardant tomber son mégot au sol, lève les yeux et m'aperçoit. Une seconde la suit avant de partir vers une autre pièce.

— Bonjour, madame, ma collègue va vous chercher le dossier.

— Bonjour, merci.

---

[19] Prostituées

La seconde revient, un dossier fin à la main.

— Bonjour, madame, vous souhaitez voir quoi exactement concernant ce bien ?

— Bonjour, je souhaite voir le contrat, s'il vous plaît.

— D'accord, mais vous cherchez une information en particulier ? Vous êtes envoyée par quelqu'un ? Le notaire ?

— Non, je suis juste l'une des *pouffes un peu naïves*.

Un long silence s'installe, les trois jeunes femmes blanchissent.

— Quand vous aurez retrouvé vos esprits, et en tant que locataire de cet appartement, je souhaiterais voir le dossier que vous avez entre les mains. Je pense que suite à ce que je viens d'entendre, mes raisons importent peu.

— Euh, oui bien sûr, c'est quand même à titre exceptionnel. Normalement, nous n'avons pas le droit de montrer ce genre d'informations.

Je tends la main. Résignée, elle me confie le maigre dossier. Je l'ouvre et y découvre d'abord le texte de l'annonce avec les photos. L'intérieur est très différent de celui que je connais. Par contre, la façade ne laisse aucun doute, il s'agit bien de notre logement.

À vendre : hôtel de dix chambres avec piscine chauffée couverte, vue imprenable sur les montagnes environnantes ; avec un espace d'accueil et de restauration, deux balcons. Le tout sur un garage permettant de remiser plusieurs véhicules, avec sellier et buanderie. Surface 400 m^2, DPE : C, 600 000 €, honoraires 24 000 € soit 576 000 € net vendeur.

Je passe au document suivant et j'y découvre une copie de la proposition d'achat signée de la main de Dorian. Il a fait une offre à 590 000 €, qui a été acceptée. Il est indiqué sur la proposition qu'il ne fera pas de prêt immobilier. Le document est signé du 22 septembre 2014. Je sors mon téléphone pour en faire une photo malgré la réticence de l'employée. Je lui pose encore quelques questions sur la suite des démarches effectuées : le délai entre la signature et l'obtention des clefs, ainsi que le nom du notaire chez qui l'acte a été signé. Puis je les quitte en leur souhaitant une bonne journée malgré leurs têtes déconfites.

Je me décide à appeler Claire. Afin de ne pas éveiller ses soupçons, je trouve l'excuse d'un courrier urgent du notaire concernant des taxes à payer sur l'appartement. Je sens qu'elle ne sait pas quoi me répondre. J'insiste en lui expliquant que je ne suis pas censée être au courant de cet achat. Cependant, le notaire est très clair : ça ne peut pas attendre le retour de Dorian. Ayant supposé qu'elle en était informée et ne réussissant pas à joindre Dorian qui est en pleine réunion, j'ai préféré voir directement avec elle. Inutile de lui en parler, je le ferai moi-même lorsqu'il rentrera. Elle m'adresse le nécessaire immédiatement par mail : me voilà en possession du graal avant même la fin de notre conversation.

— Il faudra que tu viennes me voir, nous avons une chambre d'amis.

— Je t'adore Allie, mais venir passer mes vacances avec Monsieur…

— Oui, c'est vrai, je n'avais pas pensé à ça. Laisse tomber, on se verra quand je viendrai.

— Je dois te laisser, regarde tes mails. Je t'ai tout envoyé : le compromis ainsi que les factures des travaux. Je suppose que si ça concerne les taxes, ça doit prendre en compte les travaux également.

— T'es géniale, à bientôt et encore merci.

Je me concentre aussitôt sur les pièces jointes. Dorian a fait refaire tout l'hôtel, il a fait faire les peintures, la cuisine ainsi que la rénovation de la piscine. Une seule chose m'échappe : les dates des devis sont antérieures à la date d'achat.

Le soir même, j'invite Laure dans une brasserie. Elle est ravie de cette petite soirée entre copines. Je commande deux coupes de champagne en apéritif.

— T'as un truc à m'annoncer, toi ?

— En quelque sorte.

— OK, laisse-moi deviner ! L'excuse du gros rhume de ce matin, alors que tu n'es visiblement pas malade. Tu ne serais pas enceinte, toi ?

— T'es folle ! Non, mais ça concerne Dorian.

— Il t'a de nouveau demandée en mariage ?

— Non plus !

— Vas-y, accouche ! Enfin, façon de parler, c'est quoi cette bonne nouvelle ?

— Je n'ai jamais parlé d'une bonne nouvelle.

— Tu m'intrigues. Allez, crache le morceau.

— En fait, je viens de découvrir que nous ne louions pas tous les trois l'appartement.

— Bien sûr que si !

— Non, toi et moi, nous louons l'appartement, Dorian en est le propriétaire. Nous avons reçu un courrier de la Caf, regarde, dis-je en lui tendant sa lettre.

— Quelle conne ! s'exclame-t-elle.

— J'aurais dû m'en douter, c'est vrai. Mais toi, tu ne pouvais pas savoir.

— Non, mais sérieux, quelle conne ! Pourquoi je n'ai pas pensé à la Caf ?

— Comment ça, *pas pensé* ? Tu savais ?

— Bien entendu que je savais, il m'a mise dans la confidence pour que je réussisse à te convaincre.

— Quoi ? Je ne peux pas croire que t'étais au courant et que tu me l'aies caché.

— C'est le principe du secret, choupette.

— Tu me connais, comment tu as pu penser un instant que je serai ravie en découvrant le pot aux roses ?

— Tu ne devais pas le découvrir, pas avant des lustres en tout cas. Sinon c'est pas un secret, c'est une surprise en préparation.

Je questionne Laure sur sa participation au projet. Ces dernières semaines, elle a aidé Dorian à se décider sur les propositions de la décoratrice. Ils ont terminé les derniers détails de décoration, notamment faire les lits tard dans la nuit, la veille de me faire visiter.

Après avoir constaté qu'ils avaient bien ficelé leur plan, j'expose à Laure les informations que j'ai pu glaner. Elle avait imaginé qu'il venait tout juste d'acheter le logement et ne savait pas qu'il était à l'origine des travaux. Bien loin d'avoir des connaissances sur les délais entre signature et remise de clefs, elle n'avait pas été choquée par le fait qu'il ait déjà l'appartement. Lorsque je lui donne la date d'achat fin septembre, Laure en reste bouche bée. Elle commence à comprendre qu'en quelque sorte elle s'est fait avoir également.

— En septembre ? Arrête ! Tu veux dire qu'il l'a acheté quand il t'a retrouvée ? Il est culotté, tu l'avais envoyé bouler.

— À croire qu'il était persuadé que je cèderais.

— C'est quand même trop mignon, il est vraiment prêt à tout pour toi.

— Oui, même à me mentir pendant des mois, une fois de plus.

— Oui, mais là c'est pour la bonne cause.

— Pour la *bonne cause* ? Comment tu peux mentir pour la *bonne cause* ?

— C'était pour vivre avec toi ! Tu avais refusé qu'il achète un appartement, tu ne voulais pas me laisser en plan. Du coup, il a trouvé une solution, tu devrais être contente. Vous auriez emménagé ensemble tôt ou tard de toute façon. Allez, c'est pas un gros mensonge !

— Le coup des voyages d'affaires où il allait retrouver Suzanne, son mariage, le bébé non plus, c'était pas des gros mensonges.

— Ouais, bon OK, il a joué au salaud plus d'une fois. Tu peux pas nier qu'il a tout fait pour te reconquérir. Il t'a quand même montré à quel point il t'aimait, tu peux pas oublier ça. Il a acheté un appart' alors que tu le repoussais. J'arrive pas à y croire, il n'aurait pas lâché.

— Au fait, Suzanne, c'est elle qui est partie, avec un autre en plus.

— Ah merde. Il cherche quand même, ton Dorian. J'essaie de le défendre, mais c'est vrai que c'est le pro des situations délicates. Tu l'aimes ?

— Bien sûr, même si parfois il ne me rend pas la tâche facile.

— C'est pas faux. Je dois t'avouer que quand il m'a embarquée faire du shopping, j'étais trop contente : en mode star, la Porsche, le gentleman blindé, trop la classe. J'avais l'impression d'être sa nana, qu'il m'achetait tout ce que je voulais, c'était trop bien. Rassure-toi, j'ai pas oublié que c'était ton mec, c'était juste pour le fun, tu vois. Je t'avoue qu'au début, quand tout le monde nous regardait, ça me faisait sourire. J'avais l'impression d'être une princesse. La deuxième fois, ça m'a un peu saoulée, et la dernière fois qu'il m'a emmenée, ça m'a carrément gonflée.

Je lui souris, totalement consciente de ce qu'elle raconte.

— Bref, j'ai toujours l'impression que c'est trop top ton histoire de sortir avec un mec plus âgé et blindé comme Dorian, mais je crois que je supporterais pas du tout les réactions des gens.

— J'aimerais te dire qu'on s'y habitue ; en fait, je n'en suis pas certaine. Tu sais, en même temps, tu sortiras peut-être avec un punk tatoué ou un motard avec une barbe à la ZZ Top[20], manteau de cuir, bandana sur la tête. Il aura beau avoir ton âge, les gens te regarderont tout autant.

— Ouais, peut-être. Bon alors, tu vas lui dire quoi à ton punk ?

— Ha, ha, je ne sais pas. J'ai bien envie de le faire tourner en bourrique un peu. Après tout, il ne devrait pas être le seul à cacher des trucs.

— Ah ouais carrément, tu te la joues vengeance.

— Carrément, ouais. Remarque, si je gère bien, ça lui passera peut-être l'envie de me mentir pour la *bonne cause.*

— T'as raison, allez trinquons. À Allie et sa folie vengeresse !

—Tchin ! À nous… Tu vas devoir m'aider.

— Encore mieux !

C'est le moment que choisit Dorian pour m'appeler. Il rentrera vendredi, j'en profite pour lui réclamer le numéro du

---

[20] Groupe de blues rock américain dont les membres sont reconnaissables à leurs longues barbes

propriétaire afin de lui demander la permission de changer des petites choses à l'appartement. Il ne se dégonfle pas, m'annonçant qu'il l'appellera lui-même, puis il me souhaite une bonne soirée entre copines.

— Vengeance lancée, excellent ! rit Laure.

Nous sommes enfin vendredi soir. Après cinq jours d'absence, Dorian sera là bientôt. Je lui ai conseillé de prendre l'avion. Je peux venir le chercher à l'aéroport et même lui prêter ma voiture lorsqu'il en aura besoin, mais sans grande surprise, il a refusé. J'entends le moteur de la Porsche résonner dans le garage vers minuit. Je l'accueille les bras grand ouverts en haut de l'escalier, il m'a tellement manqué. Je vois à son visage qu'il est épuisé. Je lui propose un whisky qu'il accepte volontiers. Nous nous installons sur le canapé où je me blottis dans ses bras. Je sens son corps se détendre avant qu'une secousse m'indique qu'il s'endort doucement. Je me lève, prends sa main et l'entraîne avec moi dans la chambre. Nous nous couchons l'un contre l'autre, tendrement amoureux.

Dès le lendemain matin, je mets mon plan à exécution. Je lui demande s'il a pu joindre le propriétaire et je me lance dans des explications sur des lois françaises fictives stipulant la nécessité de l'accord du propriétaire pour le moindre clou à planter. Je lui propose de repeindre certains murs, d'ajouter des couleurs. Je pousse le vice jusqu'à lui proposer de repeindre les portes des meubles de cuisine. Je lui parle de ponçage avant de peindre, puis je sors un nuancier de couleurs récupéré dans un magasin avant son arrivée.

Laure toque à la porte, je vais lui ouvrir. Elle me pose des questions sur un soi-disant changement de planning la semaine prochaine. Je lui propose de boire un thé avec nous. Elle s'installe pendant que je m'éclipse un instant dans la chambre pour retrouver mon agenda. Laure en profite pour expliquer à Dorian que nous devrions bientôt recevoir un courrier de la CAF qui nous demandera à qui doivent être versées nos allocations. Elle lui dit également qu'elle a reçu un appel de cet organisme, la prévenant d'un rendez-vous lundi en fin d'après-midi. Ils voudront nous voir toutes les deux pour nous faire signer des papiers sur lesquels le nom du propriétaire va figurer. Dorian confie à Laure que je veux faire des changements de décoration, et elle lui promet de tenter de m'en dissuader. Je reviens quelques minutes plus tard. Laure finit son thé avant de repartir en me faisant un clin d'œil, notre plan fonctionne.

— Tu vas avoir droit à des aides pour le loyer, n'est-ce pas ? me demande Dorian.

— Oui, comme pour celui d'avant.

— Tu peux m'expliquer comment ça fonctionne ? Je ne suis pas familier avec votre système ici, en France.

— C'est assez simple : ils viennent te voir pour remplir différents documents afin de calculer le montant de l'aide à laquelle tu auras droit. Ils viennent lundi d'ailleurs.

— Ils se déplacent ?

— Bien sûr. Ne t'inquiète pas, il n'y a rien de spécial à faire. En plus, tu n'es pas concerné puisque, sauf erreur de ma part, tu n'y as pas droit, dis-je en souriant.

Je l'emmène dans des magasins de décoration et d'ameublement l'après-midi. Je fais un tour dans le rayon des luminaires et des objets de décoration. Je prends des notes, des mesures, demande des conseils aux vendeurs. Dorian m'explique plusieurs fois qu'il n'est pas certain d'avoir l'accord du propriétaire. En rentrant, je l'achève en lui expliquant qu'il faudrait également lui demander de récupérer son canapé ainsi que son lit. Le premier n'ira pas avec mes idées, et le second n'est pas confortable d'après moi : je préfère en acheter un autre. Je passe ma journée de lundi en cours, rentre vers 18 heures. Dorian tourne dans l'appartement comme un lion en cage. Je prétexte du travail à faire avant de m'éclipser dans mon bureau. Je reviens une demi-heure plus tard, il est temps d'arrêter la plaisanterie. Je prépare du thé en invoquant l'arrivée imminente des employés de la Caf. Laure frappe à la porte, je l'invite à entrer. Je m'assieds et lui propose, ainsi qu'à Dorian, d'en faire autant. Une fois Dorian installé, je tends à ce dernier le courrier, le compromis de vente ainsi que les factures.

— Je crois que notre rendez-vous nous a posé un lapin : ça tombe bien, j'avais quelques petites choses à voir avec toi.

Il reste sans voix un instant. Je poursuis pour éclaircir la situation et innocenter mes deux complices.

— J'ai reçu ce courrier la semaine dernière. J'ai fait des recherches auprès d'agences immobilières avant de trouver l'hôtel. J'ai contacté Claire. Je lui ai menti, prétextant un appel urgent du notaire qui souhaitait le compromis pour une histoire de taxes à payer. Ensuite, j'ai prévenu Laure qui, à ma grande surprise, était au courant, au moins en partie. J'ai supplié Claire de ne rien te dire et Laure, de m'aider à te préparer une petite surprise à ma manière.

— Dorian, je suis désolée de t'avoir fait marcher samedi, mais Allie est ma meilleure amie, je ne peux rien lui refuser.

— Je vois que vous avez toutes comploté contre moi. Il n'y avait aucun rendez-vous de prévu en réalité ?

— Aucun. Oui, c'est un complot contre toi, je me suis dit que ça allait peut-être te passer l'envie de me mentir.

— Je ne voulais pas te *mentir*. Lorsque je t'ai proposé d'emménager ensemble, j'avais déjà l'appartement. Je ne t'ai jamais dit que c'était un projet, c'est toi qui l'as interprété comme ça. Comme tu as refusé mon idée, j'ai préféré ne pas insister, pensant que le moment viendrait. Les travaux venaient de se terminer : soit je le revendais, soit je réussissais à te convaincre. Peu de temps après, nous avons envisagé ton inscription en

Angleterre, l'appartement n'avait plus d'importance. Quand tu as décidé de rester, j'ai réfléchi jusqu'à trouver une solution qui puisse convenir à tes souhaits : nous vivons sous le même toit, tu n'as pas laissé Laure seule, l'université est juste à côté. J'avais promis à Laure de tout te dire, mais pas dans l'immédiat. Je savais que l'idée de vivre *chez moi* ne te plairait pas.

— Peut-être que si tu m'avais dit dès le mois de janvier que tu avais acheté un appartement, les choses se seraient passées différemment. J'aurais certainement gardé mon logement, au moins au début. Tu te serais installé ici, je serais venue chez toi souvent, j'imagine jusqu'à y emménager, peut-être non officiellement. Ça aurait été mieux que l'hôtel, et inutile d'ajouter qu'en plus j'aurais su la vérité.

— Je n'avais pas pensé à cette option.

— Moi non plus, je suis désolée ma poulette, j'aurais dû l'inciter à te dire la vérité.

— Bon, maintenant j'ai besoin d'explications. Je ne comprends pas les dates des factures : comment as-tu pu faire les travaux avant d'avoir les clefs ?

— Quand je t'ai retrouvée en septembre, je suis venu dormir dans cet hôtel. Il était idéalement situé, j'étais proche de toi. Je souhaitais avoir un pied-à-terre ici afin d'être près de toi aussi souvent que possible, même si tu décidais de ne pas me laisser une chance. J'en ai discuté avec les propriétaires, ils m'ont conseillé de contacter une agence immobilière en m'expliquant qu'ils lui avaient confié la mise en vente de leur hôtel récemment. Ils ne pensaient pas une seconde qu'il m'intéresserait, pourtant je leur ai fait une offre immédiate. Ensuite, nous avons passé un accord auprès d'un notaire pour accélérer les choses, je n'avais pas de prêt à obtenir. Nous devions juste attendre la réponse de la mairie concernant le droit de préemption. Les anciens propriétaires ont accepté que je fasse venir des artisans pour des devis avant la remise des clefs. Les travaux ont pu commencer dès que je les ai eues en main. Pour les meubles et les peintures, j'ai fait appel à une décoratrice. Je pense que la femme assise à mes côtés dans ma voiture et dont tu as entendu parler, c'était elle, puis Laure lorsque je l'emmenais faire les magasins. Lorsque tu as décidé de rester en France, j'ai fait faire des modifications afin d'inclure ton amie au deuxième étage. Je n'avais plus qu'à vous convaincre. Je m'excuse Allie, je n'ai pas fait le bon choix, j'aurais dû te le dire. Ma seule motivation était de vivre avec toi.

— Tu y allais souvent avant qu'on emménage ?

— Tous les jours après t'avoir déposée. Je travaillais ici.

— Ah, c'est pour ça que tu gardais ta sacoche tout le temps !

— Pour être totalement honnête avec toi, je ne pensais pas louer une chambre d'hôtel pour nous. La première fois que je suis venu te voir en janvier, j'avais déposé mes affaires ici. Quand tu m'as dit que tu m'accompagnais, j'ai dû aller les récupérer et contacter un hôtel avant de t'y emmener.

— Donc depuis janvier, tu vivais ici la journée et à l'hôtel avec moi la nuit ?

— C'est ça.

— C'est la chose la plus stupide que j'ai entendue depuis longtemps.

— C'était tellement prématuré de te parler de l'appartement dès ma première visite. Les travaux n'étaient pas terminés, je ne voulais pas que tu le découvres imparfait.

— C'est vrai que le *penthouse* était la solution la plus évidente et la plus économique !

Un rictus coupable s'affiche sur son visage. Je continue.

— J'ai l'impression d'essayer d'éduquer un chiot. Il sait qu'il ne doit pas jouer avec mes chaussons, mais malgré tout, il vient toujours me les apporter le matin au lever du lit, pleins de bave et tout déchirés. Ça part d'un bon sentiment, mais ce n'est pas une bonne idée.

— J'adore tes métaphores, rit Laure avant de se lever. Je vous laisse, les amoureux. Je dors chez Thibaut ce soir, bonne soirée.

— Merci, ma poulette, à demain. On se retrouve directement en amphi du coup, bonne soirée à vous deux.

— Sais-tu quel sort tu réserves au petit chiot ? demande Dorian, le regard implorant mon pardon dès que Laure passe la porte.

— Que devrais-je faire, d'après toi ?

— Arrêter de porter des chaussons ?

— C'est une idée. J'ai préféré me venger gentiment avant de lui mettre le museau dans sa bêtise. J'espère que cette fois-ci, il a compris.

— Je crois qu'il a compris.

— Parfait, on passe à table ? Au fait, tu peux me répondre maintenant.

— À quoi ?

— Quelle couleur pour les portes des meubles de cuisine ? Vert ou jaune ?

— Tant que tu me pardonnes, tu peux choisir une couleur par porte si tu le souhaites.

Nous rions. J'aimerais croire que cette frasque était la dernière, même si je ne suis pas certaine que ce chiot devienne adulte un jour. Pourtant, à chaque bêtise, vous pardonnez ce petit être qui vous regarde comme si vous étiez une déesse vivante sur terre. Il vient se blottir dans vos bras, réclamant tout votre amour, et il vous est impossible de résister. Après notre dîner, Dorian se lève, approche notre minibar et me propose un verre.

— Sers-nous une coupe, s'il te plaît.

— Nous trinquons à quoi ?

— Nous pourrions trinquer à ton achat, mais vu le nombre de mois qui se sont écoulés depuis, c'est une nouvelle un peu réchauffée, je crois.

— Donc, pas d'occasion particulière ?

— Pas pour le moment… Peut-être faut-il provoquer la chance ?

— Très bien, trinquons à la chance.

Il s'assied sur le fauteuil face au canapé, d'abord silencieux, son regard plongé dans le mien.

— Tu te souviens de la soirée d'octobre, lorsque je travaillais au château la première année ?

— Tu étais magnifique dans cette robe rose.

— L'orage m'avait aidée. Tu sais, après notre baiser, je suis remontée dans ma chambre pour me sécher les cheveux. J'avais les jambes qui tremblaient, tu m'avais complètement bouleversée.

— Je m'en suis tellement voulu d'avoir autant dépassé les limites du professionnel. Ça ne me ressemblait pas. J'aurais dû me retenir, ce n'était pas digne d'un gentleman, encore moins digne vis-à-vis de toi. Quand je t'ai vue, je mourais d'envie de déposer un baiser sur ta nuque. J'ai réussi à m'en empêcher pour finalement succomber à tes charmes quelques secondes plus tard.

— Et tu m'as promis que ça n'arriverait plus.

— Là encore, j'ai failli à ma promesse, avoue-t-il.

— Pas tant que ça.

— De mémoire, durant la nuit du Nouvel An, nous ne sommes pas restés aussi éloignés l'un de l'autre comme nous l'aurions dû.

— C'est vrai, mais tu as quand même tout stoppé, je ne l'aurais pas fait.

— Ton verre est vide, est-ce que je te ressers ?

— Oui, s'il te plaît.

Mon verre de nouveau plein, je me lève avant qu'il n'ait le temps de se réinstaller, l'invitant à me suivre sur le balcon. Accompagnés de nos coupes, nous profitons des lueurs de la ville, blottis l'un contre l'autre. Toujours dans ses bras, je me tourne face à lui. Je lève les yeux vers les siens avant de l'embrasser avec passion, et une fois de plus, mon cœur rate un battement. Nous échangeons plusieurs tendres baisers jusqu'à ce que je lui prenne la main. Alors que je l'emmène avec moi à l'intérieur, je dépose ma coupe sur le premier meuble que je croise puis me dirige vers la chambre sans éteindre aucune des lumières du salon. Je lis dans son regard bleuté si hypnotisant qu'il a compris mes intentions : à mon grand soulagement, il ne semble pas se dérober.

Éclairée simplement par la lueur du salon qui passe sous la porte, je m'approche de lui ; il pose ses deux mains sur mes joues avant de guider mes lèvres vers les siennes. Tandis qu'il m'embrasse, nos mains, sous le prétexte de caresses, déshabillent nos corps avec une délicatesse infinie. Il passe sa main sous mes jambes avant de me porter lentement jusqu'au lit, orienté par l'ombre des meubles. L'instant qui suit, les derniers tissus qui ornent encore nos peaux tombent sur le sol. Le temps s'est définitivement arrêté, la terre peut trembler, une tempête peut se déclarer, rien d'autre ne compte que nos chairs qui se mêlent l'une à l'autre. J'oublie l'attente, chérie d'une intense douceur. La pénombre est comme l'unique témoin de l'amour que nous nous déclarons cette nuit, dans ce lit.

Ces nombreux mois sans succomber à l'autre nous auront offert cette sensation de nous connaître si bien et pourtant, de nous découvrir un peu plus à chaque seconde de cette intimité partagée. L'appréhension me quitte vite, laissant place à l'adrénaline. Inutile de nous presser : nous n'allons nulle part, ni dans une heure, ni demain.

Le jour s'est levé sur nos peaux dénudées, nos corps collés l'un à l'autre. Inconscients des heures qui avancent, nous profitons de ce moment suspendu. Dorian décommande la femme de ménage. Je préviens Laure d'une migraine qui me cloue au lit. Personne ne viendra nous déranger. Entre ces murs, nous nous sentons libres de profiter du corps de l'autre jusqu'à l'infini.

C'est une première fois que je ne suis pas près d'oublier. Là où certains la vivent en quelques minutes, une heure, une nuit, la nôtre aura duré jusqu'au surlendemain. Complices, tendres, amoureux, tels deux aimants inséparables, nous cédons enfin à nos désirs.

Aucun réveil n'aura été entendu, aucun appel ni aucun mail répondus, les cours se seront tenus sans moi, le bureau de Dorian sera resté vide. Nous serons revenus à la réalité petit à petit, rejoignant la course du temps progressivement.

Après ces dernières trente-six heures hors du temps, un mercredi bien fade débute. Nos sentiments, renforcés encore davantage, nous aident à affronter chaque jour le monde réel. Nous supportons bien mieux les heures que nous passons éloignés l'un de l'autre. Nous bravons la routine, bercés par la tendresse de notre amour.

Mai : rentrer un lapin dans son chapeau

Dorian et moi vivons sous le même toit depuis six semaines lorsque je découvre un SMS de mes parents. Ils sont à quelques heures à peine de chez moi pour leurs vacances et ils aimeraient passer me voir ce soir après les cours. Je montre le message à Laure.

— C'est super ça, répond-elle enjouée.

— Tu en es sûre ?

— Ah ouais, non, c'est pas top en fait. Tu ne leur as toujours pas dit ?

— À ton avis ?

— T'aurais dû ma poulette, ça rime à quoi de leur mentir ?

— Imagine la tête de ton père si tu lui ramènes un mec comme Dorian à la maison.

— Qu'est-ce qui se passe les filles ? demande Élisa.

— Les parents d'Allie débarquent, répond Laure.

— Eh ben, c'est cool, tu ne les as pas vus depuis longtemps, c'est sympa.

— Ouais, sauf qu'ils ne savent pas pour son mec.

— Ah merde, ils ne savent pas que tu sors avec Dorian ?

— Non, dis-je la tête basse.

— Ah ouais, c'est la *loose*[21]. Du coup, ils ne savent pas non plus que tu vis avec, en fait ?

— Et Dorian est à l'appart' en ce moment. Il serait en Angleterre, j'aurais pu cacher deux trois trucs, mais bon, là, c'est mort. En plus, ils l'ont déjà rencontré donc je ne peux même pas le faire passer pour quelqu'un d'autre.

— Attends, j'ai une idée. Dorian n'a qu'à monter chez moi, je mets quelques affaires dans votre chambre d'amis, et on fait genre *nous, on habite l'appart' du bas, et notre coloc, il vit dans celui du haut*. Comme c'est un mec, c'est logique en plus, et puis on va pas aller leur présenter ; de toute façon, ils sont pas censés le connaître, ce nouveau coloc.

— T'es géniale Laure ! Il reste juste un problème à régler.

— Lequel ? interroge Élisa.

— Il faut que je demande à Dorian de jouer le jeu, et ça ne va pas lui plaire.

Notre longue après-midi de cours se termine, mais notre professeur insiste pour finir son paragraphe. Je trépigne d'impatience. Il nous libère enfin avec seulement six minutes de retard qui m'ont paru interminables. Nous parcourons en hâte les quelques de mètres qui nous séparent de l'appartement. Armées de nos parapluies, nous défions la météo. Le vent est bien trop fort, il nous empêche d'avancer. Nous abandonnons l'idée de rester au sec, fermant nos pauvres protections de toiles qui résistaient autant que possible à la tempête. Nous nous mettons à courir alors que des grêlons commencent à tomber. Dégoulinantes, nous accédons enfin au sas d'entrée. Mes parents devraient être là d'ici une demi-heure d'après ce qu'il était convenu. Il faut que j'arrive à convaincre Dorian, et que Laure

---

[21] Mot emprunté à l'anglais. Comprendre ici « poisse »

descende quelques affaires pour que la supercherie soit parfaite. Nous montons au premier étage en hâte et nous séparons alors que je rentre trempée et essoufflée dans l'appartement.

— Dorian, tu es là ? dis-je en retirant ma veste, des mèches de cheveux collées par la pluie sur mon visage.

— Oui, Allie, dans le salon avec tes parents.

Mon sang se glace. Je m'avance de quelques pas, pour découvrir avec effarement mes parents en train de siroter un thé sur le canapé en compagnie de Dorian.

— Vous êtes déjà là, dis-je en essayant de reprendre mes esprits et de trouver une pirouette à cette situation plus qu'imprévue.

— Oui, nous sommes arrivés il y a un bon quart d'heure. Nous avions un peu d'avance sur le programme, et vu la météo, nous sommes venus directement. On a sonné par hasard, comme tu nous avais dit que tu étais en cours jusqu'à 17 heures et que ton appartement était juste à côté, on a pensé que peut-être tu serais rentrée, m'explique mon père.

— Et finalement, nous sommes tombés à notre grande surprise sur Dorian qui a eu la gentillesse de nous faire un thé, sourit ma mère visiblement agacée.

— Tu ne m'avais pas prévenu que tes parents allaient venir nous voir, me dit Dorian, soupçonneux, alors que je leur fais la bise.

— Non, ils me l'ont écrit par message tout à l'heure, je pensais t'en informer en rentrant.

— Bien entendu, répond Dorian sceptique, ayant très certainement percé mes intentions.

J'hésite à m'asseoir, oppressée par six yeux inquisiteurs, lorsqu'un vacarme se fait entendre. Un bruit sourd gronde au-dessus de nos têtes. Une explosion fracassante contre le mur du couloir nous fait tous sursauter. Un choc tonne de manière régulière une vingtaine de fois jusqu'à s'arrêter subitement. Le plan de Laure échoue magistralement alors qu'elle débarque emmitouflée dans plusieurs vestes enfilées les unes sur les autres, ainsi que dans des écharpes autour du cou, qui lui cachent presque la vue. D'une main, elle tire une valise, alors que de l'autre elle tient une lampe décorative sur pied.

— Tu viens m'aider ? Mes coussins super *girly*[22] sont en bas de l'escalier avec deux trois autres trucs. J'ai pris tout ce que j'ai pu, ils n'y verront que du feu ! Monsieur et Madame Delonnay… vous êtes arrivés ! Comment allez-vous ? Quel plaisir de vous voir, se rattrape Laure tant bien que mal.

Elle nous dénonce en beauté. Inutile de nous justifier, nous nous sommes trahies. Nous sommes démasquées. Laure devrait s'en sortir avec un simple avertissement alors que je serai exécutée sur la place publique au lever du soleil.

— Nous allons bien, malgré quelques surprises ces dernières minutes, lui répond ma mère.

— Je vous dois quelques explications, je suppose.

— Inutile Allie, Dorian a eu la lourde tâche d'éclairer la situation, m'explique mon père.

— D'accord, donc tu leur as dit que…

— Je leur ai dit tout ce qu'ils auraient déjà dû savoir Allie : que nous étions tombés amoureux lorsque tu travaillais pour moi, que nous avions dû nous séparer malgré nos sentiments, mais qu'incapables de rester à distance, nous nous étions finalement retrouvés en septembre. J'ai alors acheté un

---

[22] De style féminin

appartement pour simplifier mes déplacements, ensuite nous avons décidé d'y emménager en mars.

Je suis admirative devant la capacité de Dorian à embellir la vérité afin de la rendre plus acceptable pour mes parents. Je ne suis pas certaine qu'il soit en effet nécessaire qu'ils sachent tous les détours par lesquels notre relation est passée, les non-dits, Suzanne et le reste.

— Vous avez visité l'appartement ? demande Laure en essayant de changer de sujet.

— Euh, non, pas encore, répond ma mère qui tente de digérer la situation.

— Suivez-moi, je vous emmène ! On va commencer par le mien, leur propose mon amie.

— Nous allons t'aider à remonter tes affaires, ironise mon père. Je pense qu'elles n'ont plus d'utilité à cet étage.

Laure lui sourit sans un mot avant de m'adresser un regard coupable. Obligés de la suivre, mes parents se lèvent et lui emboîtent le pas. Je bénis Laure qui, en un clin d'œil, a réussi à alléger la situation. Je les entends monter l'escalier pendant qu'elle prend de leurs nouvelles.

— Pourquoi tu ne m'as pas annoncé qu'ils venaient ? me demande Dorian aussitôt.

— Je l'ai su tout à l'heure et…

— Et tu comptais leur cacher une fois de plus. Tu as honte d'être avec moi ?

— Pas du tout !

— Alors, explique-moi, je ne comprends pas. Nous vivons ensemble depuis deux mois, et ils ne le savent toujours pas.

— Dorian, ça n'a rien à voir avec toi. C'est juste que j'avais peur de leur réaction, tu ne peux pas me dire que ça ne te fait pas peur non plus.

— Je vois, s'offusque-t-il en s'éloignant pour faire face à la fenêtre. Il observe les lumières de la ville. Donc, ça a tout à voir avec moi, en réalité.

— Ce n'est pas toi, c'est nous. Mets-toi à leur place, à ton avis qu'est-ce qu'ils pensent du fait que leur fille sorte avec quelqu'un qui a seize ans de plus qu'elle ?

— Je pense que je connais mieux leur réaction que toi à ce sujet puisque j'ai dû leur annoncer moi-même. Et si tu veux mon avis, il y a pire qu'un homme qui a un métier, une maison, qui n'a jamais été marié, qui n'a pas d'enfant, qui peut subvenir aux besoins de leur fille et qui est de surcroît très charmant ? ironise-t-il en se retournant, vexé.

Précédés de Laure, mes parents reviennent à ce moment-là, nous empêchant de finir notre conversation. Silencieux, Dorian ne me lâche pas du regard alors qu'ils poursuivent la visite par la cuisine, le salon, la salle à manger, les chambres, les bureaux pour enfin terminer par le balcon. Ma mère, toujours en colère, admet la beauté de l'appartement. Après avoir embrassé mes parents, Laure nous laisse laver notre linge sale en famille. Aussitôt qu'elle passe la porte, l'atmosphère se refroidit. Une gêne s'installe, le moment qui va suivre risque d'être particulièrement désagréable pour moi.

— Je pense qu'il est temps d'apprendre à nous connaître. Et si nous allions au restaurant ? suggère Dorian.

Mes parents se concertent en silence avant d'accepter. Je pars me sécher et me changer rapidement. Nous sortons de l'appartement sans qu'ils n'aient prononcé le moindre mot. Dorian choisit le restaurant où il m'avait emmenée en septembre le jour où il m'avait retrouvée. À croire que ce lieu est idéal pour les moments délicats comme celui-ci. Je reconnais la serveuse et je pense qu'elle reconnaît au moins Dorian. Nous nous installons, mais loin de briser la glace, ce dernier entre dans le vif du sujet. Il se présente, leur explique sa profession, comment il a hérité de l'entreprise familiale maintenant devenue une multinationale prospère. Il en vient ensuite à notre couple.

— J'ai tenté d'éviter cette relation vous savez, c'est ce qui a fait que nous nous sommes séparés si longtemps. J'ai voulu rester éloigné de votre fille, mais ça m'est impossible. Encore une fois, ce n'est pas une passade, je suis très sérieux en ce qui la concerne. Si ça ne tenait qu'à moi, nous serions déjà mariés, mais j'ai bien conscience qu'elle est jeune et doit prendre le temps de vivre avant d'envisager ce genre de décision. J'attendrai qu'elle soit prête et je m'en irai si c'est son choix.

— Et toi, Allie, que penses-tu de tout ça ? me demande ma mère qui n'est pas encore intervenue.

— Moi ? Je suis désolée de vous avoir menti. Je suis consciente de l'image que renvoie notre couple. Pour dire vrai, j'avais peur de votre réaction. J'ai aussi tenté d'éviter Dorian, de rester à l'écart le plus longtemps possible, mais je n'ai pas réussi. Mes sentiments sont trop forts. Je n'ai jamais ressenti ça pour personne. J'aimerais que vous me fassiez confiance et surtout, que vous ne vous inquiétiez pas. Nous sommes lucides sur la situation, sur les difficultés que nous allons rencontrer, mais nous sommes prêts à les affronter tant que nous sommes ensemble.

Même si ce n'est pas évident, nous nous détendons au fil du repas. Dorian règle la note puis nous rentrons. Alors que mes parents sont sur le point de partir, il insiste pour qu'ils dorment sur place. Il est tard et leur location de vacances est encore à plus de deux heures de route. Finalement, ils acceptent. Le lendemain matin, Dorian est le premier levé. Il se prépare puis s'en va pour revenir peu de temps après avec des viennoiseries. Lorsque mes parents se lèvent, les mugs sont disposés sur la table, accompagnés du thé prêt à être servi. Après un rapide bonjour, je pars pour mes cours, les laissant attablés en compagnie de celui qu'ils pourront peut-être appeler leur *gendre* un jour. Trois heures plus tard, je reçois un SMS de leur part qui me va droit au cœur.

— Même si nous ne pouvons pas ignorer le fait que Dorian et toi ayez une telle différence d'âge, nous nous devons d'admettre qu'il est charmant en plus d'être très attentionné à ton égard. Nous espérons que tu sois heureuse et respectons ton choix. Nous sommes là pour toi quoi qu'il arrive, mais tu le sais déjà.

— Merci, je vous aime.

Dorian est toujours dans son bureau quand je rentre de cours. Nous nous retrouvons une heure plus tard autour de la table et reprenons notre conversation interrompue la veille. Je n'ai aucune excuse de n'avoir rien dit à mes parents. Je sais qu'il comprend pourquoi je ne leur en ai pas parlé, mais ça ne change pas le fait que j'ai eu tort. Pour la deuxième fois, je me retrouve dans la position de la fautive, ce que je n'apprécie guère. Avoir la position de celle qui a le choix ou non de pardonner me donnait un sentiment de puissance. Ce soir, je me recroqueville dans un trou de souris, me retrouvant inconfortablement assise sur le banc des accusés.

Quelques jours plus tard, mes vacances commencent enfin. Elles seront sous le signe de la révision pour mes partiels qui débuteront le lundi 27 avril, jour de l'anniversaire de Dorian. Il avait prévu de tenir son gala le samedi 25, mais a décidé d'avancer l'événement d'une semaine afin que je sois au meilleur de ma forme la semaine suivante.

Nous sommes sur le port de Calais huit heures plus tard. J'ai insisté pour prendre le ferry : même si le tunnel sous la Manche nous aurait fait gagner du temps, je préfère largement voir la mer. Nous patientons pour le bateau puis embarquons. J'entraîne Dorian sur le pont où nous nous enlaçons en regardant les mouettes voler au-dessus de la France. Une fois la traversée terminée, il nous reste encore plusieurs heures de route. À mi-chemin, Dorian s'arrête sur le bord de l'autoroute pour faire le plein. Bien entendu, il a préféré que nous prenions sa voiture et a conduit durant tout le trajet. Je vois la fatigue sur son visage et lui propose de dîner. Nous avons quitté l'appartement il y a une douzaine d'heures, le voyage n'est pas encore terminé, il doit se reposer. Je commande deux *jacket potatoes*[23] alors que nous nous installons sur une table à l'écart. Une petite heure plus tard, nous voilà de nouveau sur la route. Nous sommes soulagés lorsque nous passons enfin les grilles du château. Nous sommes accueillis par Charles. Malgré l'heure tardive, il s'occupe de nos affaires pendant que nous nous dirigeons directement vers le petit salon. Assis côte à côte, Dorian m'offre une coupe de champagne pour nous aider à récupérer des kilomètres parcourus. Lorsque vient l'heure d'aller nous coucher, je me remémore la dernière nuit que j'ai passée ici, dans la chambre de Dorian. Je prends mon courage à deux mains à la dernière seconde.

— Je ne veux pas dormir dans ta chambre !

— Pardon ?

— Je ne veux pas dormir dans ta chambre.

— Que se passe-t-il Allie ? Tout va bien ?

— Oui, tout va bien, c'est juste que je préfèrerais dormir dans mon ancienne chambre.

— Je ne comprends pas, nous avons passé la journée ensemble, tout s'est bien passé. Il y a un problème ? Quelque chose que j'ignore ?

---

[23] Pommes de terre garnies cuites au four

— Non, rassure-toi. Excuse-moi, je me suis mal exprimée. Je veux bien dormir avec toi, mais pas dans *ta* chambre. J'ai très mal vécu la nuit que nous y avons passée en janvier. Tu comprends, je pensais en permanence au fait que Suzanne ait partagé ce lit avec toi.

— Malheureusement, je ne peux pas changer ce qui est arrivé, Allie. Nous ne pouvons pas éviter toutes les pièces dans lesquelles elle est entrée.

— Je le sais bien.

— Dormir dans ta chambre cette nuit ne règlera pas le problème. Cette chambre est la mienne depuis vingt ans, je ne compte pas en changer, tu sais.

— Je sais, mais juste ce week-end ; promis, la prochaine fois, nous dormirons dans la tienne.

— Qu'est-ce qui sera différent la prochaine fois ?

— Je ne sais pas, la déco de ta chambre peut-être, dis-je comme pour changer de sujet.

Il me sourit, boit la dernière gorgée de sa coupe puis m'emmène. Nous passons récupérer nos valises déposées dans sa chambre avant de monter à l'étage. Nous nous installons puis nous endormons dans les bras l'un de l'autre très vite : la journée a été longue.

Un rayon de soleil perce les rideaux alors que je suis surprise de me réveiller dans la même position qu'hier soir. Dorian n'est pas allé courir ce matin. Je lève les yeux vers lui lorsque je m'aperçois qu'il m'observe, le sourire aux lèvres.

— Bonjour, Allie. Bien dormi ? demande-t-il avant de m'embrasser. J'aimerais réaliser un rêve avec toi aujourd'hui.

— Lequel ?

Il dépose de nouveau ses lèvres sur les miennes et caresse ma peau restée nue sous les draps. Je me laisse séduire par ses baisers avant de succomber à ses désirs.

— Toi et moi dans ce lit, je l'ai imaginé si souvent, me glisse-t-il à l'oreille.

Nous prolongeons ce moment de complicité intime au maximum et nous filons ensuite sous la douche. Il est déjà presque midi lorsque nous sortons de la chambre. Claire, ravie de me retrouver, vient à notre rencontre pour nous proposer de nous servir un brunch. Nous nous installons dans la salle à manger pendant qu'elle fait le point avec Dorian sur les préparatifs de la soirée. Elle a conservé quelques-unes de mes idées, comme les parasols chauffants sur la terrasse.

Lorsque notre repas est terminé, nous profitons de l'après-midi fraîche mais ensoleillée pour nous promener dans les jardins.

— Allie, es-tu prête à officialiser notre relation devant tous ces gens ce soir ?

— Je ne compte pas remettre mon uniforme si c'est ce que tu as en tête !

Il rit.

— Pour tes invités, nous étions un couple avant que Suzanne ne débarque, alors je ne comprends pas ce que tu veux officialiser.

— C'est vrai. Finalement, nous sommes les seuls à savoir que ce n'était qu'un jeu de rôle.

— Dorian, à ce propos, j'ai besoin que tu m'expliques quelque chose.

— Je t'écoute.

— Comment as-tu justifié à tes amis que nous étions soi-disant ensemble lors du Nouvel An l'année passée et qu'en avril tu annonçais ton mariage avec une autre ?

— Je n'ai pas à me justifier auprès de qui que ce soit.

— Je comprends bien, mais il n'y a que quatre mois entre janvier et avril. La plupart rencontraient Suzanne pour la première fois, enfin je pense. Ils n'ont pas trouvé cela un peu rapide ?

— Comme tu le sais, ils sont, pour une majorité, des amis par protocole, par réseau : ils n'ont pas à avoir d'explications sur ma vie privée.

Je sens que le sujet est épineux, mais je persévère. Il finit par m'avouer que Suzanne s'est empressée, ce jour-là, de dire à chacun des invités qu'ils travaillaient ensemble depuis de nombreuses années et qu'elle et lui étaient en couple depuis plus d'un an. Je suis passée pour la compagne trompée alors qu'en réalité, Suzanne était *sa* réelle compagne. Sans parler de ceux qui me voient comme intéressée et prête à tout pour que Dorian retombe dans mes pattes telle une mante religieuse. Cette balade a été plus instructive que nécessaire. Il est temps de rentrer d'autant plus que les invités arriveront d'ici une petite heure.

— Quelle tenue as-tu choisie pour ce soir ?

— Elle devrait te plaire, dis-je en lui volant un baiser avant de partir vers l'escalier. Je me retourne en montant la première marche, il me sourit et disparaît dans son bureau.

17 h 45 : les convives se présenteront bientôt au domaine. Je sors de ma chambre, vêtue de ma robe noire accompagnée de sa veste blanche. J'avais envie de mettre la tenue que je portais ici lors de cette même occasion il y a deux ans. Cette fameuse robe qui a, en quelque sorte, tout déclenché entre nous. J'avais par erreur pensé qu'il fallait accueillir les invités de Monsieur dans une tenue de soirée. Je n'avais pas eu l'information qu'un

uniforme spécifique était prévu. Cette faute m'avait valu d'être prise pour la compagne de Monsieur alors qu'il n'en était rien.

J'avance vers l'escalier, mon cœur bat de plus en plus fort. Dorian m'attend en bas des marches. Je me sens comme Rose descendant l'escalier du *Titanic*[24], en direction de Jack. Je lis dans son sourire qu'il reconnaît instantanément ma robe. Il me tend son bras avant de déposer un baiser sur ma joue.

— Tu es resplendissante.

Nous voici devant la porte qui mène à la terrasse. Il y a déjà une vingtaine d'invités présents autour du buffet. Dorian, qui m'avait offert son bras, change d'avis : il s'en sépare pour glisser ses doigts entre les miens. Je suis surprise de ce choix plus moderne et certainement plus intime. Donner le bras à une femme ne signifie pas forcément être en couple avec elle : aucun doute face à cette nouvelle option. Il accueille ses amis sans oublier une seule fois de parler de moi comme s'il me présentait pour la première fois.

— Philip, Victoria, comment allez-vous ? Vous vous souvenez bien entendu de ma charmante compagne Allie.

— Bien sûr, qui pourrait l'oublier, répond le comte de Leicester accompagné de son épouse qui me regarde de haut.

Une heure plus tard, nous avons accueilli chacun des convives. Il était temps : entre les sourires en coin, les chuchotements, les ricanements et les remarques, j'ai besoin d'un verre. Dorian ne semble pas s'être aperçu de l'attitude de ses invités. Il tente de me convaincre que je fais erreur. J'acquiesce, résignée, en apercevant son meilleur ami et sa femme.

---

[24] Référence au film de James Cameron

— Allie, quel bonheur de vous revoir, m'interpelle Hadrien avant de chuchoter en direction de Dorian : mon ami, je te souhaite un joyeux anniversaire.

— Je suis heureuse de vous revoir également.

— Excusez-nous, nous sommes en retard, nous avons eu un souci avec notre fils, Henry, qu'il a fallu déposer quelque part. Je vous épargne les détails, mais avec les enfants, c'est toujours de la dernière minute. Comment se passe votre vie en France ? poursuit Diana.

— Très bien, nous sommes installés, nous prenons notre rythme. Dorian réussit malgré tout à travailler à distance.

— Parfait, parfait. Je vous en veux quelque peu ma douce Allie. Vous me privez de mon ami le plus cher, avoue Hadrien.

— J'en suis désolée. Nous devrions être là dès le mois prochain ainsi que pour tout l'été.

— Excellente nouvelle ! Rassurez-vous, je suis si heureux pour vous deux que je vous pardonne.

Alors que Dorian s'éclipse pour continuer son chemin entre les invités tel un hôte parfait, je m'installe devant une table haute sirotant une coupe de champagne en compagnie de Diana et Hadrien sur la terrasse. Je préfère rester cette fois-ci auprès des seules personnes présentes qui ne s'avouent pas dérangées par ma présence. Diana est une femme douce et charmante. Hadrien est la sagesse incarnée, à l'écoute, et d'une grande générosité.

Pour la première fois, Dorian a réservé une surprise à ses invités. Un magicien se mêle à la fête, présentant quelques tours à ceux qu'il croise. Il nous invite ensuite à nous réunir au centre de la pièce. Il enchaîne quelques classiques avec une poésie qui rend sa prestation unique. Je me laisse séduire par ce moment inattendu. Dorian est à mes côtés et a posé sa main sur ma hanche. Ce soir, je suis étonnée de tous ces signes d'affection en public. Je sais qu'il n'en est pas coutumier.

Le magicien se lance dans ce qui semble être le clou du spectacle. Il requiert mon aide. Même si je n'apprécie guère être prise pour cible dans ce genre de représentation, je m'y plie sans sourciller. À sa demande, j'avance d'un pas. Il me présente une jolie paire de gants blanc satiné, m'invite à la contempler sous toutes les coutures, rien ne me paraît anormal. Il me prie alors de l'enfiler. Une fois les gants en place, il me demande de poser mes paumes l'une contre l'autre puis vient poser l'une de ses mains au-dessus des miennes. Il agite sa baguette sur nos mains ainsi rassemblées, avant de s'éloigner. J'ouvre les miennes et une magnifique rose blanche y apparaît. Des applaudissements résonnent, je tente de comprendre, n'ayant rien vu venir. Il laisse la rose entre mes doigts, me demandant de les refermer avec prudence, avant de souffler délicatement entre mes pouces qui se touchent. Cette fois-ci, seule sa baguette s'agite pour celer le tour. Il ne s'approche pas de moi. Lorsque j'ouvre de nouveau les mains, une magnifique colombe apparaît. Je suis abasourdie, tout comme l'auditoire : comment a-t-il fait ? Il dépose la colombe sur son épaule avant de prendre un ruban de soie rose qu'il passe entre chacun de mes doigts : dessus, dessous et ainsi de suite. Cette fois-ci, mes mains sont côte à côte, jointes par les pouces, paumes vers le sol. Le magicien agite sa baguette une nouvelle fois, puis retire doucement le ruban de mon auriculaire droit jusqu'au gauche. Il m'invite à observer les gants, rien n'a changé, ni d'un côté ni de l'autre. Il me prie alors de retirer un premier gant. Ma main droite libérée, je ne vois toujours aucun changement. Vient le tour de ma main gauche, je la libère à son tour. Tout à coup, je blêmis. Mon annulaire gauche se retrouve par magie orné d'une bague que je connais bien.

J'aperçois un hochement de tête entre l'artiste et Dorian. Ce dernier fait un pas en avant, aussitôt retenu discrètement par Hadrien. Le magicien montre sa surprise, il insiste par un jeu de regard. Le reste du public, subjugué par son talent, ne semble pas s'apercevoir de cette bataille discrète qui se joue entre les trois hommes. Hadrien, afin de clore la situation, s'adresse alors à Dorian à voix haute.

— Tu devrais te méfier mon ami, je crois que ce magicien a des vues sur ta compagne.

Feignant de ne pas reconnaître la bague, je la retire délicatement avant de la rendre au magicien en le félicitant de son merveilleux talent. Je laisse l'audience s'approcher du poète aux pouvoirs magiques et je m'éclipse vers la terrasse.

Je reprends mon souffle à l'écart, accoudée sur la rambarde de la terrasse. Je sursaute lorsque j'aperçois une ombre s'approcher.

— Il ne faut pas lui en vouloir, il est fou de vous, m'assure Hadrien.

Je hoche la tête, encore sous le choc.

— Comment avez-vous compris ?

— Qu'il faisait une erreur en vous demandant en mariage devant les mêmes invités que le jour de l'annonce de son mariage avec *Javotte,* il y a un an, presque jour pour jour ? C'était évident, sans parler du fait que vous êtes un très jeune couple.

— Pas évident pour Dorian, apparemment. C'est lui qui vous envoie me parler ?

— Non, c'est moi qui lui ai interdit de venir vous voir. Il ne pensait pas à mal, vous savez. Dorian peut se montrer particulièrement maladroit parfois. Je voulais vous parler seul à seul parce qu'il me paraît important que vous sachiez qui est réellement Dorian. C'est mon meilleur ami, je l'aime de tout mon cœur, mais je me dois d'être sincère avec vous. Dorian est une personne complexe. Comme vous le savez, il a vécu plusieurs drames simultanés qui l'ont détruit. Il se reconstruit doucement depuis vingt ans, mais ça a laissé des traces. Ce n'est pas une excuse, je vous l'accorde. Il y aura des jours où vous serez le parfait petit couple. Il y aura des jours où il fera tout par amour pour vous, Allie, même des choses démesurées, à la limite du pardonnable, parce qu'il vous aime comme aucun homme ne pourra jamais vous aimer. Et il y aura aussi des jours où il sera insupportable, autoritaire, désagréable, comme un ours mal léché qui sort affamé de son hibernation. Vous n'aurez qu'une envie : fuir. Il faut que vous sachiez que c'est ce qui vous attend au quotidien. Dorian est comme le courant : il varie en fonction du vent. Quand on le connaît, quand on l'aime, on s'y habitue, et surtout, quand on le comprend, on sait prévenir les tempêtes. Si vous l'aimez vraiment, vous n'aurez pas peur de le secouer aussi parfois. Les tourmentes seront encore plus fortes, mais il apprendra de chacune d'elles et en deviendra meilleur petit à petit. Vous comprenez ?

— Oui, je crois.

— Il s'améliore, il fait des efforts, mais il ne changera jamais complètement.

— Je sais.

— Allie, si je suis venu vous dire tout ça, c'est parce que je crois en la sincérité de vos sentiments pour lui, même après tout juste quelques mois. Si vous vous sentez capable d'affronter ce qui vous attend, alors il n'y a pas à hésiter. Dorian sera toujours aux petits soins pour vous. Si vous pensez ne pas être à la hauteur de la tâche, quittez-le maintenant. Il va souffrir, mais moins que si vous restez davantage. Si tel est votre choix, je serai à ses côtés pour l'aider à surmonter l'épreuve et pour lui faire accepter de vous laisser tranquille. La décision vous appartient. Dorian a pris la sienne vous concernant il y a bien longtemps déjà. Il n'attend qu'une chose : vous passer la bague au doigt tôt ou tard, mais ça, vous l'avez bien compris. Même si je pense que vous pouvez dormir sur vos deux oreilles pour le moment, la demande ratée du jour devrait le faire réfléchir. Pour autant, il ne laissera pas tomber.

— Vous savez, à chacune de ses frasques, je me demande si je suis à la hauteur.

— Vous l'êtes, Allie. Vraiment. S'il y a bien une femme au monde à la hauteur de la tâche que représente Dorian, c'est bien vous. Mais je vous le confirme, notre cher Dorian n'est pas un cadeau. Pourtant, vous et moi, nous l'aimons sincèrement, n'est-ce pas ?

Nous rejoignons les convives au moment de passer à table. Dorian recule ma chaise. Je m'installe, il me sourit, gêné. J'entends des rires, des bruits de fourchettes, de verres qui tintent, j'ai la sensation de vivre le repas depuis une autre dimension, comme si mon corps survolait la pièce.

Lorsque nous allons nous coucher, Dorian me prend dans ses bras, dépose un baiser sur mes lèvres auquel je peine à répondre, la tête pleine des mots d'Hadrien, qui tournent et tournent encore.

Dès le dimanche matin, je m'attelle sérieusement à mes révisions. Elles m'offrent l'excuse de rester enfermée dans ma chambre et de prendre un peu mes distances avec Dorian. Je me prépare également pour l'entretien que je vais passer avec Kimberley. J'espère que l'amie de Dorian acceptera de me prendre en stage pour l'été : en plus d'être idéal pour nous, ce serait surtout une expérience inespérée pour moi.

Le jour J, je me présente après une petite heure de route. La personne qui me reçoit est une belle femme brune ; elle porte un tailleur mauve qui ne lui fait pas honneur. Grande et mince, ses cheveux longs caressent son dos au rythme dynamique de ses pas. Elle inspire le sérieux et la confiance. Elle m'invite à m'installer, me pose plusieurs questions sur ma façon de voir le métier, les étapes de l'organisation d'un mariage, mes ambitions professionnelles, avant de me proposer de signer le jour même ma convention de stage.

— Je suis certaine que tout va très bien se passer, en tout cas Dorian ne tarit pas d'éloges sur vous.

— Merci infiniment, je suis tellement heureuse de l'opportunité que vous m'offrez.

— Parfait, on se voit très bientôt alors !

J'arrive au domaine et me rends immédiatement au bureau de Dorian pour lui annoncer la bonne nouvelle. Il me fait signe de la main qu'il est au téléphone. Je lui montre la convention signée, il lève un pouce en guise de félicitations avant que je quitte la pièce. En attendant la fin de sa journée de travail, je pars m'installer dans ma chambre pour poursuivre mes révisions.

Quelques jours plus tard, je repars du domaine, seule. J'ai réussi à le convaincre qu'il était inutile de rentrer en France avec moi. Je serai de retour dans deux semaines après mes examens afin de débuter mon stage. Il a d'abord refusé. J'ai insisté, argumentant sur mon besoin de me concentrer sur mes partiels de fin d'année. Ma décision étant prise, il n'a pas eu d'autre choix que de s'y plier.

Le jour du départ, il me dépose à l'aéroport. Il peine à me voir partir, tout en tentant de ne rien laisser paraître. Aucun de nous n'a abordé le tour du magicien. Il sait que j'ai compris. Je ne suis pas certaine que *lui* ait compris pourquoi je ne pouvais pas accepter, ni pourquoi cette demande, bien que très poétique, était particulièrement déplacée. Perdue dans mes pensées, je sursaute quand une voix dans le micro indique l'atterrissage imminent.

Laure vient me récupérer à l'aéroport. Curieuse de me voir revenir sans mon chaperon, elle s'aperçoit vite que j'ai l'esprit ailleurs. Je lui explique la situation malgré ses remarques sur la chance que j'ai d'avoir un homme qui m'ait déjà demandée en mariage deux fois. Elle semble comprendre mes réticences.

Le lendemain, Dorian passe son anniversaire seul au domaine alors que mes partiels débutent. Après nos examens, mon année se termine de la meilleure des manières : entourée par mes amis, dans l'insouciance de mes 25 ans à venir.

Deux jours plus tard, ma valise est prête. Je m'attends presque à entendre la voiture de Dorian entrer dans le garage pour me ramener au domaine. À la place, c'est Laure qui toque à la porte pour m'aider à charger ma voiture.

— Tout va bien ? me demande-t-elle en fermant le coffre.

— Oui, impeccable.

— Ouais, genre t'es plus muette qu'une carpe morte, c'est dire. Bon, viens, on va prendre un café avant ton départ.

Une fois installées devant nos tasses, Laure se lance sans détour.

— Bien, t'as beaucoup de route, alors allons à l'essentiel de cette thérapie gratuite. J'ai l'impression que tu pars à l'abattoir. Vas-y, accouche, qu'est-ce qui ne va pas ?

Me voyant hésiter, elle me fait les gros yeux. Je n'ai pas intérêt à lui mentir ou je serai pulvérisée sur place.

— Je suis amoureuse de Dorian.

— OK rien de bien neuf, et ?

— J'ai peur.

— Peur de quoi ?

— Est-ce que tu es amoureuse de Thibaut ?

— Oh oui, bien plus que de tous les autres avant lui. Mais on ne parlait pas de toi, là ?

— Est-ce que tu te vois épouser Thibaut ?

— J'en sais rien, je ne me suis jamais posé la question, peut-être un jour. On est ensemble depuis décembre, ça fait même pas six mois. C'est quoi cette question ?

— C'est celle que Dorian m'a déjà posée deux fois durant les cinq derniers mois, dont une fois où nous n'étions même pas encore en couple. Il est tellement sûr de lui, de nous.

— J'avoue, c'est chaud. Tu comptes faire quoi ?

— Aucune idée. Je suis complètement perdue.

— OK, alors mademoiselle Allie, écoute-moi bien avant de prendre le volant. Dorian, c'est un mec unique en son genre. Tu ne retomberas jamais sur un mec aussi tordu, gentil tordu, pas tordu tordu. Tu vois ce que je veux dire ?

Je souris, amusée par sa description si incompréhensible et si évidente à la fois.

— Tu sais à quoi t'attendre. Toute ta vie avec un mari comme ça, ça va être *folklo* ! Maintenant, si c'est lui que tu veux, t'y arriveras. Concentre-toi déjà sur l'envie de rester avec lui, d'envisager du sérieux. Il y a quatre possibilités. La première : si t'es pas prête, dis-lui clairement. Qu'il sache que t'es peut-être pas contre l'épouser un jour, mais genre dans cinq ans. La deuxième : si tu ne te vois pas l'épouser du tout, arrête tout au plus vite parce que t'es accro ma fille, et que ça va faire mal. Les deux dernières : si tu doutes de pouvoir faire ta vie avec lui, soit tu te donnes un délai, genre tu laisses passer l'été avant de te décider à rester ou à rompre. Tu vois comment ça marche là-bas. Soit tu doutes vraiment trop et là, c'est mauvais signe. Vaut mieux lâcher l'affaire. Allez, file, je t'ai assez vue.

Nous nous enlaçons avant de nous quitter, la larme à l'œil : elle va me manquer ma bichette adorée, même pour quatre mois. Assise dans ma petite voiture, direction Dorian : je revois mon arrivée au domaine la toute première fois. Je pense à toutes ces petites choses qui progressivement m'ont fait tomber amoureuse. Je pense à toutes ses frasques. L'épouser ? Je ne sais pas, peut-être un jour. Laure a raison, je vais déjà expérimenter la vie au château avec la casquette de compagne cet été, ensuite on verra, peut-être que j'envisagerai davantage le long terme avec lui. Il sera toujours temps de lui donner un aperçu de mon projet de vie. Après tout, il ne va pas m'obliger à me marier si je ne suis pas prête.

Juin : murmurer sur les toits

Dorian est inquiet de mon attitude depuis la venue du magicien. Malgré tout, je constate que la distance que j'ai imposée entre nous ces dernières semaines m'a fait un bien fou, même s'il m'a beaucoup manqué. Je ne sais pas dans quel état d'esprit je vais le retrouver. Il respecte ma décision de vouloir passer du temps sans lui en France, en donnant l'impression de l'accepter sans difficulté. Je sais qu'il n'en est rien. Il a tenté de me convaincre d'arriver plus tôt. Devant mon refus, il a proposé de me rejoindre chez mes parents, j'ai de nouveau refusé. Ils ne sont pas enchantés par notre couple, et me voir seule les rassure. Je sens même une lueur d'espoir dans leurs yeux sur une possible mésentente entre Dorian et moi, mais ils comprennent vite que je le rejoins au domaine.

Me voilà devant les grilles que les gardes ouvrent lentement. Ils m'invitent à stationner ma voiture dans le garage de Monsieur. J'ai toujours laissé *Philibert* dans celui des invités. Surprise, je suis les directives. Cette boule d'appréhension ne me quitte jamais lorsque je roule sur l'allée de cailloux en direction de ces pierres grisées par le temps. Je décèle l'ombre de Dorian à la fenêtre du petit salon. Je l'imagine soulagé avec un léger sourire aux lèvres, sa main tenant un verre de whisky. Une fois le moteur éteint, j'inspire profondément avant d'ouvrir la portière. Un pied sur le sol, je me donne du courage : *let's go*[25] ! J'ai repensé aux phrases d'Hadrien et de Laure sur la route. Un été au château sera peut-être la meilleure des manières pour

[25] C'est parti !

trouver les réponses à mes questions. Je monte le grand escalier, le regard fixé sur les marches, lorsque je me laisse surprendre par une main qui se tend vers moi.

— Laisse-moi t'aider.

— Merci.

Une fois en haut, je ne peux m'empêcher de l'arrêter pour le prendre dans mes bras. Les battements de mon cœur accélèrent aussitôt que ma tête s'enfouit dans le creux de son cou. Il lâche mes valises pour me serrer contre lui. Je comprends à ce moment-là à quel point il m'a manqué.

— Tu viens ? J'ai une surprise pour toi, annonce-t-il après quelques instants.

— Je te suis.

Nous entrons dans le hall et nous dirigeons vers son bureau. Il ouvre la porte de sa chambre : tous ses meubles ont été installés autrement. Une parure de draps, bien différente de celles dont il a l'habitude, orne son lit. Les murs ont été détapissés pour être peints d'une couleur crème, à la fois neutre et très douce.

— J'espère que tu te sentiras enfin à ta place, me dit-il.

— Merci, Dorian. C'est adorable.

— Est-ce que tu aimes ?

— C'est pas mal, mais si j'étais toi, je ne m'arrêterais pas en si bon chemin.

— Qu'entends-tu par là ?

— Tu vis dans un vieux château et un coup de jeune lui ferait du bien, dis-je en riant.

— Qu'est-ce qui ne te plaît pas dans mon château ?

— Les tapisseries seraient à changer, pareil pour les moquettes. Les lustres sont vieillots, les meubles aussi. Ce château est sombre : un peu de clarté ne serait pas de trop…

— Tu aimerais tout changer en réalité.

— À peu près, oui, enfin toi tu peux rester.

— Quelle bonté ! Très bien, je vais réfléchir à tout ça. Après tout, lorsque tu viendras vivre ici, il faudra que tu te sentes chez toi. Il est vrai que je n'ai quasiment rien modifié depuis le départ de mes parents.

— *Si*.

— Si, quoi ?

— Tu as dit *lorsque* je viendrai vivre ici : *si* je viens vivre ici, me paraît plus approprié.

— Je te kidnapperai si tu refuses, tu le sais bien, plaisante-t-il avant de se lancer dans une partie de chatouilles effrénée.

Je cherche refuge sur son lit en riant aux éclats, soumise à ses tortures qui bientôt se changent en caresses. Nos corps se rejoignent et cette fois-ci, rien ne nous arrête. Il aura fallu un an et demi pour que nous terminions ce que nous avions commencé ici. Dorian, conscient de tromper Suzanne, avait tout stoppé avant que nous ne commettions l'irréparable, alors que j'ignorais encore tout de l'existence d'une autre femme. Je mets mon cerveau sur pause, profite de l'instant. Je me laisse aller complètement sous ses mains, envahie par des sensations que je n'avais encore jamais ressenties auparavant ni avec Dorian ni avec aucun autre homme.

— Je t'aime, me murmure-t-il à l'oreille.

Nous sommes lundi. Aujourd'hui commence mon stage en tant qu'organisatrice de mariages. J'ai toujours voulu faire ce métier, le voilà maintenant à ma portée. J'espère apprendre énormément. Ma première journée se passe à merveille, je suis ravie de travailler avec Kimberley. Elle est dynamique, souriante, pleine d'humour et très professionnelle. Elle m'explique toutes les démarches sur chaque dossier que nous ouvrons. Elle prend le temps de perdre du temps avec moi pour que j'apprenne réellement le métier. J'apprécie beaucoup la méthode. Pour la remercier, je tente d'assimiler vite afin d'être la plus efficace possible sur chaque tâche qu'elle me confie.

Au fur et à mesure des jours, je me fais à mon nouveau quotidien : me lever pour partir travailler avant de rentrer *à la maison* auprès de Dorian. Nous apprenons à vivre ensemble au domaine en tant que couple. Claire suggère de m'appeler Madame. Je la menace de ne plus l'accompagner boire un verre au pub, ni sur le toit pour des bains de soleil, si elle ose. Le chantage fonctionne, mettant son idée loufoque aux oubliettes.

Dorian profite d'être en Angleterre. Je sens que la situation est bien plus facile à gérer pour lui. Il reprend ses habitudes et je prends les miennes. Le mois de juin avance à toute vitesse, je suis passionnée par mon stage. Je rentre parfois tard, je travaille tous les samedis, la saison des mariages bat son plein. Dorian est heureux que ça me plaise à ce point. Heureusement, nous arrivons à nous organiser du temps rien que pour nous pendant mes jours de repos des dimanche et lundi. Dorian s'est adapté en partie à mon planning. Il ne peut pas arrêter totalement de travailler le lundi, ses employés ont besoin de lui, mais il travaille le samedi et réduit au maximum son activité quand je suis à la maison. Kimberley semble ravie de m'avoir à ses côtés. Le rythme est très dense, nous laissant très peu de temps pour parler d'autre chose que du travail. Les occasions d'apprendre à nous connaître sont rares, mais nous collaborons avec plaisir. Un samedi soir, après un mariage, Kimberley nous reconduit à l'agence. Elle en profite pour me poser quelques questions plus personnelles.

— Tu es toujours hébergée au manoir de Dorian ?

— Oui, dis-je, surprise du terme employé.

— En même temps, il y a assez de chambres pour y loger la moitié du pays. Je le connais depuis très longtemps. Nous étions à l'université ensemble, sa première petite amie était ma meilleure amie.

— Carole ?

— Oui, répond-elle l'air surpris de m'entendre prononcer ce prénom. Il était désespéré quand elle est partie. Il faut dire qu'il avait beaucoup de choses à gérer après la mort de ses parents. Et puis, cette histoire avec son frère et Carole, c'était vraiment atroce. Elle avait beau être mon amie, quand j'ai vu l'état de Dorian, je n'ai pas pu lui pardonner. Le pauvre, se retrouver orphelin, trahi par son frère et trompé par celle qu'il pensait être la femme de sa vie, et tout ça le même jour. Je ne sais même pas comment il a réussi à s'en remettre. Je suppose que le fait que nous nous soyons rapprochés à ce moment-là a dû l'aider.

— Certainement, dis-je en essayant de cacher ma stupéfaction face à cette nouvelle.

— Nous sommes restés en bons termes depuis, même si ça a été douloureux pour moi. Ça a tout de même duré presque un an entre nous. Après un tel chamboulement dans sa vie, il n'avait pas de place pour des sentiments amoureux envers moi ou quiconque d'ailleurs. Sans parler de la façon dont ça s'est terminé. Je sais que c'était une fille sans importance, mais j'aurais aimé qu'il ait le courage de rompre plutôt que d'aller voir ailleurs. Je lui ai pardonné malgré tout, pas dans l'immédiat, c'est certain. C'était un jeune homme égaré, difficile de lui en vouloir. J'ai été étonnée lorsqu'il m'a contactée l'année dernière pour que j'organise son mariage avec Suzanne. J'avais appris qu'il allait se marier, mais je ne pensais pas qu'il me confierait l'organisation ; après tout, nous avons un passé tous les deux.

— En effet, c'est surprenant.

Je suis soulagée qu'il fasse nuit. Elle ne me voit pas bouillir à ses côtés dans cette voiture.

— N'est-ce pas ? C'est vrai, on ne demande pas à son ex d'organiser son mariage.

— Ils ont commencé à organiser leur mariage ? Je croyais qu'ils s'étaient séparés rapidement après avoir décidé de se marier.

— Oui, environ deux mois après si ma mémoire est bonne. Heureusement, parce que vu tout ce que j'avais déjà fait sur leur dossier. S'ils avaient rompu plus tard, j'aurais vraiment perdu mon temps et je n'aime pas travailler pour rien.

— J'imagine.

— En même temps, j'aurais dû m'en douter. Dorian qui se marie, ça ne pouvait pas être vrai. C'était évident que d'une manière ou d'une autre, ce mariage n'aurait jamais lieu. Soyons sérieux deux minutes ! Dorian n'est pas un homme que l'on épouse, ou bien c'est à ses risques et périls. Dorian et le mariage, ce sont deux concepts totalement incompatibles. Bref, après l'arrivée du bébé, ils voulaient un grand mariage le jour de la Saint-Valentin. Au début, ils envisageaient de le faire au manoir, et puis Suzanne a changé d'avis, souhaitant qu'il ait lieu chez elle, en Écosse. Elle rêvait de fleurs bleues partout. Elle avait choisi l'église, alors je devais trouver la salle de réception sur un périmètre limité. Elle avait imaginé une poussette avec un coussin sur lequel reposeraient les alliances. J'avais essayé de lui expliquer qu'un bébé n'avait pas forcément sa place dans une église le jour d'un mariage, mais elle ne voulait rien entendre. La nourrice allait devoir se débrouiller pour lui donner le biberon au bon moment pour que ça ne gêne pas la cérémonie. Ils étaient très pressés de se marier. Dorian n'a pas voulu m'expliquer ce qu'il s'était passé quand il m'a appelé pour me prévenir que le mariage était annulé. J'espère que ce n'est pas trop difficile pour lui ; après tout, elle l'a quitté il y a tout juste un an. Voilà, nous sommes arrivées. Repose-toi bien, et mardi on attaque les derniers préparatifs du mariage des Stanford.

— Avec plaisir, merci, bonne nuit.

— Rentre bien, fais attention sur la route.

Je prends le volant et commence l'heure de route qui me sépare de Dorian. Je la savoure, l'avoir sous la main immédiatement ne serait pas une bonne idée. Les paroles de Kimberley me restent dans la tête. Il s'est bien caché de m'avouer qui elle était réellement. D'après ma conversation avec elle, j'ai bien l'impression qu'elle ne sait pas que je suis bien plus que simplement hébergée entre les murs du domaine.

Il est presque deux heures du matin à mon arrivée. J'avance dans le couloir lorsque j'aperçois de la lumière émergeant du salon. Dorian est encore debout. Je pousse la porte, il me propose un verre que je refuse et m'accueille avec les questions habituelles.

— Qu'as-tu dit à Kimberley quand tu lui as parlé de moi ?

— Je lui ai fait part de toutes les qualités dont tu avais fait preuve en travaillant pour moi. Pourquoi cette question ?

— Parce que j'ai appris des choses intéressantes aujourd'hui notamment, comment tu l'as connue.

— À l'université.

— Rien à voir avec une certaine Carole ?

— Elles étaient amies, mais quel intérêt pour toi de savoir ça ?

— Et le fait qu'elle et toi ayez été en couple, ça n'a pas *d'intérêt* non plus ?

— C'était il y a vingt ans, Allie. Je suis passé à autre chose depuis bien longtemps et elle aussi.

— Et nous deux ? Tu lui en as parlé ?

— Oui, je crois.

— Tu crois ?

— Je ne sais plus. Tu te rends compte que nous parlons d'une conversation que j'ai eue avec elle il y a au moins quatre mois. Je ne me souviens plus de mes mots exacts. En l'occurrence, il s'agissait de lui demander si elle accepterait de te prendre en stage. Elle n'avait pas besoin de savoir que toi et moi nous couchions ensemble.

— Pas encore à ce moment-là, dis-je avec ironie.

— En plus ! Tu aurais préféré que je te pistonne en justifiant ma demande par le fait que tu sois ma compagne ? Ou en expliquant tes qualités professionnelles ?

— Tu marques un point. Qu'est-ce que je vais lui dire quand elle va le comprendre ?

— Je ne sais pas, rien. Notre histoire ne la concerne pas.

— C'est vrai, mais j'ai l'impression que nous lui avons menti.

— Elle sait où tu vis, qui t'envoie et que nous nous connaissons depuis plus de deux ans. Elle connaît l'essentiel, inutile de crier sur les toits la nature de notre relation.

Je suis flattée qu'il ait vanté mes mérites et non demandé une faveur à Kimberley. Je ne peux qu'acquiescer. Et après tout, il a eu une vie avant moi comme j'en ai eu une avant lui. Je ne peux pas lui tenir rigueur de ne pas m'avoir transmis la liste de toutes ses conquêtes. Quelques minutes plus tard, nous nous allongeons dans les bras l'un de l'autre comme tous les soirs.

— Des fleurs bleues ? Quelle idée !

— Pardon ?

— Pour ton mariage, des fleurs bleues ?

— Ah ! Ne m'en parle pas, je n'aimais aucun de ses choix.

— Qu'est-ce que tu aurais voulu ?

— Du blanc, des fleurs blanches, les décorations, les nappes, les chaises, tout à la couleur de la perfection, une journée aux couleurs de la pureté et du paradis.

— Le blanc ? Ça me va. Tu sais que le bleu, c'est la couleur de la fidélité. Finalement, c'était peut-être un message qu'elle t'envoyait.

— Et le blanc, c'est la couleur de l'innocence, ce que je suis, madame la juge. J'ai été torturé pendant des mois par une jeune femme sans scrupules prête à tout pour me faire céder à ses charmes. D'ailleurs, j'ai bien entendu, tu as dit « Le blanc ? Ça me va » ?

— Peut-être.

— Est-ce que l'idée d'un mariage grandirait en toi ?

— Je ne vois pas de quoi vous voulez parler, monsieur Galary.

— Je finirai bien par te convaincre, inutile de résister.

Je souris devant sa détermination toujours aussi intacte, avant de m'endormir épuisée par cette journée à m'assurer du bon déroulement du mariage d'un autre couple.

Les semaines défilent sans que je m'en rende compte et nous voilà déjà au jeudi 9 juillet : aujourd'hui c'est mon anniversaire. Je pars travailler comme tous les jours après avoir reçu les vœux de Dorian ainsi que de chaque membre de l'équipe que j'ai pu croiser.

Vers 18 heures, la Porsche de Dorian fait une entrée sur le parking du bureau.

— Nous avons de la visite, déclare Kimberley en se recoiffant avant d'ouvrir la porte. Entre, Dorian. C'est sympathique de passer dire bonjour, s'étonne-t-elle en lui faisant une accolade.

— Merci, comment vas-tu ? lui demande Dorian avant de m'adresser un léger sourire.

— Bien, très bien, je te sers un thé ?

— Volontiers. Alors, ta stagiaire travaille bien ?

— Très bien, je te remercie de me l'avoir conseillée. Tu avais raison, elle est très impliquée dans ce qu'elle fait.

Kimberley lui demande quelques nouvelles en lui servant le thé à l'écart. Je tends l'oreille discrètement, l'air concentré dans mes dossiers.

— Nous avons presque terminé. Si tu veux, il y a un pub très sympathique tout près, nous pourrions prendre un verre, toi et moi.

Depuis mon bureau, je manque de m'étouffer sur ma tasse. Dorian ne semble pas comprendre la réelle dimension de l'invitation. Kimberley a bien choisi ses mots, ne laissant aucun doute sur mon évincement de ce rendez-vous. Mes suppositions se confirment, elle en pince toujours pour Dorian et ignore encore tout de notre relation.

— Ça sera avec plaisir, mais un autre jour. En réalité, je suis venu chercher Allie. C'est son anniversaire, alors nous lui avons organisé une petite fête.

— Oh, je vois ! C'est une charmante attention. Allez-y, nous avions fini pour aujourd'hui de toute façon. Par contre, il faut qu'elle revienne en forme demain pour la fin de la semaine.

— Bien sûr, compte sur moi pour m'assurer qu'elle le soit.

J'attrape mes affaires, remercie Kimberley et quitte le bureau. Je me doute qu'elle nous observe par la fenêtre et je n'ose embrasser Dorian lorsque nous nous installons dans la voiture.

Je passe une excellente soirée d'anniversaire pour mes 25 ans en compagnie de Dorian et des membres du personnel. Le lendemain matin, il insiste pour me ramener lui-même, ma voiture étant restée sur le parking la veille. Il se gare à l'instant même où Kimberley entre dans le bureau. Je sors du véhicule et me dirige vers la porte avec une certaine appréhension.

— Bonjour, Kimberley.

— Bonjour, Allie. Tu as ton chauffeur personnel ce matin ? rit-elle.

— Oui, comme ma voiture est restée là hier soir, il fallait m'amener.

— Et tout le monde sait que Dorian aime faire le chauffeur, déclare-t-elle en m'adressant un regard entendu. Alors, comment s'est passée ta soirée d'anniversaire ?

— Très bien, merci. J'ai rapporté du gâteau pour notre goûter.

— Ah super ! C'est gentil, merci.

Elle débute aussitôt la conversation avec le dossier sur lequel nous étions en train de travailler lors de mon départ la veille. Je me détends petit à petit. Kimberley a maintenant compris que Dorian me loge entre les murs du manoir, et que je suis bien plus proche de lui que n'importe quelle personne y vivant actuellement, mais elle n'insiste pas. Ma relation avec elle paraît sans danger, du moins pour l'instant.

Juillet : bain de houle

Fin juillet, Dorian doit se rendre au salon des jeunes entrepreneurs où je l'avais accompagné il y a deux ans. Hadrien est à nouveau pris cette année. Je n'ai pas de mariage à superviser ce week-end, mais je n'en dis rien à Dorian. Je lui fais la surprise de me lever en même temps que lui le matin pour l'accompagner. Nous quittons le domaine tous les deux, profitant de cette petite escapade en amoureux.

Ayant déjà accompagné plusieurs jeunes entrepreneurs du salon à se lancer, il est cette année l'invité d'honneur. Il est accaparé dès notre arrivée. Installé au centre d'une estrade, il répond à une série d'interviews puis écoute les témoignages de ceux qu'il a aidés par le passé, qui ont également été invités. Chacun explique son parcours, où ils en sont actuellement. Je reste un moment à observer avant de décider d'aller seule faire le tour des exposants. Je procède comme lors de notre première visite : je fais un premier tour rapide et repère les projets intéressants afin d'y retourner avec Dorian une fois ses interviews terminées.

Sur l'un des stands, j'entends un jeune diplômé expliquer son projet à un investisseur. Malgré son anglais impeccable, je reconnais instantanément l'accent français. Curieuse, je m'approche pour écouter discrètement ce charmant jeune homme lancé dans une démonstration aussi passionnée que passionnante. Je reste jusqu'au bout, convaincue par son enthousiasme et son sourire communicatif. J'attends ses derniers mots pour m'éclipser bien que la présentation à laquelle participait Dorian soit achevée. Je ne peux pas réellement rejoindre ce dernier : il est entouré par une foule de personnes voulant à tout prix lui serrer la main. Le sourire aux lèvres, j'imagine le tapis rouge, les autographes et les selfies[26]. Il parvient enfin à se frayer un chemin jusqu'à moi. À sa demande, nous disparaissons aussitôt du salon pour déjeuner. Ce matin, il lui aura été impossible de faire un pas sans être abordé.

Dorian, bien qu'habitué aux mondanités, n'est pas pour autant fan des bains de foule. Nous prenons notre temps au calme dans un restaurant à proximité. Après notre repas, il devra de nouveau se plier à une rencontre organisée avec certains exposants triés sur le volet. Je comprends qu'il ne pourra pas faire le tour des stands avec moi. J'en profite pour lui faire part de mes trouvailles.

Lorsque nous franchissons de nouveau la porte du salon, le même cirque recommence au grand désespoir de Dorian. Je souris dans sa direction en guise d'encouragement lorsqu'il est emmené loin de moi. Déçue à l'idée de rester encore plusieurs heures seule à l'attendre, je déambule dans les allées rencontrant de nouveau les mêmes personnes. Je croise le regard de ce jeune Français à l'affût d'investisseurs prêts à l'écouter. J'hésite à engager la conversation au prétexte de notre nationalité commune. J'abandonne l'idée presque intimidée. Je finis ma course près d'un stand de restauration. Le bourdonnement du salon a diminué, tous les investisseurs sont à la présentation. Les jeunes qui n'ont pas eu la chance d'être sélectionnés se retrouvent seuls, assis à leur table, à attendre la moindre âme qui voudrait bien entendre leur petit discours préparé.

Je commande un thé, assise sur un tabouret, accoudée au zinc de fortune de ce bar éphémère. J'écoute d'une oreille la présentation retranscrite sur l'écran en face de moi. Je remarque à quel point Dorian passe bien à l'écran lorsqu'une voix que je reconnais commande une bière. Un jeune homme s'assied sur le

---

[26] Autoportraits numériques

tabouret libre à mes côtés en fixant son regard dans la même direction que moi.

— Une petite pause ? dis-je en français.

— Pardon ?

— Vous prenez une petite pause ?

— Oui, comment savez-vous que je suis Français ?

— L'accent, je vous ai entendu faire votre démonstration tout à l'heure. C'était très intéressant d'ailleurs, félicitations.

— Merci ! Thomas, dit-il en me tendant la main.

— Allie, enchantée.

— Moi de même.

Sa poignée de main est franche, ses yeux sont d'un vert clair dévastateur. Une petite mèche de cheveux survole son front lisse. Une barbe taillée au millimètre dessine le contour de son sourire ravageur. Je lâche sa main une seule seconde trop tard, révélant contre mon gré que je suis séduite par son sex-appeal.

Nous discutons d'abord du salon avant de dévier sur la France. Nous découvrons que nos parents habitent à peine à une heure de route les uns des autres. Nous avons grandi dans la même région. Il vient de terminer son diplôme d'ingénieur. Il espère maintenant développer son projet, mais bien entendu, sans financement, la tâche s'annonce plus difficile. Après mon thé, je change d'avis pour l'accompagner avec une bière. Nous passons un agréable moment, je suis ravie d'avoir trouvé une compagnie aussi désespérée que moi. Je me sens légère, je ris à ses déboires racontés avec humour.

— J'ai entendu parler de monsieur Galary, c'est pour cette raison que je suis ici. C'est le seul salon que je fais en Angleterre. Je n'aurai même pas eu l'occasion de lui parler. Je me suis inscrit trop tard pour faire partie des finalistes qui ont la chance d'être dans cette foutue télé en ce moment même. J'ai cru comprendre que d'habitude, ça ne se passe pas comme ça. À priori, c'est vraiment un VIP, ce mec-là. J'ai tenté d'obtenir son adresse mail, mais les organisateurs m'ont répondu qu'ils n'avaient pas le droit de me la donner. Il faudrait que j'arrive à trouver un moyen de le croiser avant qu'il parte.

— Je peux peut-être t'aider.

J'attrape le sous-verre de ma bière et emprunte un stylo au barman. Je demande à Thomas de m'écrire ses coordonnées ; il se montre suspicieux, mais s'exécute. Je lis dans ses yeux qu'il s'interroge : est-ce que je le drague ? Ou est-ce que je peux vraiment le mener à Dorian ? Ses doutes s'évanouissent lorsqu'un organisateur m'interpelle en anglais.

— Monsieur Galary vous attend, mademoiselle.

Je me tourne vers Thomas pour lui souhaiter bonne chance. Il me remercie alors que nous nous quittons à la française, en nous faisant la bise. Il me permet ainsi de découvrir son parfum sucré si envoûtant, pour mon plus grand plaisir. Je lui adresse un dernier sourire, reprends mes esprits et rejoins Dorian.

Sur la route du retour, nous échangeons sur notre journée. Bien que nous ayons passé des heures au même endroit, nous étions finalement bien loin de notre escapade en amoureux. Je lui raconte ma rencontre avec Thomas. Je lui explique son projet, son ambition, son enthousiasme, ainsi que sa frustration de ne pas l'avoir rencontré en personne.

— Tu sembles avoir été séduite par le projet, mais pas seulement. Est-ce que je me trompe ? À quoi il ressemble ce *Thomas* ?

— Il était passionné, ça l'a rendu passionnant. Au lieu d'être jaloux, tu devrais le contacter. Son idée vaut au moins la peine d'être entendue. Après tout, c'est moi ta conseillère en affaires, non ?

Je lis le scepticisme de Dorian dans ses yeux. Je n'insiste pas pour le moment, même si pour une raison que j'ignore, j'aimerais qu'il finance le projet de Thomas. Je me sens protectrice du petit Français que j'ai rencontré, seul, perdu, à attendre désespérément une chance qu'il s'efforce de provoquer.

Début août, Hadrien et Diana se joignent à nous pour un dîner. C'est notre premier repas entre couples. Ce soir, quelque chose a changé, je me sens à l'aise, totalement intégrée à leur groupe, comme si nous étions déjà de vieux amis. Ils s'intéressent à mon stage ainsi qu'à notre nouvelle vie au château, aussi éphémère soit-elle pour le moment. Dorian explique à Hadrien que j'ai été accueillie par Kimberley, l'amie de Carole.

— Tu dois avoir régulièrement les oreilles qui sifflent, mon pauvre Dorian.

— Nous ne parlons pas de lui, il y aurait trop de choses à dire.

Dorian me bouscule du coude avant de nous resservir une coupe de champagne à chacun.

— Je veux bien le croire, il est bien loin d'être parfait ! Je ne sais pas ce qui a pu te convaincre du contraire.

— Toi, Hadrien, je crois bien que c'est toi qui m'as fait comprendre qui était réellement Dorian, un soir, devant un tableau.

— Je m'en souviens très bien, j'étais tellement désespéré de voir dans les bras de qui il était tombé. Enfin, *bras*, je devrais dire *tentacules*.

— Arrête un peu, Hadrien. Elle n'était peut-être pas la femme idéale, mais ce n'était pas un monstre non plus, s'offusque Dorian.

— Plus une sorte de mante religieuse, renchérit Diana.

Nous rions en cœur devant un Dorian abasourdi de nous voir tous les trois ligués contre lui. Nous changeons de sujet avant d'en arriver à nos projets d'avenir.

— Un mariage suivi d'un bébé, répond aussitôt Dorian, le regard plongé dans sa coupe qu'il tient du bout des doigts.

— C'est vrai ? C'est fantastique ! s'exclame Diana.

— Ce sont *ses* projets. Je dirais plutôt : finir mon master puis trouver un emploi.

— Vos projets ne sont pas incompatibles, il ne reste qu'à les mettre dans l'ordre qui convient, intervient Hadrien.

— J'ai toujours pensé que tu étais la voix de la sagesse, mon ami.

— Vous pourriez opter pour le master, le mariage, le poste et le bébé, propose Diana.

Plutôt réticente à exposer des projets qui n'en sont pas encore réellement pour moi, je reste discrète, les laissant divaguer sur notre avenir commun. Hadrien, me voyant en retrait, me lance sur le sujet de mon avenir professionnel. Il s'intéresse à mes idées de carrière. Il me demande si Kimberley pourrait m'embaucher ensuite. Je lui explique que ce serait une réelle opportunité, mais que j'espère ponctuelle. Diana comprend mes pensées.

— Peut-être travailler avec quelqu'un qui ne connaît pas Dorian, suggère-t-elle à mi-voix.

— Je crois qu'en effet, ça serait mieux pour moi.

— Et pourquoi ne crées-tu pas ta propre affaire ? propose Hadrien.

— J'y pense. Ça me plairait beaucoup. Cela dit, j'aimerais avoir un peu d'expérience d'abord et puis surtout, avoir les moyens financiers pour me lancer.

— Je pourrais t'aider ? offre Dorian.

— C'est très gentil, mais si je crée mon entreprise, j'aimerais le faire moi-même.

— C'est tout à ton honneur Allie, acquiesce Hadrien.

Nous passons une excellente soirée. Nos hôtes partent en promettant de revenir bientôt. Lorsque nous montons nous coucher, je pense à cette conversation de créer mon entreprise sans l'aide financière de Dorian. Il faudra que je passe par la voie des banques ou des économies que j'ai et que je continue à faire dès que possible. Je n'avais jamais envisagé un investisseur privé tel que Dorian, alors il n'y a pas de raison que cela change même si j'en ai un sous la main. Je ne veux pas mélanger affaires et sentiments ni lui être redevable. Ma réflexion me mène à ce jeune homme rencontré au salon. Je cherche où j'ai déposé ce dessous de verre sur lequel est écrit son numéro. Je recopie les coordonnées du jeune Français sur un post-it, avec un petit mot. Je dépose le tout sur le bureau de Dorian pendant qu'il se prépare dans la salle de bain. J'espère qu'il le recontactera. Je retourne dans la chambre, range le souvenir du salon dans le tiroir de ma table de chevet puis me couche alors que Dorian me rejoint.

À mon réveil, Dorian m'observe. Je frotte mes paupières, m'étire ; il me fixe toujours sans un mot. Lorsque je m'approche de lui pour me blottir dans ses bras, il sort du lit pour se diriger vers la salle de bain. Il fait quelques pas, se retourne, avant de briser enfin le silence.

— Tu as bien dormi ?

— Oui, merci et toi ?

— J'ai été réveillé par une jeune femme qui semblait faire un rêve très agréable. J'aurais juste aimé être l'homme qui l'accompagnait.

— Comment ça ?

— Je connais encore mon prénom, et il ne ressemblait en rien à celui que tu as mentionné dans ton sommeil…

Je rougis alors qu'il ferme la porte derrière lui. Je replonge dans mon inconscient, je revois des brides de rêves. Dorian s'éloigne alors qu'un jeune homme se trouve face à moi. Ce jeune homme glisse ses doigts de ma nuque jusqu'à ma joue avant de déposer ses lèvres sur les miennes, nos corps s'enlacent, se dénudent. J'ouvre les yeux au son de Dorian qui entre à nouveau dans la chambre, l'air sérieux. La serviette autour des hanches, des gouttes d'eau perlent encore sur son corps. Je me lève, l'entoure de mes bras alors qu'il me tourne le dos, déposant mes mains sur son torse chaud. Ma tête contre son épaule, je tente de me faire pardonner de cette faute incontrôlée.

— Tu es jaloux ?

— D'un rêve ? Pas le moins du monde, riposte-t-il.

— Ohhhh, c'est trop mignon, tu es jaloux.

— Absolument pas ! Allie, dit-il en se tournant vers moi, promets-moi une chose. Tant que je serai de ce monde, j'aimerais que tu ne revoies jamais ce jeune Français.

— Le grand Dorian aurait-il peur d'avoir de la concurrence ?

— Promets-moi, s'il te plaît.

— D'accord, d'accord, je te le promets et pour être certaine de tenir ma promesse, je vais de ce pas jeter ses coordonnées. Il n'a pas les miennes. Voilà, problème résolu. Rassuré ?

— Que tu sortes le numéro de téléphone d'un homme de ta table de chevet, de surcroît un homme avec qui tu viens de partager la nuit, ne me rassure qu'un peu ! ironise-t-il.

— Tu n'auras qu'à rêver d'une autre femme cette nuit et nous serons quittes.

— Je ne rêve que de toi, ma chère Allie.

Il me prend enfin dans ses bras et m'embrasse. Je ferme les yeux lorsqu'un frisson parcourt ma colonne vertébrale. Je sens la chaleur monter jusqu'à mes joues, honteuse. J'aperçois un rictus sur le visage de Dorian qui me libère. Je suis percée à jour. Je vais aller prendre une douche bien fraîche pour essayer d'oublier tout de ce petit *frenchy*[27].

---

[27] Français

Août : prêcher pour son château

Deux semaines plus tard, mes parents viennent à leur tour nous rendre visite au château. La saison des mariages s'est légèrement calmée et Kimberley m'a proposé de prendre mon samedi en repos pour être avec eux. Ils arrivent le vendredi en fin d'après-midi après mon retour du travail et repartiront le mardi matin.

— Tu es certain que tu es d'accord pour que mes parents viennent ici ?

— Allie, je les ai invités moi-même. Si je n'avais pas voulu de leur présence, je ne leur aurais pas proposé. Pourquoi cette question ?

— C'est juste que sur le contrat que j'avais signé, il y avait écrit que nous ne pouvions pas recevoir d'invités.

— Ce contrat existe pour les salariés. Je ne vais pas tolérer les passages incessants de gens que je ne connais pas, entre mes murs. Ce n'est pas un musée ni un immeuble. Les salariés qui logent ici n'ont pas à recevoir, ils sont chez moi, mais tu n'es plus l'une de mes salariées. Ce contrat ne te concerne plus depuis bien longtemps. Il est normal que tes parents nous rendent visite, viennent voir où tu vis.

— Tu as raison, excuse-moi.

Claire nous prévient de leur arrivée et nous quittons la terrasse pour les accueillir. Nous sommes debout sur le perron alors que leur voiture s'arrête en bas des escaliers.

— Finalement, tu avais raison. Je n'ai pas envie que tes parents viennent nous rendre visite, tu les préviens ?

— Arrête tes bêtises !

— Tu m'as posé la question cinq minutes avant qu'ils n'arrivent, tu aurais fait quoi si cette réponse avait été la mienne ?

Mes parents nous rejoignent, l'air tendu. Alors qu'ils montent les marches, je lance un regard à Dorian, le sourire en coin. Il serre la main de mon père avant de se lancer dans une bise pour saluer ma mère. Je suis très amusée de le voir si maladroit, n'étant pas familier avec cette coutume très française.

Il les invite à s'installer dans la chambre qui leur est réservée puis à nous rejoindre pour un apéritif sur la terrasse. Vingt minutes plus tard, ma mère s'est changée. Les voilà à nos côtés sous le soleil d'août. Nous apprécions notre verre avant de rentrer pour le repas, l'air frais du soir venant à notre rencontre. Nous passons un bon moment à table. Mes parents sont impressionnés par le service, les lieux ainsi que le personnel. Le samedi, nous partons découvrir la région. Nous visitons un château non loin de là. Dimanche midi, Dorian nous emmène au restaurant. Mes parents ne sont pas au bout de leurs peines avec les spécialités culinaires parfois assez étranges, mais mon père insiste pour nous inviter. Nous rentrons et partons marcher sous le soleil dans les jardins du domaine.

— Je comprends mieux tout ce que tu pouvais nous décrire quand tu travaillais ici. Vous avez une demeure magnifique Dorian, déclare ma mère.

— Merci infiniment.

— Je lui ai fait remarquer qu'elle méritait un coup de jeune, mais c'est vrai que le domaine est très agréable.

— Je te donnerai le matériel adéquat, tu seras de corvée pour détapisser et repeindre. Qu'en penses-tu ? me répond-il en souriant.

Je lui adresse une grimace.

— N'effraye pas mes fleurs, s'il te plaît, rit-il.

— Oh !

Outrée, je le bouscule en faisant mine de bouder avant de sourire à nouveau. Je décèle un échange de regard entre mes parents, témoins de notre complicité. Nous passons la soirée autour d'une coupe dans une ambiance presque détendue.

Dorian et moi étions convenus qu'il travaillerait le lundi afin que je puisse passer la journée seule avec mes parents. En réalité, il est à l'origine de cette idée. Je n'ai pu qu'acquiescer devant ses arguments. Je pense qu'en effet mes parents auront envie de profiter de leur petite fille. Ce sera peut-être aussi pour eux l'occasion de se confier sur leurs ressentis concernant Dorian et moi. Je suis angoissée à l'idée d'être seule avec eux. Que vont-ils penser du domaine, de Dorian, de notre couple ?

Nous prenons notre petit-déjeuner en échangeant des banalités. Il semblerait qu'ils n'osent aborder le sujet. Une fois prêts, je les emmène faire le tour de la région. Je joue le rôle du guide pendant deux heures avant de m'arrêter dans un pub réputé. La décoration est atypique. Une énorme cheminée ancienne ouverte s'impose au centre. Une épaisse moquette rouge et dorée accueille les pas des visiteurs. Les murs tapissés de vert recèlent d'objets oubliés par des clients tandis qu'au-dessus de nos têtes des épis de houblon jonchent le plafond par milliers.

Nous nous installons. Je leur traduis l'ardoise en leur conseillant ou déconseillant certains plats. N'en pouvant plus d'attendre qu'ils abordent le sujet, je me lance une fois notre commande prise.

— Que pensez-vous du domaine ?

— Les jardins sont somptueux, l'intérieur est vraiment très anglais, rit mon père.

— C'est vrai, mais très charmant, confirme ma mère.

— Et le propriétaire ?

— La même chose, poursuit mon père, très anglais.

— Charmant, très gentleman, renchérit ma mère.

Je hoche la tête.

— Et notre relation ?

Ils échangent un regard. Sauvés par la serveuse qui nous apporte nos plats, ils préparent leur réponse. Je peux lire dans leurs yeux qu'ils mentalisent leurs phrases.

— C'est étrange. Je ne dis pas que c'est bien ou mal, juste que je t'imaginais avec quelqu'un qui te ressemble davantage. Ne le prends pas mal ma puce, mais vous êtes si différents, ose mon père.

— Il a d'énormes qualités. Il est très serviable, gentil. Il n'est pas désagréable à regarder, loin de là. Il a réussi dans la vie. C'est difficile pour nous de trouver une raison de ne pas l'apprécier, enchaîne ma mère.

— Alors, n'en cherchez pas.

— C'est juste que nous avons du mal à nous faire à l'idée.

— Je me doute que ça ne doit pas être évident pour vous.

— Non, en effet. C'est quand même un sacré écart d'âge, presque vingt ans. Ce n'est pas anodin. Est-ce que tu peux confirmer que ça ne pose jamais problème entre vous ?

— Seize ans.

— Oui, seize, vingt, ça ne change pas grand-chose. Ses amis sont comme lui, je veux dire, de la même génération ? De la même classe sociale ? Je suis désolé de te demander ça comme ça, mais Allie, tu es consciente que nous ne sommes clairement pas du même monde ? se préoccupe mon père.

— Je te confirme, ses amis ont le même âge pour la plupart, voire plus. Je ne suis pas toujours très à l'aise dans ses soirées mondaines, il ne l'est pas non plus dans mes soirées étudiantes. Nous faisons des efforts pour nous comprendre. Je n'ai aucune idée de la hauteur de sa fortune, je vous avoue que je m'en moque. Moins j'en sais à ce sujet, mieux c'est.

— Je me suis renseigné un peu sur lui : il fait partie des plus grosses fortunes d'Angleterre, tu sais. Ce n'est pas juste un homme d'affaires friqué. Il est comme qui dirait riche, vraiment riche.

— Peu importe, elle t'a dit qu'elle s'en moquait. Tu en es où dans ta relation avec lui ? demande ma mère. Tu envisages un avenir ?

— Je ne sais pas. C'est trop tôt pour y penser. Dorian l'envisage.

— Ça, on l'avait bien compris. Maintenant, est-ce que ce n'est pas le caprice d'un homme qui peut tout s'offrir ? Est-ce que tu n'es pas son nouveau jouet ?

— Maman !

— Excuse-moi, tu sais, je m'inquiète un peu quand même.

— Tu t'inquiètes ? Pourquoi ? Tu as toi-même admis qu'il avait plein de qualités.

— Oui, c'est vrai. D'ailleurs, je vous sens très amoureux l'un de l'autre. Vous faites un très joli couple, mais je ne sais pas, quelque chose me dérange. Une sensation, une impression que ça ne peut pas fonctionner. Ne m'en veux pas, ma chérie, mais vous êtes trop différents, ça ne peut qu'apporter des complications entre vous, conclut ma mère.

— De toute façon, tu es encore jeune. Pour le moment, c'est Dorian et puis un jour ce sera un autre. Quelqu'un qui aura ton âge, les mêmes aspirations que toi, qui côtoiera le même milieu, termine mon père. Ne te méprends pas, nous l'apprécions. Tant que vous serez ensemble, il sera le bienvenu, comme nous avons pu faire avec Anthony. Tu comprends ce que l'on veut dire ? Ce n'est pas pour te blesser, loin de là, nous sommes justes réalistes. Nous sommes tes parents, nous avons un peu de bouteille. Nous en avons vu des choses. Il est rare que ce genre d'idylle se termine bien. Bon allez, je vais goûter ce veau à la menthe.

— J'ai compris, merci pour votre franchise.

— Ne te vexe pas, hein ? Regarde, tu es encore étudiante alors qu'il a déjà quasiment vingt ans d'expérience dans le monde du travail. Vous n'avez pas les mêmes préoccupations, les mêmes conversations. Rassure-moi, tu envisages toujours de finir ton master ?

— Oui, bien sûr, je repars en septembre.

— Seule ?

— Non, avec Dorian. Enfin, quand il n'aura pas d'impératif professionnel.

— D'ailleurs, nous n'avons jamais reparlé de cette question d'appartement, mais qu'est-ce qu'il t'a pris d'emménager si vite avec lui ? Et d'entraîner Laure là-dedans ?

— Figurez-vous que c'est Laure qui a insisté pour que j'accepte.

— Admettons, mais elle ne se rend pas compte de ce que ça implique pour toi comme responsabilités. J'espère qu'il vous laissera au moins terminer l'année sans vous obliger à déménager. Après tout, lui, il n'est pas obligé d'y vivre.

Au son de ces derniers mots, je comprends que ma mère n'y croit pas une seconde. À tel point qu'elle nous voit déjà séparés. Dorian est plein de qualités, mais pas pour leur fille. Heureusement, ils ne connaissent pas son côté tourmenté, sinon que penseraient-ils ?

Nous commandons le dessert, soulagés que cette conversation soit terminée. Inutile de poursuivre, le message est clair. J'aimerais leur en vouloir, mais je sais qu'ils ne font qu'être honnêtes avec moi. Je tente de profiter de ces dernières heures en leur compagnie avec le sourire.

Une fois rentrés, Claire nous fait servir un thé sur la terrasse. Je l'invite à se joindre à nous afin que mes parents rencontrent mon amie dans un autre contexte que celui d'employée. Nous leur racontons notre ancienne collaboration ainsi que nos loisirs communs. Je les vois soulagés de croiser quelqu'un *comme moi*. Une heure plus tard, Dorian nous rejoint, il est temps pour Claire de s'éclipser. Elle nous prévient que le dîner sera bientôt servi. Après le repas, nous parcourons une dernière fois les jardins ensemble à la lueur d'un crépuscule bleuté.

Le mardi matin, mes parents se lèvent pour m'accompagner pendant mon petit-déjeuner. Ils vont faire un peu de tourisme avant de rentrer en France. Je les laisse entre les mains de Claire et Dorian. Je sais déjà qu'ils vont quitter les lieux aussitôt mon départ.

La route jusqu'à mon bureau me laisse un goût amer. Je suis ravie de me changer les idées grâce à mes dossiers en cours. Il y a au moins une chose dont je suis certaine, c'est qu'il me reste trois semaines de stage. Je dois aider Kimberley au maximum avant mon départ. Le reste ne devrait pas avoir d'importance. Après tout, la réussite de mon diplôme requiert toute mon attention. Mon avenir professionnel se joue en ce moment. Inutile de répondre aux questions que je me pose sur deux tableaux en même temps. Je dois vivre pour moi, pour ma carrière qui se construit. Actuellement, c'est ma priorité. J'aurai bien le temps de me soucier de ma vie personnelle et amoureuse quand j'aurai terminé mes études et trouvé un emploi.

Septembre : un avenir moins tracé

Le réveil de Dorian sonne à 6 heures du matin. J'ouvre les yeux, commence à râler de ce lever bien trop matinal pour mon premier jour de vacances.

— Je suis désolé Allie, mais tu vas devoir te lever.

— Quoi ? Mais pourquoi ?

— Nous partons en voyage dans une heure, tu devrais envisager de préparer tes bagages. Opte plutôt pour des vêtements d'été. Allez debout.

Une heure plus tard, nous quittons le domaine armés de nos valises. James nous attend pour nous emmener à l'aéroport. Nous prenons un premier avion : direction le Qatar puis un deuxième pour lequel Dorian cache les billets et m'interdit de regarder les affichages. Disciplinée, je joue le jeu : je dépose les mains sur mes oreilles à chaque annonce. Il m'est impossible de ne pas les entendre, mais je n'ose lui avouer que je n'ai malgré tout pas la moindre idée de là où nous allons. Nous descendons enfin de ce deuxième avion, mais notre voyage n'est toujours pas terminé. Nous embarquons peu de temps après dans un hydravion qui dépose, au bout de quarante-cinq minutes, les six passagers à son bord sur une passerelle d'environ vingt mètres carrés au beau milieu de l'océan. Non loin de nous, une île. Un bateau vient nous chercher pour nous y amener. Du sable fin, une eau turquoise à perte de vue, tout est magnifique. Je suis bien incapable de deviner dans quel coin du globe nous sommes. Tout ce que je sais, c'est que l'océan nous entoure.

Nous rejoignons notre bungalow sur pilotis au bout de la plage. Notre chambre est composée d'un grand lit, d'un sofa, d'une salle de bain à ciel ouvert et d'un jacuzzi. À cela, s'ajoute une terrasse qui donne directement dans l'eau d'où j'aperçois l'ombre d'une petite raie qui nage toute proche. Nous commençons notre séjour par une sieste bien méritée. Même si j'ai dormi pendant une bonne partie du voyage, nous avons quitté l'Angleterre il y a presque vingt-quatre heures et je suis épuisée.

Le soir même, Dorian m'emmène sur la plage. Main dans la main, nous avançons sur le sable encore tiède. Le soleil est couché, aucune lumière à l'horizon. Les étoiles nous guident de leur lumière tamisée. L'océan est calme. Le bruissement des vagues se fait timide comme pour ne pas nous déranger. Nous contournons l'île ; devant nous, une tonnelle blanche sous laquelle trône une table ornée de bougies. Nous dînons face à cette étendue d'eau infinie. Je dois me pincer pour réaliser que je ne rêve pas.

— Merci, Dorian, sans toi je ne vivrais certainement jamais des expériences comme celle-ci.

— Ne me remercie pas. J'ai juste voulu nous offrir un peu de vacances avant ta reprise, dans un endroit où nous serions comme seuls au monde.

— Je crois que tu as trouvé l'endroit idéal.

— Je ne devrais certainement pas t'en parler, mais j'ai hésité à emporter une certaine bague avec moi. Le lieu me paraissait parfait pour une telle occasion et puis je me suis ravisé. En avril, j'ai cru comprendre que même si le lieu avait son importance, il y avait d'autres critères à prendre en compte. Ai-je eu tort ?

demande-t-il en abordant pour la première fois cette demande orchestrée par le magicien.

— Je pense que tu as bien fait de ne pas la prendre. En effet, c'est l'occasion rêvée pour ce genre de demande, ça aurait été très romantique, mais je ne suis pas prête. Si un jour nous décidons de nous marier, j'aimerais que nous nous lancions dans le projet à fond. Je ne veux pas me fiancer et attendre plusieurs années avant de célébrer notre mariage. Il faut du temps bien sûr pour préparer un tel événement. Nous prendrons le temps nécessaire à l'organisation, mais je ne veux pas fixer une date de mariage plusieurs années après nos fiançailles, tu comprends ? Alors je préfère être vraiment prête le jour où j'accepterai de t'épouser. Et puis, notre relation ne fait que commencer.

— Je comprends tout à fait. Reste à savoir qui fera la demande ce jour-là. Peut-être que tu me supplieras.

— Peut-être, dis-je en répondant à son sourire facétieux.

— Allie, je suis prêt à t'attendre, ton heure sera la mienne, mais sache que je suis prêt. Je sais que tu es la femme de ma vie et j'espère que tu seras bientôt disposée à m'accepter comme époux.

— Tu es prêt à m'attendre, mais pas trop longtemps, c'est ce que tu me fais comprendre en réalité.

— C'est à peu près ça, murmure-t-il, son regard plongé dans le mien.

— Et que vas-tu faire si j'ai besoin de beaucoup de temps ?

— J'espère que ce ne sera pas le cas. Et si vraiment tu es toujours indécise, j'envisage différentes solutions : les somnifères ou la torture peut-être.

— Je vois, l'essentiel du parfait petit mari.

— Exactement, j'arrive toujours à mes fins, tu le sais.

— J'ai eu l'occasion de m'en rendre compte. Plus sérieusement, tu penses à quels délais ?

— D'ici un an ou deux, ça me paraît raisonnable.

— Que nous soyons fiancés d'ici un an ou deux ?

— Ah non, que nous soyons mariés.

— Mais Dorian, il faut déjà un an pour préparer un mariage ! dis-je abasourdie.

— Je sais. Tu l'as compris, je suis prêt.

— Je vois ça, je suis flattée, mais je te confirme que c'est beaucoup trop tôt pour moi.

— J'en ai conscience, cependant je suis confiant. Je suis si exceptionnel que tu ne pourras bientôt plus te passer de moi.

— Exceptionnel, rien que ça.

— Tu m'as laissé une dernière chance, je ne l'oublie pas et j'essaie de faire de mon mieux. Je pense que jusqu'ici, je ne me suis pas trop mal débrouillé.

— C'est vrai, si on met de côté le coup du notaire en janvier et de l'appartement acheté dans mon dos, entre autres…

— Je ne me souviens absolument pas de tout ça, tu dois faire erreur.

— Tu devrais peut-être consulter un spécialiste. Les pertes de mémoire à ton âge, c'est mauvais signe. Je ne suis plus très sûre de vouloir t'épouser du coup.

— Donc, tu l'envisages.

— Tu m'as eue. Bien sûr, toutes les filles à ma place s'imagineraient t'épouser. Beaucoup d'entre elles auraient déjà accepté, d'ailleurs.

— J'ai choisi la mauvaise, alors ? Peut-être, la plus difficile.

— Si je suis si difficile que ça, libre à toi d'en choisir une autre.

— Tu as raison. Je te propose un marché : nous profitons de nos vacances ici, et en rentrant nous nous séparons. Je vais trouver quelqu'un qui accepte de m'épouser.

— *Deal*[28] !

— Trêve de plaisanterie, je suis prêt, sans parler du fait que je ne rajeunis pas. J'aimerais profiter de toi, de nous et de nos enfants. Je ne veux pas attendre encore des années avant de devenir père.

— Tu aimerais combien d'enfants ?

— Je dirais trois, si la vie me le permet, et toi ?

— Deux, ça me paraît bien. Dans combien de temps tu te vois père ?

— D'ici deux ou trois ans maximum, j'aurai 44 ans, c'est déjà beaucoup.

— Donc, tu aimerais te marier et avoir des enfants tout de suite.

— Oui, et toi ?

— Je viens d'avoir 25 ans, j'ai toujours pensé que je me marierai vers 28 ou 30 ans et que j'aurai des enfants vers 33 ou 35 ans. J'aimerais lancer ma carrière avant de tomber enceinte. Prendre le temps de me mettre à fond dans le travail, sans me soucier de mes horaires, être investie, gravir les échelons, faire mes preuves ou avoir une entreprise qui tourne, avant de devenir maman.

---

[28] Marché conclu !

— Je comprends, je n'avais pas réfléchi à cet aspect-là. Et ta vie, tu penses la faire en France, en Angleterre, ou ailleurs ?

— Je ne sais pas, ça n'a pas beaucoup d'importance ; là où je trouverai un travail intéressant. Et toi ?

— J'aimerais rester au manoir, je peux vivre à deux endroits. Je ne savais pas si ça allait fonctionner. Il semblerait que ce soit possible, à moyen terme en tout cas. Les allers-retours ne me dérangent pas pour le moment. Néanmoins, il arrivera un jour où je devrai aussi organiser ma vie personnelle en fonction de ma vie professionnelle. Je ne compte pas céder mon entreprise, et le mieux sera de rester vivre au domaine.

— Donc, tu aimerais te marier d'ici environ un an et demi, être papa d'ici deux ans et demi et que nous vivions au château, c'est bien ça ?

— Oui, exactement ! Je n'attendrai pas cinq ans pour me marier et huit ans pour être père, répond-il légèrement attristé. Je ne peux pas être papa pour la première fois à presque 50 ans.

— Alors il reste deux solutions : soit chacun campe sur ses idées et nos chemins seront vite incompatibles, soit nous faisons chacun un effort pour rejoindre l'autre.

— Es-tu prête à faire un effort ?

— Trois ans pour le mariage et cinq ans pour l'enfant.

— Deux ans pour le mariage et quatre ans pour l'enfant, annonce-t-il comme s'il négociait une vente.

— Tu m'en demandes beaucoup.

— Je vais te demander une seule chose, Allie. Ne pensons plus à tout ça. Nous avons discuté de comment nous voyons nos vies, très bien. Maintenant, nous connaissons la vision de chacun sur ces sujets. J'aimerais que nous vivions sans y penser, sinon nous allons gâcher notre seule chance. Les choses arriveront lorsque ce sera le moment et ce sera le bon moment, d'accord ?

— Ça me plaît.

— Très bien, à notre avenir ensemble, à ses mystères, ses surprises et surtout à notre bonheur, annonce-t-il en portant un toast.

Je fais tinter mon verre contre le sien. La bougie illumine son regard, mon cœur bat si fort. Je suis chamboulée par cette conversation, mais réussis à me convaincre tant bien que mal que tout va bien. Je ne sais pas ce que l'avenir nous réserve, par contre ça ne fait aucun doute : je suis irrémédiablement amoureuse de cet homme.

Nous passons une dizaine de jours de rêve. Nous oublions tout de cet échange et tombons encore plus amoureux l'un de l'autre si tant est que cela soit possible. Tous les matins, Dorian plonge de notre terrasse, remplaçant son footing par une séance de natation. Nous nous promenons chaque jour main dans la main sur la plage. Je m'essaie à la plongée pour la première fois de ma vie. Nous croisons de majestueuses raies mantas, de gigantesques tortues de mer, des poissons aux couleurs splendides et des requins à pointes noires impassibles devant notre présence. Nous vivons au rythme lent des vagues, accompagnés par la brise marine et les rayons chauds du soleil sur nos épaules. Lorsque l'heure de partir a sonné, nous observons l'île s'éloigner, tristes de laisser ce paradis derrière nous. Après quasiment une journée de voyage, nous retrouvons James à l'aéroport, puis les grilles du domaine. Nous tombons de fatigue dans notre lit, encore bercés par le bruit des vagues implanté dans nos cerveaux.

Septembre touche à sa fin. Il nous offre, en ces derniers jours, de belles journées ensoleillées. Dorian règle le plus d'impératifs professionnels possible, pendant que je prépare nos valises ou parfais mon bronzage en compagnie de Claire. Nous recevons une toute dernière fois les Williamson. Hadrien et Dorian devraient réussir à passer encore quelques mois loin l'un de l'autre avant son retour définitif au printemps prochain. Nous dînons sur la terrasse. Le dessert dégusté, Hadrien propose une promenade au clair de lune sur les sentiers des jardins. Nous observons la nature dans cette douce lueur qui la révèle en toute intimité. À l'orée du bois, nous apercevons une biche. Nous restons silencieux face à sa beauté. Dorian et Diana avancent alors que je reste en arrière avec Hadrien.

— Qu'as-tu pensé de cet été, ma chère Allie ?

— J'ai passé un bon moment, je suis contente de mon séjour.

— Très bien, très bien. As-tu pris une décision concernant Dorian ?

— Non, enfin si. J'ai pris la décision de ne pas en prendre. Après tout, il est peut-être fixé, mais je ne le suis pas. Je n'aurai pas la réponse demain, d'ailleurs je ne compte pas la chercher. Ça fait des mois que tout le monde me donne son avis sur notre relation, sur ce que je devrais faire ou ne pas faire. J'ai compris ce que tu m'as dit : si un jour je romps avec lui, il sera malheureux.

— Misérable.

— Peut-être, mais c'est le jeu. Quand on commence une histoire avec quelqu'un, personne ne se demande si l'autre va souffrir s'il le ou la quitte trois jours, trois mois ou trois ans plus tard. Pourquoi est-ce que *moi*, je devrais me torturer l'esprit ? Parce que Dorian est fragile ? Il s'est remis de bien pire qu'une simple rupture. Il n'est pas si fragile. À partir de maintenant, je cesse de réfléchir et je vais vivre notre couple au jour le jour, comme n'importe quelle étudiante de mon âge.

— Je vois.

— Je suis désolée d'être si égoïste, mais je donne la priorité à la construction de ma vie professionnelle. Je suis bien avec Dorian, si ça continue tant mieux. Si ça doit s'arrêter un jour, ce sera dur pour nous deux, mais c'est la vie.

— Dans ce cas, il n'y a plus qu'à croiser les doigts.

— Pour que ça fonctionne ?

— Non, pour qu'il survive le jour où tu t'en iras, me répond-il en me regardant droit dans les yeux.

Je m'arrête, soufflée par sa réponse. Hadrien retrouve son ami ainsi que son épouse. Dorian se tourne dans ma direction, l'air interrogateur. Je reprends mes esprits pour le rejoindre. Après un dernier verre au salon, il est l'heure de se dire au revoir. Demain, nous serons sur la route. Nous reviendrons à chaque période de vacances scolaires. Je sais que les mois vont défiler, je sais que je reviendrai vite entre ces murs sombres. Cet été, je n'étais plus une invitée. L'été prochain, je le serai encore moins. Dorian est toujours aussi confiant à notre sujet. Pour ma part, l'été a joué en sa faveur. Notre cohabitation ici s'est particulièrement bien passée. Je pense aux délais qu'il se donnait durant nos vacances. À l'écouter, tout paraît si limpide, à croire qu'une boule de cristal est cachée sous son lit. Peut-être que cela déplaît à Hadrien, mais après seulement neuf mois, il est encore tôt pour se projeter sur un avenir. Même si je dois bien l'avouer, j'envisage de plus en plus d'être à ses côtés l'été prochain. De là à envisager une vie entière ? Il ne faut pas brûler les étapes non plus.

Nous repartons enfin pour la France. Comme prévu, nous nous arrêtons en route pour passer la soirée chez mes parents. Je remarque un véritable changement dans leur attitude envers Dorian depuis leur passage au domaine. Je sens qu'ils l'apprécient, ils plaisantent souvent avec lui, même si j'en fais parfois les frais. Nous partons de bonne heure le lendemain pour rentrer à l'appartement. Me voici en route pour ce qui sera ma dernière année d'études. Mes examens finaux ayant lieu en mars, elle va filer à toute vitesse. Je suis nostalgique de toutes ces années passées sur les bancs de l'école. J'y ai croisé tellement de personnes, emmagasiné tellement de souvenirs. J'espère que ces mois qui me séparent officiellement de la vie professionnelle seront remplis d'excellents moments. Je les garderai gravés à jamais dans mon cœur, tout comme mes amis et surtout Laure, sans oublier Dorian. Aussi étrange que cela puisse paraître, lui aussi fait partie de ma vie d'étudiante.

Octobre : médire les louanges

Laure et moi reprenons le chemin de l'université. Une fois sur place, nous retrouvons avec plaisir nos compères de l'année passée. Chacun raconte son été avant de reprendre les cours dans la bonne humeur.

Les semaines passent vite, une délicieuse routine s'installe. Dorian et moi vivons vraiment comme n'importe quel couple. Je pars le matin, rentre le soir ; lui, travaille de la maison. Parfois, il fait un saut en Angleterre, mais opte cette année pour l'avion afin de faire le voyage en quelques jours. Être loin l'un de l'autre nous est de moins en moins possible.

Notre cohabitation est excellente, pas un accroc ne vient ternir notre quotidien. En tout cas, ils ont été réglés les uns après les autres. Nous avons établi des règles au fur et à mesure, qui semblent nous convenir à tous les deux. Par exemple, me rendre seule aux soirées étudiantes. Il trouve qu'il n'y a pas sa place et je dois bien avouer que je suis plus naturelle quand j'y vais sans lui. Je sais qu'il m'attend, quelle que soit l'heure de mon retour, mais il ne me fait aucun reproche. Nous en profitons pour boire un dernier verre, blottis l'un contre l'autre sur le canapé. La nuit l'inspire et je crois que ses insomnies lui manquent légèrement. Je suis plutôt flattée qu'il ne réussisse à dormir qu'en ma présence. D'ailleurs, je ne peux m'empêcher de le taquiner sur mon rôle de doudou pour lui.

Je passe aussi une soirée seule chez Laure assez régulièrement. J'en profite la plupart du temps pour le faire lorsque Dorian est en voyage, mais également lorsqu'il est là. Nous avons plusieurs dossiers de groupe à rendre ; de ce fait, nous passons du temps ensemble tant pour nos études que pour le plaisir. J'écoute les conseils de Laure, je n'oublie pas de vivre ma vie d'étudiante malgré tout. Même si celle de Dorian est déjà loin, je n'en aurai qu'une qui est sur le point de se terminer, alors autant en profiter.

Nous partons parfois le week-end en voyage ou en balade, mais nous avons diminué les sorties au restaurant. J'ai l'impression d'en avoir testé plus ces derniers mois qu'un critique gastronomique. Dorian reprend son rythme habituel au domaine où jamais il ne déjeune. Je reste la plupart du temps avec mes amis le midi pour aller à la cafétéria ou manger un sandwich sur la pelouse les jours de beau temps. J'apprécie la malbouffe, les rires, les chips sur un banc ou dans un couloir de la fac. Je profite de ces instants d'insouciance certainement nécessaires à ma construction de femme. Nous nous retrouvons le soir, encore plus heureux de nous revoir. Chacun garde ses habitudes. Nos vies, aussi incompatibles soient-elles, ne le sont peut-être pas tant que ça finalement.

Durant les vacances de la Toussaint, nous retournons au domaine. Comme pour les voyages précédents, nous faisons un rapide arrêt chez mes parents qui nous accueillent presque à bras ouverts. Les tensions s'amenuisent peu à peu.

Le samedi 24 octobre, nous recevons les invités de Dorian. Il a reculé la soirée d'un mois pour que je puisse y assister pendant mes vacances. Je retrouve nos amis Hadrien et Diana toujours avec autant de plaisir. Je ne peux pas en dire autant de toute l'assemblée, mais peu importe. Je suis présente pour Dorian, pas pour les autres.

Nous échangeons un moment tous les quatre, puis les hommes s'éloignent pour rattraper le temps perdu pendant ce mois d'absence. Diana et moi discutons de choses et d'autres lorsque nous sommes interpellées par plusieurs invitées.

— Allie, très chère, vous êtes celle que nous cherchions.

— Que puis-je faire pour vous, madame Rushmore ?

J'affiche un sourire forcé. J'essaie toujours de l'éviter, ne la portant pas particulièrement dans mon cœur.

— Vous savez, Dorian et ses histoires d'amour, nous avons toujours eu du mal à suivre. Ce n'est pas nouveau, il faut admettre qu'il a de quoi plaire. Alors, j'ai pensé que vous étiez la personne idéale. Vous devez certainement savoir comment les choses se sont terminées avec Suzanne. Il paraît qu'elle est partie avec un autre, c'est bien ça ?

— Vous savez, si vous avez des questions au sujet de Dorian, vous feriez bien de les lui poser directement.

— Non, je ne vais pas remuer le couteau dans la plaie, le pauvre. C'est simplement qu'avec Catherine, nous nous disions qu'il avait dû avoir du mal à s'en remettre. Après tout, ils devaient se marier, répond-elle avant de faire une pause comme si elle attendait une réponse de ma part.

— Certainement.

— Elle avait sûrement ses raisons. Il faut la comprendre : se marier avec un homme capable de cumuler les conquêtes, ça ne doit pas être très rassurant, intervient Catherine Bradford.

— Je ne sais pas ce que j'aurais fait à sa place, confirme Margaret Rushmore.

— En même temps, avec le bébé en chemin, elle n'avait pas d'autre choix que de rester, vous ne pensez pas ? La pauvre, pas étonnant qu'elle l'ait perdu, c'est quand même malheureux.

— C'est vrai, vous avez raison. Finalement, c'est certainement mieux ainsi, il n'aurait fait que la tromper. Vous savez ce qu'on dit sur ces hommes-là ? Infidèle un jour, infidèle toujours. Ça ne semble pas vous faire peur à vous ? me demande madame Rushmore.

— Non, j'ai confiance en lui.

— Vous pardonnez vite ou vous êtes bien naïve. Surtout avec ses allers-retours incessants entre deux pays. La distance n'est jamais un atout dans un couple.

— Catherine, c'est bien vous qui connaissez quelqu'un qui l'a croisé en bonne compagnie à l'aéroport récemment ?

— Tout à fait, c'est une amie de longue date en qui j'ai entière confiance. Nous nous disions justement avec Margaret que son côté volage ne semblait pas vous inquiéter, ou bien ce n'est pas votre principale préoccupation. Vous avez peut-être des intérêts ailleurs ?

— C'est vrai que lorsqu'on ne vient de nulle part, dormir dans des draps de soie, ça doit vous donner des ailes. Alors il faut être prête à fermer les yeux sur certaines choses pour ne pas avoir à retourner barboter dans la fange, renchérit madame Bradford, un sourire narquois aux lèvres.

— C'est certain ! Dorian a le goût des bonnes choses, et ça ne concerne pas que l'argent et le whisky ! éclatent-elles de rire.

— Veuillez m'excuser, dis-je en m'éloignant.

— Vous ne pouvez pas nier que vous avez vite refait surface quand Suzanne est partie. J'imagine qu'il est facile de convaincre un homme lorsqu'il est désespéré, insiste madame Bradford, portant sa voix dans ma direction et attirant ainsi les oreilles d'autres convives aux alentours.

— Je n'apprécie guère vos insinuations. Pardonnez-moi, mais j'ai mieux à faire que d'écouter vos médisances.

— Ce ne sont pas des insinuations, simplement des faits, poursuit-elle.

— Vous êtes libre de penser ce que vous voulez sur ma relation avec Dorian. Je suis également libre de ne pas avoir envie de les entendre. Vous ne savez rien de notre histoire : ni comment elle a commencé ni même quand. Vous imaginez ces choses atroces qui vous arrangent, c'est tellement croustillant d'avoir des rumeurs à colporter autour de soi. Je sais ce que nous ressentons l'un pour l'autre et je fais abstraction des commères dans votre genre. Si ça vous déplaît, passez votre chemin.

— Vous entendez ça, Catherine ? Ma pauvre fille, vous n'êtes pas au bout de vos peines, tout le monde ici voit clair dans votre jeu. Peut-être faut-il juste provoquer un électrochoc pour que Dorian ouvre les yeux. Ce jour-là, il vous jettera et ira se consoler dans les bras d'une autre : de vraies femmes, ce n'est pas ce qui manque. Les hommes sont faibles. Tout le monde sait qu'autour de quarante ans, ils ont besoin de se sentir jeunes. Certaines passades peuvent survenir, mais elles sont aussi éphémères qu'inéluctables.

— Partez, dis-je, outrée par ce que je viens d'entendre.

— Vous vous prenez pour qui ? Vous n'êtes pas chez vous ici. Nous sommes venues voir Dorian, vous faites juste partie de la décoration actuelle. Vous ne pouvez pas nous ordonner de partir, me répond Margaret Rushmore.

— Moi, je le peux. Partez maintenant, intervient Dorian qui a été averti par Diana de la tournure que prenait la conversation. Et si quelqu'un d'autre souhaite les suivre, je vous en prie.

Dorian s'approche de moi. Il me prend dans ses bras, dépose un doux baiser sur mes lèvres et essuie délicatement une larme sur ma joue. Il me glisse un je t'aime à l'oreille avant de m'enlacer à nouveau. Témoins de la scène, mesdames Rushmore et Bradford quittent les lieux, indignées.

— Je vais aller m'allonger, je suis un peu fatiguée, dis-je en essayant de me dégager de ses bras.

— Allie, je sais ce que tu tentes de faire, mais tu vas rester avec moi. Si tu pars, tu leur donnes raison. Tu as le droit d'être ici à mes côtés. Elles ne veulent pas l'entendre, je m'en moque. Nous allons passer à table.

— Je n'ai plus faim.

— S'il te plaît, reste. Tu es la meilleure chose qui me soit arrivée dans la vie, ne l'oublie pas. Ces femmes ne sont pas heureuses et te font payer leur malheur. Pense à nous.

Mes joues entre ses mains, son regard plongé dans le mien, je cède, le cœur battant encore à toute allure. Protecteur, il remet ma main dans la sienne puis annonce à tous les yeux rivés sur nous que le repas est servi. Malgré une tension palpable parmi les convives témoins de l'altercation, l'ambiance se détend petit à petit, permettant au reste de la soirée de se passer sans encombre.

Lorsque Claire s'approche pour prévenir Dorian que les cafés sont prêts à être servis dans les salons, il refuse, lui indiquant qu'il les préfère à table pour une fois. Il se tourne vers moi et me sourit. Je comprends qu'il souhaite rester à mes côtés. Ce soir, les hommes et les femmes n'iront pas dans des salons séparés comme c'est le cas habituellement.

Alors qu'il est l'heure pour eux de partir, Diana me prend tendrement dans ses bras, puis Hadrien m'encourage à rester forte. Dorian et moi passons d'abord au petit salon boire un dernier verre, enlacés sur le canapé. Une fois dans la chambre, il retire délicatement ma veste, décale ma chevelure, détache ma robe. Ses doigts glissent sur ma peau, et dans le plus grand silence, nous nous aimons d'une tendresse infinie cette nuit-là, nous prouvant une fois de plus que nos sentiments sont plus forts que toutes ces jalousies.

Les propos de madame Rushmore me reviennent en mémoire, « infidèle un jour, infidèle toujours ». Dorian n'est pas un infidèle, il aurait pu si facilement céder totalement avec moi, et bien avant ce Nouvel An. Il a lutté de tout son être malgré l'attirance, malgré les sentiments. Depuis un an, il est prêt à tout pour moi, il me l'a prouvé maintes et maintes fois. Cette pensée me conforte dans l'idée qu'il sera honnête quoi qu'il arrive. Nous sommes ensemble depuis dix mois maintenant, mais j'ai l'impression que nous nous connaissons depuis toujours. L'amour que je ressens pour lui est plus fort chaque jour, et cette nuit, entre ses bras, je me promets de lui accorder une confiance aveugle. Plus aucune tentative de sabotage ne m'atteindra. Nous nous soutiendrons, Dorian, notre amour et moi.

Novembre : moineau de proie, moineau de malheur

Nous sommes rentrés en France depuis quelques jours, loin du domaine, loin de ces langues de vipères, qui ne rêvent que de me détruire. J'essaie de passer à autre chose, malgré leurs voix qui résonnent encore dans ma tête. Dorian était particulièrement fâché de leur conduite et j'étais davantage tourmentée qu'en colère. Me voyant très peinée, je l'entendais me répéter qu'il ne comprenait pas pourquoi j'étais si touchée, qu'il ne fallait pas prêter attention à elles. Je tentais de me convaincre qu'elles avaient tort, que je n'étais pas qu'une décoration dans cette grande demeure, que je n'étais pas qu'un jouet, qu'une passade pour Dorian. Je n'ai pas pu m'empêcher de le confronter avec leurs dires tout le long du trajet pour aller à l'appartement. Après tout, il n'avait pas été très honnête avec moi durant cette première année ni même avec Suzanne. Et si je ne le connaissais pas si bien que ça ? Et s'il voyait quelqu'un lorsqu'il retournait en Angleterre ?

J'ai été tellement de fois témoin du sourire de ces femmes qui le croisaient à peine, mais qui étaient pourtant sous le charme. J'imagine que les tentations sont nombreuses, il n'a que l'embarras du choix. Alors pourquoi se contenterait-il de moi ? Après tout, je ne suis personne. Je ne viens pas de la haute société, je n'ai pas reçu une éducation dans l'une des plus prestigieuses universités du monde, je n'ai pas de fortune. Je ne suis pas laide, mais je ne suis pas non plus la plus jolie de toutes. Alors, pourquoi moi, Allie ?

Lorsque je lui ai demandé d'être parfaitement honnête avec moi sur des relations qu'il aurait eues avec d'autres femmes ces derniers mois, sa réaction indignée m'a convaincue. Si seulement cela m'offrait la moindre garantie. Je pense au rêve que j'ai fait sur ce jeune ingénieur rencontré au salon. Ça peut être tellement facile pour quiconque de déraper en un instant.

La vie continue dans notre appartement. Laure et moi partons pour nos cours tous les matins. Elle m'a rassurée sur le sujet, me confirmant que Dorian est tellement *in love*[29] que jamais il ne me ferait une chose pareille. Hadrien m'a tenu le même discours, je devrais peut-être les croire. Après tout, qui dois-je écouter ? Ces deux vieilles femmes aigries ou nos deux amis les plus chers qui ne souhaitent que notre bonheur ?

Deux semaines plus tard, Dorian doit partir à l'étranger pour son travail. Ce n'est pas le meilleur moment, mais bien entendu, son entreprise n'est pas responsable de mes élucubrations. Je ne peux m'empêcher d'être inquiète de ce départ. J'ai fait tout ce que j'ai pu pour ne pas laisser ces vilaines pies entrer dans ma tête. Pourtant, il semblerait qu'elles y soient tout de même parvenues.

J'amène Dorian à l'aéroport le lundi matin de bonne heure. Je le serre de toutes mes forces avant son départ, même si nous ne serons séparés que pour cinq ou six jours : il me manque déjà. Je l'observe passer la douane, il jette un dernier regard en arrière, je n'ai pas bougé. Il me sourit et je rougis, gênée d'être encore là, comme prise en flagrant délit en train d'embrasser le poster d'une star, accroché à un mur. Il disparaît dans la salle d'embarquement : me voilà seule à attendre son retour. Je reprends la route pour me rendre directement à l'université. Je passe la soirée avec Laure pour me remonter le moral.

---

[29] Amoureux

Dorian me confirme son retour en Angleterre le vendredi. Il profitera d'être sur place ce week-end pour participer à la chasse à courre qui est organisée tous les ans sur sa propriété. Il reprendra un avion pour me rejoindre lundi. Je suis déçue qu'il ne rentre pas dès vendredi comme il devait le faire initialement. Je ne peux pas non plus l'empêcher de passer du temps chez lui, avec ses amis, à s'occuper de son domaine.

Je retrouve Laure le jeudi soir. Cette fois-ci, nous avons un dossier à avancer. Je lui fais part de ma contrariété. J'aurais tellement aimé passer le week-end en compagnie de Dorian. Laure sera de sortie, elle part skier en tête à tête avec Thibaut. Je serai seule ici. Elle se concentre sur son écran alors que je lui explique mes déboires.

— Bon, allez, au boulot. Tu te fous de ce que je raconte de toute façon.

— Comment ça, je m'en fous ? demande-t-elle en tournant son écran vers moi. Il y a un vol qui t'amène directement à l'aéroport où atterrit Dorian vendredi. T'auras plus qu'à l'attendre. Thibaut et moi, on t'y déposera avant de partir dans le chalet que nous prêtent ses parents.

— Montre ? Tu crois que c'est raisonnable ?

— Ben oui, pourquoi pas ? C'est un vol *low cost*[30]. T'as tout ce qu'il faut sur place. Prends juste un sac dans la cabine avec du rechange, comme ça tu n'auras même pas de valise à enregistrer. Tu devras à peine attendre qu'il arrive. Il t'a bien fait la surprise de venir te voir plusieurs fois ici : maintenant, c'est à ton tour.

— Bouge pas, je vais chercher ma carte bancaire. Merci, ma bichette, il n'y a que toi pour avoir des idées pareilles. Du coup, je vais rater les cours lundi.

---

[30] À prix réduit

— Je te ferai le topo de la journée le soir, t'inquiète.

— T'es géniale !

Je me lève de bonne heure le vendredi matin. Je n'ai rien dit à Dorian. Je fais mon sac en emportant juste le nécessaire et je le laisse dans l'entrée. Ce soir, Thibaut passera nous chercher à la faculté après nos cours. Nous chargerons sa voiture, et hop, direction l'aéroport pour moi, le ski pour eux. Je suis toute souriante aujourd'hui, je suis si pressée de faire la surprise à Dorian. Je ne tiens pas en place, je fixe l'horloge qui semble prendre tout son temps.

Nous voilà enfin sur l'autoroute. Sur les chansons qui passent à la radio, Laure et moi cassons les oreilles du pilote qui tente de conduire sans devenir sourd. L'ambiance se dégrade quand nous nous retrouvons bloqués dans un bouchon. La pluie a créé un accident à cette heure de pointe. Seulement cinq kilomètres me séparent de ma destination, mais ils me paraissent horriblement longs. D'abord positive, je me crispe à mesure que l'heure d'arrivée indiquée sur le GPS augmente. Je fais rapidement le calcul dans ma tête. Si je pars à pied sur le bord de l'autoroute, je n'arriverai jamais à temps, sans parler du danger. Laure me rassure autant qu'elle peut, même si au fur et à mesure, je sens dans sa voix qu'elle perd de l'assurance. Elle baisse le volume de la musique. Aucun de nous ne parle. Une chanson résonne depuis l'autoradio sans que nous n'y prêtions attention. Thibaut s'impatiente sur son volant. Laure fixe le pare-brise, comme hypnotisée. Je suis muette comme une carpe, les mains moites, incapable de me détendre. Exaspéré, Thibaut commence à zigzaguer entre les véhicules. Après avoir progressé mètre par mètre, nous arrivons enfin à l'aéroport. Il freine brusquement pour se garer en double file. J'attrape mon sac, saute hors de la voiture et me mets à courir sous la pluie. J'ai l'impression d'être l'actrice principale d'un film d'action. Il me reste à peine trente minutes pour passer la douane. Je bénis Laure qui m'a conseillé de ne pas prendre de valise.

— Cours, Forrest[31], m'encourage-t-elle par sa vitre.

Je survole l'affichage des départs sans prendre le temps de m'arrêter. Je passe la douane assez rapidement avant de pousser un dernier sprint jusqu'à la salle d'embarquement. Ouf ! J'envoie un SMS à Laure, je sais qu'ils attendent sur le parking au cas où je rate le vol.

— Bravo Usain[32] ! T'es la meilleure, passe un bon week-end ! me répond-elle.

À peine mon message envoyé, c'est à mon tour de montrer mon billet à l'hôtesse. Elle m'accueille avec un grand sourire avant de m'inviter à suivre les indications. Au bout du couloir, je distingue la porte de l'avion. J'y dépose ma main comme pour l'implorer de ne pas me laisser tomber. Enfin assise, je peux reprendre mon souffle. Détendue, je ferme les yeux pendant le vol. D'après mes informations, Dorian arrivera presque une heure après moi. J'aurai largement le temps de descendre de l'avion, trouver son vol et ainsi le surprendre dès qu'il atterrira.

Il devrait être là dans trente minutes, je me suis installée à la table d'un café avec vue sur les panneaux d'affichage. Il n'y a pas de retard prévu, j'entreprends d'avancer dans ma lecture, mais me laisse déconcentrée par les mouvements autour de moi. Je suis si impatiente de voir sa réaction.

Ça y est, l'avion est sur le tarmac. Je termine mon thé, récupère mon sac et me précipite vers la sortie des passagers. Les premiers arrivent, accueillis par leurs proches, ou se dirigent vers les stations de taxis. J'aperçois James qui est très étonné de

---

[31] Référence au film *Forrest Gump* adapté du roman de Winston Groom

[32] Usain Bolt : célèbre sprinteur jamaïcain, détenteur de plusieurs records de vitesse

me voir. Après avoir échangé quelques mots, il m'indique qu'il va attendre à l'extérieur. Avec délicatesse, il nous permet ainsi des retrouvailles plus intimes.

Je distingue, à travers les vitres, la silhouette élégante d'un brillant homme d'affaires dans un costume parfaitement taillé. Malgré le nombre d'heures de vol, Dorian est toujours aussi charismatique. Je le reconnais instantanément. Je meurs d'envie de courir vers lui quitte à me faire arrêter aux portes. Je trépigne, scrutant chacun de ses pas dans ce couloir au loin. Il disparaît derrière un mur. Je surveille les passagers qui viennent à notre rencontre. Des bras s'enlacent, des mains se serrent, des pancartes se soulèvent. Le voici, Dorian se tient au milieu d'une foule de gens cette fois armés de leurs bagages. Il tire derrière lui deux valises. Il s'adresse à quelqu'un qui le suit. Impossible de distinguer un visage, mais une main de femme se pose sur son bras. Je suis surprise de le trouver si souriant. Mon cœur ne fait qu'un tour. Il ralentit pour la laisser passer lorsque les portes s'ouvrent devant eux. Mon souffle se coupe lorsqu'elle relève la tête. À cet instant précis, j'aimerais disparaître. Mon cerveau envisage le vol retour, je parcours les lieux à la recherche d'un endroit où me dissimuler. James sait que je suis ici. Je ne peux faire marche arrière. Je dois les affronter. Quelle idée as-tu eue, ma Laurette ? Qu'est-ce que je regrette, mais qu'est-ce que je regrette d'être là ! Mon regard croise celui de cette femme. Surprise, elle semble me dévisager. Je distingue ses yeux qui scrutent chaque centimètre de mon visage afin de s'assurer de l'image qu'ils reçoivent. Elle se redresse sans changer de direction. Elle avance droit vers moi. Sans le savoir, je me suis postée juste devant le chauffeur de taxi qu'elle a réservé. Dorian cherche James, il ne m'a pas encore aperçue. Ils ne sont plus qu'à quelques mètres. Elle n'a pas baissé les yeux. Dorian me remarque enfin. Je lis la surprise sur son visage.

— Allie.

— Suzanne.

— Les rumeurs se confirment. Les rapaces tournent toujours, lance-t-elle.

— En effet, il paraît qu'ils sont très efficaces pour chasser les nuisibles.

Décontenancée, elle détourne le regard. Elle pose à nouveau sa main sur le bras de Dorian en le serrant légèrement de ses doigts, avant de lui faire une bise un peu trop proche de ses lèvres pour moi.

— Tu es tombé bien bas, mon pauvre Dorian. À lundi.

Il lui tend sa valise. Elle se faufile entre nous deux, me bousculant volontairement l'épaule. J'observe, silencieuse, sa silhouette qui se mélange aux autres voyageurs qui s'éloignent.

— Bonjour, Allie. Que fais-tu ici ? m'interroge Dorian.

— Une surprise. C'était censé être une surprise, dis-je déconcertée.

— C'est très réussi, tu n'as pas de valise ?

— Ah oui, ça pour être réussi, c'est réussi.

Il dépose un baiser sur mes lèvres. Abasourdie, je ne réagis pas, même mes yeux restent grand ouverts. Mon cerveau assimile les images qui viennent de défiler devant moi. Dorian me parle, j'entends des mots sans en comprendre le sens. Une fois assise dans la limousine, mon sang stoppé net dans sa course ne parvient pas à irriguer mon corps. Ma tête est vide, mon cœur est à l'arrêt, ma langue est paralysée. À contrario, Dorian se montre très naturel. Arrivé au domaine, il s'installe directement dans son salon devant un plateau-repas préparé avec soin par Claire.

— Je suis épuisé. Ravi de ta présence, mais épuisé.

Je l'ai suivi, toujours sans un mot. Je m'attendais à tout sauf à la croiser, *elle*. Ai-je vraiment envie d'aborder le sujet ? Ai-je vraiment envie de savoir ce qu'elle faisait là, pendue à son bras ? Et cette bise, trop évocatrice pour être honnête. À croire qu'elle me provoquait.

— Tu es bien silencieuse. Semaine fatigante ?

— Oui. Oui, enfin... non.

— Tout va bien ?

— Mmm...

— Allie, tu m'inquiètes. Tu n'es pas venue m'annoncer une mauvaise nouvelle au moins ? Si c'est le cas, tu n'avais pas besoin de te déplacer jusqu'ici, s'aventure-t-il sur la défensive.

— Non, enfin, je ne sais pas, c'est plutôt à toi qu'il faudrait poser la question. Je voulais te rejoindre à l'aéroport pour passer le week-end avec toi. Je ne m'attendais pas à tomber sur... *elle.*

— Suzanne ? C'est la directrice du service commercial à l'international, bien entendu qu'elle était présente.

— Tu veux dire qu'elle part avec toi *à chacun* de tes déplacements à l'étranger ?

— Bien sûr, qui d'autre ?

— Je ne sais pas, quelqu'un qui ne serait pas *elle.* Je pensais que depuis que vous aviez rompu, elle ne faisait plus partie de ta vie.

— Allie, avant cette histoire, elle travaillait déjà pour moi à ce poste. Nous avons rompu, certes, elle n'a pas démissionné pour autant. Et tant mieux, elle est excellente pour négocier les contrats.

— Tu pensais m'informer de ça quand ?

— Pourquoi devrais-je le faire ?

— Tu espérais me cacher que vous dormiez dans le même hôtel à chacun de vos voyages ?

— Non, en aucun cas je ne te dissimule sa présence. Ce n'est pas nouveau, nous travaillons ensemble depuis des années. Ma vie personnelle n'a pas à interférer avec ça. Je n'ai jamais songé une seule seconde à t'avertir qu'elle faisait toujours partie de l'entreprise parce que ça n'a pas d'importance à mes yeux.

— Ça en a aux miens ! je m'offusque.

Il se lève, fait face à la bibliothèque, les mains sur les hanches.

— Allie, je suis épuisé. Par ce voyage, par mes allers-retours, par tout ce que j'ai à gérer ici au domaine. Je ne peux pas en plus réfléchir aux informations que tu juges nécessaires au bon déroulement de notre relation.

— Excuse-moi d'être surprise !

— Allie, grandis un peu…

— Pardon ?

— Suzanne, c'est terminé. Ça n'aurait même jamais dû exister. Ce sont ces vieilles pies qui t'ont influencée. J'ai la sensation de sans cesse ressasser la même chose. Alors oui, grandis un peu. J'ai plus important à faire que gérer un simple planning de cours, je n'ai pas le temps pour toutes ces gamineries. D'ailleurs, j'espère que tu n'as pas fait le déplacement pour vérifier ces insinuations de tes propres yeux.

— J'ai fait le déplacement parce que j'étais triste que tu ne reviennes que lundi, pas pour écouter ces oiseaux de malheur. Je suis vexée que tu puisses ne serait-ce que l'imaginer. Maintenant si mes *gamineries* te dérangent, tu n'avais qu'à choisir une vieille peau, ce n'est pas ce qui manque autour de toi.

Il se met à rire.

— Tu es si belle quand tu es en colère. Tu as les plus jolies épines que je n'ai jamais vues. Je suis exténué. Je vais me coucher, annonce-t-il sans se soucier de savoir si notre conversation est terminée.

Je me retrouve seule sans avoir eu le temps de rétorquer. Il a juste posé son verre avant de sortir de la pièce. Cet homme m'exaspère. Je me venge sur la nourriture qu'il a à peine touchée. Je ne vais pas me précipiter dans la chambre. S'il croit qu'il peut clôturer cette conversation comme ça, il rêve. Je vais le faire languir un peu.

Je fixe l'horloge, Dorian n'est pas revenu. Il ne semble pas s'inquiéter. Il doit m'attendre dans son lit. Je me persuade d'avoir pitié de lui. Après un si long voyage, il doit être impatient de me serrer dans ses bras avant de pouvoir enfin s'endormir.

J'avance jusqu'à la chambre, je pousse doucement la porte. La lumière est éteinte.

— Tu dors ?

Aucune réponse.

— Tu dors ? j'insiste en montant le ton.

Il dort ! Je n'y crois pas. Je pose mes affaires, puis pars me préparer dans la salle de bain. J'allume autant de lumière que possible, fais volontairement du bruit. Lorsque je le rejoins enfin, il n'a pas bougé. Sa respiration est douce et apaisée. Il était vraiment éreinté. Je m'allonge, froissée de son attitude. Je rumine, revivant ces dernières heures. J'entends Suzanne me traiter de rapace. S'il y en a une de nous deux qui fait des hommes ses proies, ce n'est pas moi. Pour qui me prend-elle ? Et Dorian qui n'a pas jugé nécessaire de m'avertir. Il va bientôt me sortir que je n'avais qu'à poser la question. Il commence bien ce week-end. Je ne suis pas prête à lui en refaire des surprises comme celle-ci. Et des *gamineries* ? Moi ? Je suis certaine que si

Laure avait été là, elle aurait été outrée ! Mais elle m'aurait aussi lancé d'arrêter de bouder comme une gamine vexée. Bon, OK, il a eu tort de ne pas m'en parler, mais j'ai peut-être eu tort de m'emporter. Impossible de trouver le sommeil ; je perçois toujours sa respiration régulière, ce qui m'agace encore davantage. Je tourne en rond dans ce lit avant que Morphée daigne enfin m'accueillir.

Endormie aux aurores, je me réveille en fin de matinée. Le lit est presque vide. Dorian s'est levé il y a bien longtemps, mais un bouquet de roses blanches et roses le remplace sur son oreiller. Je me redresse pour y découvrir un petit mot : *de jolies roses sans épines pour la plus piquante des jolies roses. Je suis parti faire le tour du domaine avec Millésime. Miss Wendy est disponible, mais je ne saurais que te déconseiller de monter à cheval sans ma présence à tes côtés. Je ne voudrais pas que tu te blesses de nouveau.*

Je T'aime…

Je souris devant ce « T » majuscule. Dorian est l'homme le plus maladroit et le plus énervant que je connaisse. Il a cette faculté de retourner toutes ses fautes à son avantage ou bien est-ce moi qui ne sais faire autrement que de lui pardonner ? J'enfile un jeans et un pull, je sors sous une pluie fine. Je l'aperçois revenant des écuries.

— Ô, Roméo, Roméo, pourquoi es-tu Roméo[33] ?

Au son de ma voix, il lance un baiser depuis la pelouse vers la rambarde de la terrasse où je me trouve. Nous sourions sans nous lâcher du regard jusqu'à ce qu'il gravisse les marches quatre à quatre pour me rejoindre. Il m'embrasse sous la pluie. J'ai froid, mais peu importe : il est tout ce dont j'ai besoin.

Le lendemain matin, il part en déposant un baiser sur ma joue. Je me lève tranquillement, me prépare puis rejoins les

---

[33] Allie cite *Roméo et Juliette* de William Shakespeare

épouses qui arrivent bien après leurs époux matinaux. Deux heures plus tard, les hommes reviennent rougis par la fraîcheur du vent. À la vue de tous, j'enlace Dorian lorsqu'il s'approche de moi, sous le prétexte de le réchauffer. Surpris, il ne bouge pas pour autant. Je reste à ses côtés jusqu'au départ des couples présents. Il rejoint sa douche après cette longue matinée à cheval. Je l'observe depuis le lit. Dès qu'il sort, je me colle à lui, ressentant un besoin irrésistible d'être au plus près de sa peau.

— Tu es bien tactile aujourd'hui, que se passe-t-il ?

— Je ne sais pas. Aujourd'hui, c'est comme si tu me manquais alors que tu es là.

— Si ce n'est que ça, j'ai la solution.

Décembre : bonne et heureuse journée

Les semaines défilent. Mes examens sont passés et les vacances de Noël sont là. Mes parents ont souhaité nous inviter pour les fêtes et je suis ravie que Dorian ait accepté. Je ne voulais pas les passer sans lui et l'idée de rester au domaine ne m'enchantait guère. Ma mère en a profité, avec mon accord, pour inviter une bonne partie de la famille afin qu'elle puisse rencontrer Dorian. Notre relation prend une tournure très officielle, je n'en reviens pas d'être à l'aube de notre première année de couple.

Nous passons une excellente soirée. Le repas est chaleureux et parsemé de rires, de chants, de joie. Les couverts tintent de bon cœur contre les assiettes. Le vin remplit les verres d'une douce musique sucrée. Les sourires sont francs, les voix sont hautes. Nous nous régalons de mets à la hauteur de l'événement. Dorian se montre plutôt à l'aise, mais je sais qu'il est un peu perdu dans toute cette ambiance familiale qui lui est si étrangère depuis bien des années. Il me surprend à proposer son aide en cuisine, porter les plats à la table, s'intéresser à chaque invité avant de s'inventer père Noël en smoking pour la distribution des cadeaux. Mes parents lui ont offert une excellente bouteille de whisky. Dorian, lui, a conquis leur cœur avec une toile, reproduisant une photo d'eux et moi enfant, photo que je traîne dans mon portefeuille, ainsi qu'une bouteille de La romanée grand cru, très rare. Pour ma part, je suis gâtée par un magnifique bracelet orné d'une émeraude de la couleur de mes yeux.

Nous partons le lundi matin, après un week-end en famille très agréable. Sur le trajet, nous échangeons sur ce Noël en compagnie de mes proches. Dorian me confie être à la fois enchanté et un peu soulagé : côtoyer autant de monde aussi longtemps avec autant d'amour n'est plus dans ses habitudes. Je le remercie d'avoir joué le jeu avec brio. Il a même invité mes parents à passer le Nouvel An avec nous au domaine, mais ils avaient déjà un voyage réservé. Je lui avoue avoir été charmée par son attitude. Sa capacité à s'adapter à mon environnement familial, avec ce qui paraissait être une facilité déconcertante, m'a également bluffée. Je suis on ne peut plus consciente qu'au contraire, les efforts ont été grands, mais il n'en a rien montré, laissant mon cœur succomber encore davantage.

Nous passons la traditionnelle soirée du Nouvel An au domaine. Comme cadeau pour fêter nos un an, Dorian m'a offert au réveil une magnifique robe rouge. Je la revêts le jour même pour cette double occasion. Jamais je n'aurais osé porter une telle robe s'il ne m'en avait pas fait cadeau. Elle suit mes lignes à la perfection, souligne mon décolleté et accentue ma cambrure. Son rouge passion sublime mes formes. Je me sens sexy et élégante en même temps. « Un somptueux pétale pour une rose exquise », m'a-t-il dit avant que nous sortions de sa chambre, main dans la main, sa cravate assortie à ma robe.

Une fois tous les invités accueillis, je remarque que certains, ou plutôt certaines, n'ont pas été conviés. Dorian a fait un léger tri, écartant les plus réticents à l'idée de notre idylle. J'apprécie le geste, ce qui me permet d'être bien plus détendue qu'en octobre. Pour la première fois, je me sens légitime dans ses lieux à son bras, bien décidée à ce que personne ne me fasse penser le contraire. Bien qu'il m'ait toujours soutenu qu'il se moquait du regard des autres, je le sens également plus à l'aise ce soir. Je remarque qu'il change progressivement à mon contact et je sais que l'inverse est vrai également. Lui, est plus souriant, plus spontané ; moi, même si je n'étais déjà plus une adolescente, je pense que je suis rentrée dans le monde des adultes plus vite que prévu à ses côtés.

Les Williamson sont là, fidèles. Hadrien ne cesse de me complimenter sur le bonheur que j'apporte à son ami. Après un repas agréable, je me lève de table et propose que nous prenions une dernière coupe de champagne dans la salle de réception. Dorian est surpris par mon initiative, mais tout le monde suit. Les invités semblent apprécier ce moment convivial autour d'un verre. L'orchestre joue d'abord des classiques adaptés à l'auditoire. Souhaitant dynamiser l'ambiance, je leur demande des airs plus modernes avant d'attraper la main de Dorian. Je l'emmène au centre de la pièce et l'oblige à m'accompagner sur quelques pas de danse. Loin de se dérober, il me fait virevolter dans tous les sens et nous oublions un instant la présence de nos invités. Complices, nous rions aux éclats. Notre joie est communicative, transformant le parquet en piste de danse.

Cette année est passée sans que je ne m'en aperçoive. Le temps file à toute allure depuis que nos routes se sont croisées. Il y a trois ans, j'allais découvrir l'infidélité d'Anthony, tout quitter pour un simple job ici, en Angleterre. C'était sans compter sur ma rencontre avec *Monsieur*, Dorian. Il y a deux ans, je finissais la soirée dans son lit, découvrant par la même occasion que mes sentiments pour lui étaient bien plus forts que je ne l'imaginais. Il y a un an jour pour jour, après de nombreux tumultes, nous nous laissions une toute dernière chance. Je dois bien avouer que je n'avais pas imaginé un instant que nous serions là ce soir main dans la main, à compter les secondes qui nous séparent de 2016. Alors que le douzième coup retentit, Dorian me glisse quelques mots à l'oreille avant de m'embrasser.

— Une année à tes côtés, une nouvelle qui commence et tellement d'autres à venir. Je t'aime bien plus chaque jour.

— Je t'aime Dorian, bien plus chaque jour.

Alors que chacun est rentré chez soi, nous voilà seuls allongés l'un contre l'autre et alors que nos corps se séparent à peine, il me complimente sur la soirée.

— J'ai passé un excellent moment grâce à toi.

— Je n'ai rien fait d'extraordinaire, dis-je en relevant mon menton de son torse.

— Tu étais là et tu étais toi-même. Je t'ai sentie vraiment à ta place pour la première fois, je crois.

— Je l'étais. Je suis à ma place maintenant. J'ai arrêté de penser que je n'étais pas légitime à tes côtés.

— Tant mieux. Cette petite soirée dansante improvisée était une idée lumineuse. Nous devrions peut-être envisager de faire venir l'orchestre du Nouvel An à chaque soirée dorénavant, plutôt que de terminer dans les salons. Qu'en penses-tu ?

— J'adorerais ça.

Je me blottis davantage contre lui.

— Chaque année qui passe me semble être une bénédiction et en même temps, je suis nostalgique de ceux qui sont absents.

— Tu penses à tes parents ?

Il hoche la tête.

— J'aurais aimé les rencontrer.

— Mon père t'aurait adorée. Il aurait été méfiant au départ, mais ensuite il aurait aimé ton humour, ta spontanéité, ta détermination, ton sérieux. Ma mère aurait fait mine de te trouver une montagne de défauts, mais elle t'aurait appréciée au premier regard. Elle avait un fort caractère, pouvait paraître assez froide et distante parfois, mais elle était très loyale avec ses amis et ses proches. Une fois qu'elle les acceptait, c'était pour la vie.

— La pomme n'est pas tombée très loin de l'arbre.

Il rit, le moment de nostalgie s'éloigne doucement.

— C'est vrai, j'ai le caractère de ma mère. Mon père avait un fort tempérament également. C'était un gentleman, mais il valait mieux ne pas être son ennemi.

— Je pense qu'ils auraient été fiers de ce que tu as accompli.

— J'espère. Il ne manque qu'une chose pour les rendre vraiment fiers.

— Laquelle ?

— Une famille, mais elle est en cours de construction.

— Minute papillon, j'ai dit que j'étais à ma place, mais nous n'en sommes pas encore au stade de la famille.

— Je suis confiant, tu es la seule que je veuille pour être la mère de mes enfants.

— C'est ton instinct de survie qui parle. Les autres femmes qui s'intéressent à toi ont dépassé la date de péremption.

— Tu es une impertinente !

— C'est pour ça que tu as craqué pour moi.

— En partie, je dois bien l'avouer. Encore merci pour cette merveilleuse soirée. Je t'aime bien plus chaque jour. Bonne nuit, Allie, me susurre-t-il à l'oreille avant d'éteindre la lumière.

— Je t'aime bien plus chaque jour. Bonne, nuit Dorian.

Nous passons ce dimanche en douceur. Le temps n'étant pas au beau fixe, nous restons bien au chaud, lovés dans notre lit au réveil, puis dans le canapé une bonne partie de l'après-midi. Pas de visite de notaire prévue ce matin ! Les années se suivent, mais ne se ressemblent vraiment pas. Cette année 2016 sera certainement pleine de surprises. Serons-nous encore main dans la main à la veille de 2017 ? Bien malin celui qui saurait répondre à cette question. Seul Dorian aurait parié sur la longévité de notre couple il y a un an : serions-nous plus nombreux à risquer ce pari aujourd'hui ? Rien n'est moins sûr.

Si tout va bien, dans trois mois, je serai diplômée. Dorian et moi emménagerons au domaine. Je ferai mon stage de fin d'études auprès de Kimberley avant d'obtenir le contrat qu'elle m'a promis. Nous passerons Noël avec ma famille et serons là le 31 décembre. Si seulement c'était si simple. L'avenir seul sait ce qu'il nous réserve. Quoi qu'il advienne, je suis prête à me laisser porter.

Janvier : la cerise sous le gâteau

Nous vivons au ralenti pendant le week-end. Nous ne sommes pas pressés, je ne reprends les cours que dans une semaine. Mes professeurs sont en pleine correction de copies. Le lundi matin, Dorian me propose d'apporter quelques affaires dans une valise. Il aimerait me faire visiter une région que je ne connais pas encore. Il m'indique qu'il n'y a que deux heures de trajet, mais que si nous souhaitons y rester dormir, rien ne nous en empêchera. Je prépare un sac en suivant ses conseils : pulls chauds, pantalons, tenue classe et chaussures de marche.

Nous prenons la route en début d'après-midi. Deux heures plus tard, nous atteignons la côte, entre les montagnes et la mer d'Irlande. Je découvre, les yeux grand ouverts, la beauté des paysages du Pays de Galles. Nous marchons à travers la campagne, visitons les ruines d'un château sur le bord de mer puis trouvons un B&B pour la nuit.

Nous allons ensuite dîner dans un restaurant au cadre particulièrement élégant. Le repas est exquis, le service est parfait. Alors que le serveur apporte mon dessert, j'attrape la serviette posée sur la table pour lui laisser la place. Par réflexe, il recule l'assiette, et la cerise qui trônait sur ma part de gâteau en tombe sur le côté.

— Je suis vraiment désolé, madame, je vais demander à ce qu'on vous en prépare un nouveau tout de suite.

— Non, je vous en prie, c'est ma faute. Ce n'est rien, je vais prendre celui-ci.

— Je vous remercie, madame.

— Vous devriez demander au chef de l'attacher à l'avenir, dis-je en plaisantant.

— La faire tenir avec un poids, peut-être ? Monsieur aurait dû nous transmettre un bijou pour l'encercler et éviter la chute, poursuit-il.

— Vous avez raison. Je plaide coupable, je suis entièrement responsable de cette chute. Je ne manquerai pas de me souvenir de l'idée le jour opportun, répond Dorian très sérieux.

— Nous serions ravis de vous accompagner pour une telle occasion, salue le serveur avant de s'éloigner.

— Qu'en penses-tu ?

— Il est très bon, je réponds, ne sachant pas réellement quel est le sens de la question. Est-ce que je risque de me casser une dent ?

— Je ne crois pas.

Son regard espiègle me fait douter et baisser les yeux vers mon dessert. Mon cœur bat sans relâche. Mon cerveau est en ébullition. Et s'il y avait réellement une bague ? Je mange avec une précaution inouïe, la main tremblante à chaque cuillère. Pas de bague. Je reprends enfin mon souffle, soulagée.

Nous quittons le restaurant, ravis de notre repas, puis rejoignons notre chambre. Malgré des tapisseries à fleurs particulièrement kitsch, nous séjournons dans un B&B haut de gamme : rien de surprenant lorsque l'on connaît les critères de Dorian. Notre nuit est douce et romantique. Cette escapade me fait l'effet d'une pause hors du temps.

Nous profitons de cette seconde journée pour nous promener en ville. Vers 16 heures, alors que le soleil devient timide et que les lumières des villages alentour éclairent le bord de mer, nous nous dirigeons vers la plage. Emmitouflés dans nos écharpes, nous sommes les seuls à braver le froid. Quelques mèches de cheveux libres au vent nous caressent le visage. Main dans la main, nous marchons sur le sable durci par la mer qui descend. Celle-ci accompagne notre silence de sa douce musique. Dorian ralentit avant de s'arrêter face à cette étendue salée. Nos regards se plongent dans l'horizon. Impossible de distinguer le ciel de l'eau à l'extrémité de ce paysage paisible. Les quatre éléments s'entremêlent. Le soleil se couche avec délicatesse dans les flots qui, aidés par la brise, caressent le sol de ce rythme hypnotique.

— Comment as-tu vécu cette année à mes côtés ? me demande Dorian en rompant le silence.

— Qu'est-ce que tu veux dire ?

— Est-ce que tu as été heureuse ? Est-ce que ma compagnie te plaît ?

— Bien sûr, je serais partie si ce n'était pas le cas. Et toi ?

— Je suis le plus heureux des hommes…

Nous fixons de nouveau cette terre sans fin alors que le murmure de la nature reprend la parole. Je sens l'air vivre dans mes poumons, le sang couler dans mes veines. J'ai la sensation d'expérimenter une méditation intense en harmonie avec Dorian. Nous sommes seuls au monde, face à l'immensité de ce qui nous entoure. Derrière nous, la civilisation est invisible. Cet état de plénitude m'apaise. Je ne sens plus les secondes s'écouler sur nos vies. Le froid de janvier me semble imperceptible. Cet instant forme un équilibre parfait que j'espère immuable. Parfois, l'instant présent est le plus beau cadeau que la vie puisse nous offrir. Dans cette atmosphère féerique, je me sens vivante, vibrante, chanceuse.

— Allie, je suis réellement le plus heureux des hommes. Rien ni personne ne pourra changer ça, à part toi. J'espère vraiment passer le restant de mes jours à tes côtés et que ce chemin sera le plus long possible.

Sa voix s'est unie aux courants. Immobile, s'il n'avait pas mentionné mon prénom, j'aurais pu croire qu'il s'adressait à la Terre.

— Chaque instant en ta compagnie est un merveilleux cadeau qui m'est accordé. S'il le faut, je patienterai jusqu'au jour de ma mort pour que tu revêtes une somptueuse robe blanche. Je sais, je suis bien incapable de l'expliquer, mais je le sais : lorsque mon dernier souffle viendra, tu seras à mes côtés, nos mains seront jointes, nos cœurs seront toujours amoureux. Ma vie s'était presque arrêtée il y a vingt ans. Je renais depuis que tu as franchi les portes du château. L'Univers m'offre une seconde chance grâce à toi. Ce sera la dernière, je ne la gâcherai pas. Je patienterai, Allie, le temps qu'il faudra. Tu ne crois peut-être pas à un avenir entre nous, mais moi, je n'ai pas besoin d'y croire : je sais que tu es mon avenir.

Il n'a pas dévié son regard de cette lumière jaune inondant l'horizon. Il prononce ces mots telle une poésie. Est-ce par pudeur qu'il n'ose me faire face ? Est-ce parce qu'il pense ses paroles bien plus qu'il ne les énonce ? Il me les confie avec une tendresse inouïe, délivrées avec la délicatesse idéale à ce moment de perfection.

Ces confidences terminées, il dirige son visage vers moi. Son regard est vrai, franc, sans détour. Il esquisse un sourire. Je me tourne vers lui, libère sa main pour le prendre dans mes bras. Notre étreinte est divine, ma tête nichée au creux de son cou. Il dépose affectueusement ses lèvres sur mon front en m'enlaçant davantage. Nous ne faisons presque plus qu'un lorsque j'entends ses lèvres oser un murmure quasi inaudible.

— Will you marry me, Allie[34] ?

Mon cœur s'emballe. Ai-je confondu le bruit des vagues ou du vent avec sa voix ? Ai-je rêvé ces mots ? Hier soir encore, l'idée que la bague puisse être cachée dans ce dessert me faisait tellement peur. Et me voici face à la réalité attendue mais tellement redoutée. Je savais qu'il poserait cette question à nouveau, tôt ou tard. Ce n'est pas son premier coup d'essai, pourtant celui-ci me bouleverse. Le premier, un genou sur le sol de l'hôtel, était le reflet de l'égarement d'un homme. Qui demande en mariage une femme avec qui il n'a jamais été en couple ? Le deuxième, un an après l'annonce de son mariage avec Suzanne, au même endroit, devant les mêmes personnes, était une maladresse évitée de justesse grâce à son garde-fou Hadrien. Cette troisième demande est tout autre. Elle est délicate, spontanée, poétique. Des flashes envahissent mon esprit : mon entretien d'embauche, les bras de Dorian qui me portaient lorsque je m'étais endormie sur son canapé, la soirée au B&B trempés par la pluie ; ses baisers sous l'orage en octobre, son regard si inquiet après ma chute de cheval, cette soirée inoubliable du Nouvel An. Suzanne, mes larmes, son acharnement presque maladif pour me récupérer, nos retrouvailles il y a tout juste un an… Tout se mélange, j'entends une voix me dire que nous ne sommes en couple que depuis un an. Aurais-je épousé Anthony après un an ? Absolument pas ni même après quatre ans. Je ne l'aimais pas comme j'aime Dorian ; je n'ai jamais aimé personne comme j'aime Dorian. De cet amour si puissant qu'il m'en arrache presque le cœur lorsqu'il est loin de moi, lorsqu'il me rend triste, lorsqu'il me blesse, lorsqu'il me manque. De cet amour si brûlant, incontrôlable, que j'aimerais parfois moins le ressentir même si j'en suis incapable. Il me consume, rendant la fuite impossible. J'ai arrêté de réfléchir à nous depuis cet été. J'ai laissé la vie suivre son cours, me moquant de l'avis des autres, les bons comme les mauvais. À cet

[34] Veux-tu m'épouser, Allie ?

instant précis, je m'aperçois que les choses ont changé. Je ne m'imagine plus sans lui dans ma vie. Aujourd'hui, il est une évidence à mes côtés, mais demain ? Serai-je toujours aussi comblée ? Nos différences deviendront-elles des obstacles infranchissables ? Peut-être. Suis-je prête à prendre le risque ? Oui. Aujourd'hui, Dorian m'est essentiel ; sans lui je suffoque, sans lui mon cœur s'arrête.

— Yes, Dorian, I will[35].

Son corps tout entier sursaute avant de me serrer si fort. Nous restons muets et immobiles durant de longues secondes qui pourtant passent en un éclair. Je lève mon regard vers lui juste à temps pour surprendre une larme qui coule sur sa joue. Mon prince est bien plus sensible qu'il ne le montre. Il m'observe, visiblement étourdi. Je n'y crois pas non plus, ma tête s'est tue un instant, laissant mon cœur parler. Je n'ai plus peur ; quand je suis noyée dans son regard si hypnotique, je n'ai pas peur. Je dépose mes mains sur son visage, essuyant cette larme du bout de mon pouce. Je l'embrasse, telle l'épouse d'un marin qui la quitte pour de longs mois. Nous sommes seuls, l'amour, Dorian et moi, le dernier rayon de ce soleil couchant comme unique témoin de cette scène.

— Je t'aime tellement plus chaque jour, chuchote-t-il.

— Je t'aime tellement plus chaque jour.

— Viens, allons dîner dans un restaurant qui cherche à attacher les cerises, me propose-t-il enfin.

— Excellente idée, nous avons une bonne nouvelle à annoncer à ce serveur.

— D'abord, nous avons un détour à faire par le B&B. Je suis impatient que ce diamant orne ta magnifique main.

---

[35] Oui, Dorian, je le veux.

Une fois dans notre chambre, il ouvre le coffre sécurisé pour en sortir l'écrin dont il m'avoue ne jamais se séparer. Il s'agenouille, je ris. Il tremble, glissant la bague le long de mon doigt. Le sourire aux lèvres, nous entrelaçons nos mains. Nous prenons notre temps avant de rejoindre le restaurant.

— Déjà de retour ? nous accueille le serveur.

— Oui, nous sommes de passage dans la région. Votre table mérite que l'on s'y arrête et même que l'on y revienne.

— Je vous remercie du compliment, monsieur.

— De plus, nous avons trouvé une solution pour votre problème de cerise, lui précise Dorian en caressant ma main.

— Oh, félicitations ! Il faudra revenir nous voir tous les ans en souvenir de ce jour.

— Avec plaisir, dis-je en souriant.

— Je vous laisse regarder la carte, je suis à vous tout de suite.

Il revient quelques minutes plus tard deux coupes à la main, offertes par la maison pour célébrer la nouvelle. Dès la commande prise, nous trinquons, plongés dans les yeux l'un de l'autre. Mon cœur bat la chamade, je peine à prendre conscience que nous sommes dorénavant fiancés. Mon visage affiche le plus grand sourire que je n'ai jamais eu. Il m'est impossible de quitter la bague des yeux et je me sens étrangement légère, presque euphorique. À contrario, je devine une forme de trac rare dans l'attitude de Dorian : il baisse son regard vers son assiette, un sourire timide aux lèvres, presque gêné de me faire face.

— Allie, j'aimerais te poser une question délicate.

— Encore une ?

Il rit, boit une gorgée de champagne, s'éclaircit légèrement la voix et se lance.

— Qu'est-ce qui a fait que tu as changé d'avis ?

— Tout a changé depuis un an. Tu ne peux pas comparer ces deux demandes.

— En réalité, je pensais davantage à celle d'aujourd'hui. Entre le moment où je t'ai posé la question et le moment où tu as répondu. Il s'est passé à peine une seconde peut-être, mais j'ai senti que tu allais dire « non » avant que quelque chose ne change et que tu acceptes. Pourquoi ?

— Je pense simplement que ma tête aurait dit « non », mais j'ai laissé mon cœur te répondre.

— C'était une sage résolution, mais es-tu réellement d'accord avec cette décision ?

— Bien entendu, je ne vais pas accepter de t'épouser pour te faire plaisir.

— J'espère qu'en effet tu as pensé à ton bonheur et non au mien. Si je me souviens bien de notre conversation pendant nos vacances sur l'île, tu avais dit que tu souhaitais que nous nous lancions réellement dans le projet dès que nous serions fiancés. C'est toujours le cas ?

— Oui, mais je croyais que nous devions oublier cette conversation ?

— Je l'avais oubliée, sourit-il. Donc tu es d'accord pour que nous commencions à organiser notre mariage ?

— Impatiente en réalité et je suis aussi surprise que toi de me l'entendre dire.

Nous échangeons sur la période idéale pour chacun de nous. Peu attirés par un mariage hivernal, nous optons pour des jours plus ensoleillés.

— Et pourquoi pas en septembre ?

—2017 ? C'est un peu tardif, non ? s'inquiète-t-il.

Je bois une gorgée de champagne, mon regard fixé vers le sien.

—2016.

— Septembre 2016 ? Tu serais prête à te marier dans neuf mois ?

— Pourquoi pas ?

— Où sont passées tes idées de te marier dans trois à cinq ans ?

— Elles sont parties avec les vagues, dis-je le plus sincèrement du monde.

— La mer a parfois des effets inespérés, plaisante-t-il. Alors très bien, si nous le prévoyons en septembre, il va falloir accélérer certains aspects de l'organisation. Maintenant, un deuxième point capital : où envisages-tu la cérémonie ?

Nous nous mettons facilement d'accord sur un mariage en Angleterre, à proximité du domaine. La liste des invités est assez réduite de mon côté. Ne seront conviés que ma famille, Laure, bien entendu, et quelques amis. En revanche, la liste de Dorian compte ses rares proches, son personnel à domicile, des membres plus éloignés de sa famille, des amis de ses parents, Kimberley ainsi que ses innombrables connaissances dont le protocole nous impose la présence. Entre son réseau habituel, le comité de direction de son entreprise, incluant d'ailleurs Suzanne, certaines personnalités publiques, la direction du centre hospitalier dans lequel j'avais appris ses donations régulières, ses partenaires de chasse à courre ainsi que de polo, la liste n'en finit plus. Le morceau de papier apporté par le serveur est vite noirci de noms en tout genre. Nous sommes donc à une célébration « intime » de seulement trois cents convives, suivie d'une soirée de plus de cinq cents personnes. J'ai déjà la tête qui tourne rien que d'y penser.

— Bien, nous avons la période, la liste des invités. Je vais contacter Kimberley dès demain pour qu'elle puisse faire les démarches auprès de l'officier d'état civil et commencer à nous faire des propositions, conclut Dorian.

— Kimberley ?

— Tu penses à une autre organisatrice de mariage ?

— Non, je ne connais personne d'autre que Kimberley, mais vous avez été ensemble sans parler du fait qu'elle avait pour mission d'organiser ton dernier mariage. Je ne suis pas très à l'aise avec cette idée.

— Je vois, mais je n'en connais pas d'autres et j'ai confiance en son travail. Enfin si, j'en connais une autre qui pourrait nous aider.

— Qui ça ?

— Toi, Allie.

— En réalité, je n'ai jamais envisagé faire organiser mon mariage. J'ai toujours pensé que mon futur mari et moi le ferions ensemble.

— Alors, c'est parfait.

— Par contre, nous avons une première étape à respecter.

— Laquelle ?

— Prévenir mes parents.

— Ils en sont déjà plus ou moins informés.

— C'est-à-dire ?

— J'ai demandé ta main à ton père.

— Tu as fait ça ? Mais quand et qu'a-t-il dit ?

— Lorsque nous avons fêté Noël avec eux la semaine dernière. Il était assez surpris, je pense qu'il ne s'y attendait pas du tout. Je lui ai promis de prendre soin de toi. Il m'a avoué que ça lui semblait prématuré, mais que la décision t'appartenait. Je l'ai rassuré. Il était évident pour moi que cette année serait celle d'une demande qui, je l'espérais, aboutirait à un mariage. Je ne pensais pas un seul instant qu'elle aurait lieu aujourd'hui. J'ai été moi-même presque surpris de te poser la question, j'espérais même que le bruit des vagues ait couvert ma voix.

— Tu regrettes de m'avoir posé la question ?

— Pas le moins du monde. Je n'ai jamais été aussi sûr de moi. Simplement, j'aurais préféré que tu ne m'entendes pas plutôt que d'essuyer un nouveau refus.

— Alors je dois m'excuser de t'avoir entendu.

— Pourquoi ?

— Parce que maintenant, ton planning va être encore plus chargé avec des choix de couleurs, de tissus, de fleurs, que des choses qui te passionnent, j'en suis certaine.

— Passer du temps avec toi pour en discuter, c'est ça qui va me passionner, sourit-il.

— Sinon, pour en revenir à mes parents, j'aimerais leur annoncer de vive voix plutôt que par téléphone si ça ne te dérange pas. Par contre, il va falloir attendre leur retour de vacances.

— Bien sûr, c'est tout à fait normal. Je te propose de leur rendre visite en février. Nous pourrons leur annoncer à ce moment-là tout en ayant déjà avancé l'organisation.

Nous terminons notre dessert et rentrons au B&B. Notre nuit est des plus savoureuses, comme si ces fiançailles apportaient une nouvelle dimension à notre intimité.

Nous rentrons au domaine dès le lendemain. Sur la route, j'envoie un SMS à Laure.

— Salut poulette ! Comment tu vas ?

— Ça va bien, et toi ?

— Ça va, j'ai juste rencontré un petit imprévu, du coup j'aurai un service à te demander.

— Rien de grave ?

— Non, j'ai vu une pierre de près, mais ça va.

— Quel genre de pierre ? Tu as accroché la voiture de Dorian ?

— Non, la voiture va bien. Je t'envoie une photo de la fautive.

Pendant que je prends une photo de ma main gauche, je surprends un sourire sur le visage de Dorian qui conduit à mes côtés. J'envoie la photo à Laure et attends sa réponse.

— Aaaaaaaaaaaaaahhhhhhhhhhhhhhhhhh !!! Trop bien !! J'en reviens pas ! Félicitations, ma chérie, c'est génial !

— Merciiiii !!! Du coup, le service que j'ai à te demander c'est que je cherche quelqu'un pour être mon témoin. Je me suis dit que, peut-être, si tu n'as rien de mieux à faire, tu serais dispo ?

— Attends, je regarde mon planning. Non, mais tu plaisantes ? Mais *of course Darling*[36] ! Ça me fait trop plaisir !!! Vivement ce week-end que je la voie en vrai et que tu me racontes tout !!!!

---

[36] Bien sûr, chérie !

— Promis, pour l'instant tu es la seule au courant, alors je compte sur toi pour garder le secret.

— Ça marche, je ne dirai rien même sous la torture !! ! Je te fais de gros bisous et embrasse Dorian pour moi, félicitations à vous deux !

— Merci, à dimanche. Bisous, ma poulette.

Nous arrivons au domaine dans l'après-midi après un bref passage à la mairie afin d'obtenir toutes les informations nécessaires à la création de notre dossier. Il leur reste encore des disponibilités pour septembre, mais nous devons faire vite. Ne pouvant revenir avant plusieurs semaines, nous bloquons la date sur-le-champ. Claire sera en charge de déposer les documents manquants plus tard.

Je suis tout excitée à l'idée de ce mariage. J'ai l'impression d'être une enfant sur le chemin de Disneyland Paris. Nous rentrons en France pour ces derniers mois avant une toute nouvelle vie. Mars, mes partiels ; avril, mon emménagement au domaine ; septembre, notre mariage ; octobre, le contrat de travail. Diana avait raison finalement : le master, le mariage, le poste, et les trois la même année. Il ne manquera plus que le bébé.

Laure fait irruption dans notre appartement dès son arrivée le dimanche soir. Elle est déchaînée par la nouvelle et nous pose des tonnes de questions. Malgré sa réaction digne d'une adolescente, Dorian se prête au jeu en lui racontant sa demande.

— C'est trop romantique, Dorian, tu nous avais caché ça.

— Au contraire, j'ai toujours su qu'il y avait une part de romantisme en lui ! Au fait, tu seras la bienvenue pour dormir au manoir.

— Super, merci ! J'ai trop envie de voir enfin ce château hanté ! s'exclame-t-elle en riant.

— Sinon, vous avez réfléchi à un thème ou une décoration particulière ?

— Non, pas vraiment de thème, mais nous aimerions une ambiance majoritairement dans les tons blancs, explique Dorian.

— Classe, ça va être joli. Vous allez avoir aussi des genres de saules pleureurs tout fleuris de blanc au-dessus des invités comme dans *Twilight*[37] ?

— Oui et des mecs balèzes qui portent les troncs d'arbre pendant qu'on y est. Je te réserve un vampire ou tu viendras avec Thibaut ?

— Ha, ha, très drôle ! Je suis sûre que vous pourriez trouver le moyen de refaire la même déco, non ?

— Je ne connais pas ce film, répond Dorian simplement.

— Quoi ? s'écrie Laure stupéfaite, et tu l'épouses quand même ?

— Que veux-tu, le pauvre, j'ai encore beaucoup de choses à lui apprendre, dis-je en le bousculant, le sourire aux lèvres.

— Il va être trop beau ce mariage, en plus vous allez pouvoir arriver en limousine, ça va être *méga classe*. Vous devriez le faire retransmettre en direct à la télé, comme un mariage de princesse ! Oh, j'ai une idée : Dorian peut arriver à cheval ! Comme un prince charmant ! Ça va être trop bien, je veux t'aider à organiser ce mariage, s'il te plaît, laisse-moi t'aider ! supplie-t-elle.

---

[37] Adaptation cinématographique de la romance fantastique de Stephenie Meyer : *Fascination*

— Volontiers ! Par contre, pour le cheval, je ne suis pas certaine. Je verrais plutôt une mule, ça me paraît plus approprié.

Dorian fait la moue, vexé d'être passé de prince à écuyer en quelques secondes.

— Le pauvre ! Non, j'ai mieux : à dos de dragon, rit-elle. Bref, on s'égare. Et alors, vous avez déjà pensé à une date ?

— Oui, ça sera pour septembre, annonce Dorian.

— C'est bien, il fait encore beau et puis ça vous laisse du temps pour tout préparer tranquillement.

— Pas tant que ça, il nous reste environ huit mois et demi.

— Comment ça ? Tu parlais de septembre de cette année ?

— Oui, dis-je simplement face à sa stupéfaction.

— Vous êtes barges ! Ça va arriver super vite, genre c'est demain. C'est top que vous soyez enthousiastes à ce point à l'idée de vous marier, mais vous allez devoir tout cumuler sur si peu de temps, sans parler du timing. C'est pas un peu rapide quand même ?

— Non, on est d'accord sur la date. Ce sera pour cette année. La mairie est déjà réservée.

— Après tout, c'est votre mariage, c'est à vous de décider. Il est tard, je vais vous laisser. Bonne soirée les amoureux, conclut-elle légèrement tendue par ce dernier échange.

— Merci, à toi aussi. Commence à réfléchir à ta robe ! dis-je pour tenter de la décrisper.

— Je pensais mettre un costume de clown avec la perruque et le nez rouge.

— Parfait, tu seras magnifique, bonne nuit ma Laurette.

Après cet interrogatoire, Dorian et moi partons nous coucher. Allongés dans notre lit, je lui fais écouter une chanson à laquelle je viens de penser pour le jour J. Dorian me confie qu'il ressent pour moi exactement ce que racontent les paroles. Il accepte sans difficulté qu'elle fasse partie de notre mariage, me proposant même d'en faire notre ouverture de bal, pour mon plus grand plaisir.

Février : obtenir la malédiction

Je ne porte pas ma bague pour le moment afin de ne pas dévoiler la nouvelle au domaine au retour de notre week-end ni à l'université. Je ne la porte que lorsque nous ne sommes que tous les deux. Les seuls informés sont Laure et Hadrien, qui ont tous les deux accepté avec joie le rôle de témoin qu'ils vont se voir confier. Tant que je ne l'ai pas annoncé en personne à mes parents, je ne veux pas risquer que la nouvelle s'ébruite.

Je contacte mes parents dès leur retour de vacances. Ma mère se réjouit que nous leur rendions visite, sans cacher sa surprise à ma demande. Je prétexte qu'entre mes partiels en mars, suivis de notre déménagement ainsi que du début de mon stage, nous n'aurons pas le temps de passer les voir lors de notre prochain retour en Angleterre. C'est donc notre seule chance avant qu'ils nous rendent visite cet été au domaine. Le ton de sa voix trahit un apaisement. A-t-elle imaginé que nous venions leur annoncer nos fiançailles ? Peut-être. Ou est-ce moi qui crois comprendre ses pensées alors qu'il n'en est rien ? Je ne m'attarde pas sur cette idée et raccroche rapidement.

Nous consacrons la majeure partie de notre temps libre à échanger des idées pour les faire-part et la décoration. J'ai contacté mon carnet d'adresses pour réserver une salle. Il en existe peu qui puissent accueillir un tel mariage. Quelque part, cela joue en notre faveur : peu de personnes organisent des événements de cette envergure et peuvent se permettre de louer des lieux aussi onéreux. Nous n'avons pas l'embarras du choix.

Nous réservons un hôtel qui a été créé dans un château magnifique entièrement rénové, avec un rez-de-chaussée dédié aux cérémonies de luxe. D'abord méfiante, la voix de mon interlocuteur s'adoucit immédiatement lorsque je mentionne le nom de Dorian Galary. Bien qu'au cours de mon stage j'ai eu la possibilité de me déplacer en ces lieux, le directeur nous fait la visite par téléphone. Il nous décrit les vastes jardins qui accueilleront nos proches, ainsi que le lac. Il nous adresse par mail des photos détaillées de la salle lors de mariages précédents afin que nous puissions nous faire une idée précise de la beauté de l'espace.

En parallèle, je me consacre le plus possible à mes études. L'échec est inconcevable, je dois valider ces derniers partiels. Dorian me laisse me concentrer sur mon travail autant que nécessaire. De son côté, il continue ses allers-retours. Je ne suis toujours pas ravie de le savoir en compagnie de cette Suzanne durant ses voyages d'affaires, mais je ne peux pas exiger qu'il la licencie. Rien que lui suggérer serait avouer que je me sens en danger face à elle. Or, je ne veux pas lui accorder plus d'importance qu'elle n'en a.

Ma toute dernière semaine de vacances avec mon statut d'étudiante commencera le samedi 13 février. Nous irons passer trois jours chez mes parents. Quoi de mieux qu'annoncer notre mariage le jour de la Saint-Valentin ? Je redoute énormément leur réaction à cette nouvelle. Je redoute encore davantage leur réaction lorsque nous allons dévoiler la date ainsi que l'avancée de l'organisation.

Dorian et moi sommes dans l'avion. Nous ferons une première halte chez mes parents pour deux petites nuits. Ensuite, nous ferons un passage éclair au domaine, car il est temps d'annoncer la nouvelle également là-bas. Surtout que Claire va devoir nous aider. Inutile de lui faire garder le secret, autant partager la nouvelle.

Mon père vient nous chercher à l'aéroport. Nous discutons de tout et de rien durant le trajet. Lorsqu'enfin nous passons la porte de la maison, ma mère m'accueille en jetant un coup d'œil discret à mes mains. Pas de bague, son sourire s'affiche de plus belle. Le mien perd de son éclat. Nous passons cette première soirée paisiblement. Je n'ose aborder le sujet. Je devine les regards d'encouragement de Dorian lors de l'apéritif, du repas ou encore du dessert, mais aucun mot ne sort de ma bouche.

Dimanche matin, Dorian et moi nous levons vers 9 heures. À l'instant où nous sortons de ma chambre, il me rattrape et m'enlace en me souhaitant une bonne Saint-Valentin. Nous prenons le petit-déjeuner avant de partir en famille pour une marche dominicale à travers la campagne. Emmitouflée dans mon écharpe, je ne brise pas le silence de notre promenade. Une fois de retour, ma mère me demande d'aller acheter du pain dans le village voisin. J'emmène Dorian avec moi pour son baptême d'une visite dans une boulangerie. Nous quittons la boutique telle une attraction : un Anglais qui vient chercher son pain dans ce coin perdu, ça n'arrive pas tous les jours.

— Allie ?

Je me retourne au son de cette voix que je connais si bien.

— Anthony ?

— Salut.

— Salut.

— Euh, qu'est-ce que tu fais là ?

— J'achète du pain pour ma mère, dis-je bêtement.

— On dirait bien, donc t'es chez tes parents ?

— Euh, oui.

— Avec ?

Je suis tellement embarrassée par cette rencontre accidentelle que j'en ai oublié de les présenter. Dorian répond à sa poignée de main, le regard fixé dans celui d'Anthony, tel un matador face à son taureau.

— Euh oui, pardon. Anthony, Dorian ; Dorian, Anthony.

— Enchanté, lance Anthony, sonné par cette rencontre fortuite.

Muet, Dorian hoche à peine la tête en guise de réponse. Je me liquéfie sur place.

— Tu continues tes études ?

— Oui, j'aurai fini dans un bon mois. Et toi, quoi de nouveau ?

— Oh, rien de bien neuf. La routine.

— Bon ben, on va y aller, ma mère nous attend, dis-je en montrant la baguette.

— Bien sûr, je dois y aller aussi. Bonjour à tes parents.

— J'y manquerai pas, bonjour aux tiens.

Je ferme la portière de la voiture afin de clore cette discussion aussi décousue qu'inattendue. Dorian n'a pas décroché un mot pendant ces quelques minutes de conversation entre Anthony et moi ni sur le trajet du retour. Je brise la glace en arrivant chez mes parents.

— C'était un peu gênant, excuse-moi, je ne pouvais pas savoir.

— En effet, je constate que tu as toujours autant de faciliter à assumer notre couple.

— Pas du tout, je ne vois pas pourquoi tu dis ça. J'étais surtout surprise de le croiser.

— Que tu en as oublié de faire les présentations.

Il m'observe un instant.

— Il est joli garçon, vous deviez faire un beau couple. Il te regarde comme quelqu'un qui a encore des sentiments pour toi.

— Peu importe, je n'en ai plus pour lui.

— Ta réaction prouve le contraire.

— Tu te fais des idées, c'est fini entre lui et moi depuis bien longtemps.

— Tant mieux, je ne voudrais pas abîmer l'une de mes chemises dans un duel sanglant.

— Ha, ha, très drôle ! Si tu envisages un duel, je vais peut-être y réfléchir, juste pour la beauté du geste. Quelle femme ne rêve pas de deux hommes qui se battent pour elle ?

— Il n'a aucune chance, rit-il.

— Pourquoi vous riez, demande ma mère, la tête dans sa casserole, lorsque nous entrons dans la cuisine.

— Pour rien, dis-je simplement.

— Allie, tu oublies de transmettre à tes parents qu'ils ont le bonjour d'Anthony, nous venons de le croiser, rétorque Dorian, malicieux.

— Oh, répond simplement ma mère en levant les yeux, de sa cuisine en notre direction, à l'affût d'une réaction de notre part.

Nous passons à table. Je sens que Dorian tente de me presser à passer aux aveux, pourtant plus les minutes avancent et moins je me lance. Chacun vaque à ses occupations en ce début de dimanche après-midi pluvieux. Je révise plusieurs heures pendant que Dorian, concentré sur son ordinateur portable, travaille sur des tableaux incompréhensibles. Ma mère nous propose un thé en fin d'après-midi, puis nous commençons elle et moi à préparer l'apéritif en l'honneur de ma présence avec Dorian. Nous sortons les petits fours, dressons la table pendant que les hommes discutent dans le salon. Dorian se propose pour servir le champagne. Il tend une coupe à chacun de mes parents, puis me tend la mienne, le regard plein de sens.

— Nous t'écoutons, Allie, déclare-t-il.

Il m'a piégé. Je ne peux plus reculer devant les visages interloqués de mon audience. Je me racle la gorge, pose ma coupe de champagne pour que personne ne remarque mes mains qui tremblent. Je les joins, elles sont moites. Je sens une bouffée de chaleur m'envahir, mon sang battre sous mes tempes, mes joues devenir rouge écarlate. Mes parents m'observent.

— Dorian et moi, nous… Je me racle à nouveau la gorge, nous… Dorian et moi, nous allons nous marier.

Ouf, ça y est. C'est fait.

— J'en étais certaine, s'empresse ma mère avant de reposer sa coupe.

Ce geste significatif me rend encore davantage nerveuse.

— Papa ?

— Eh bien, écoute ma puce, je ne sais pas quoi te dire. Félicitations, je suppose.

— Félicitations, je ne sais pas, ça dépend. Vous êtes fiancés, fiancés ? Ou c'est juste un projet à venir ?

— Nous sommes fiancés. Nous avons déjà réservé la date et la salle, fait notre dossier à la mairie. Nous sommes fiancés pour de vrai, quoi.

— Mmm… Ah oui, c'est engagé, quoi. C'est pour quand si ce n'est pas indiscret ?

— Le 10 septembre prochain, en Angleterre, intervient Dorian visiblement plus surpris que moi de leur réaction.

— En plus, répète ma mère incrédule. T'es enceinte ?

— Non ! Pourquoi tu dis ça ?

— Pourquoi vous vous mariez si vite, alors ?

— Parce qu'on en a envie. Qu'est-ce qui te surprend, maman ?

— Mais tu n'as pas de bague, s'étonne-t-elle.

— Si, j'en ai une, je ne voulais pas la porter tant que vous n'étiez pas au courant. Vous n'avez pas l'air contents.

— Surpris, on est surpris surtout, réagit mon père.

Les quatre coupes à peine entamées sont sur la table. Un silence s'installe. L'atmosphère est pesante. Comme à son habitude, Dorian reprend le dessus. Il brise le silence allant directement à l'essentiel. Il leur explique nos plans, nos idées. Il leur propose de prendre la totalité des frais en charge.

— On ne la vend pas non plus, rétorque ma mère.

— Loin de moi cette pensée. Libre à vous de participer si vous le souhaitez, peut-être au prorata des invités d'Allie. C'est ce qui me semblerait le plus juste.

La discussion sur l'aspect financier me paraît encore plus sordide que le reste. Les esprits finissent tout de même par s'apaiser. Nous passons à table et en profitons pour changer de sujet. La bouteille de champagne ouverte n'a pas été bue. Il ne reste que des bulles chaudes et sans entrain, qui remontent difficilement le long du verre transparent. Au moment de rejoindre nos chambres, chacun se souhaite, sur la réserve, une bonne nuit. Je sais que la leur ne sera pas bonne, la mienne ne le sera pas non plus. Je pare ma main du diamant avant que nous quittions les lieux de bonne heure le lendemain matin. En nous saluant lorsque nous montons dans la voiture, ma mère se sent bien incapable de nous donner sa bénédiction.

— Tu te maries, c'est ton choix. Nous l'acceptons, c'est juste que nous pensons que ce n'est pas une bonne décision. En tout cas, pour le moment.

Nous nous séparons sur ces mots. Je suis extrêmement déçue, c'est certain. Surprise, pas tant que ça : ils apprécient Dorian, mais ils ne l'estiment pas être celui qui pourrait me rendre heureuse, c'est tout. Je ne peux pas réellement leur en vouloir. Après tout, ils ne veulent que mon bonheur.

La route jusqu'à l'aéroport me paraît bien plus longue qu'à l'aller. J'apprécie le câlin que me fait mon père une fois que nous arrivons. Je sais qu'il pense la même chose que ma mère, bien qu'il se retienne de le dire.

Nous atterrissons enfin, récupérés en limousine par James. Je suis d'humeur maussade. Une fois arrivés, j'embarque Dorian pour que nous rejoignions Claire dans son bureau. Étonnée de nous voir à sa porte, elle se réjouit de l'excellente nouvelle lorsque je lui montre ma main. Elle me serre dans ses bras avant de faire également une accolade à Dorian. Ils se montrent aussi surpris l'un que l'autre de ce geste amical aux antipodes du contexte professionnel habituel. Claire nous propose de faire un apéritif avec le personnel pour leur annoncer la nouvelle dès ce soir. Une heure plus tard, nous sommes tous réunis dans la salle de réception. Claire a, au pied levé, aménagé les lieux, sorti des coupes et des petits fours. Tous les membres du personnel nous attendent, même ceux en congé, intrigués par l'invitation de dernière minute. Claire vient nous chercher lorsqu'ils sont tous prêts. Je suis stressée, j'inspire à fond avant de passer la porte, suivie par Dorian. Nous nous tenons la main, ma bague est encore invisible.

— Bonsoir à tous, je vous remercie de vous joindre à nous malgré l'invitation tardive. Merci à Claire d'avoir organisé tout cela en un clin d'œil. Allie et moi avons une excellente nouvelle à vous annoncer.

Il lève ma main en leur direction alors que tous s'extasient devant le diamant qui scintille, et l'annonce qu'il symbolise. Nous passons un moment chaleureux en leur compagnie. Je comprends une fois de plus à quel point son personnel tient davantage un rôle de famille auprès de Dorian, malgré sa froideur et ses sautes d'humeur.

Dès le lendemain matin, je contacte également Kimberley. Elle se montre surprise mais heureuse pour nous malgré tout. Je lui demande de m'octroyer au moins le samedi de repos en plus des dimanche et lundi habituels, ce week-end-là. Étant seulement stagiaire, elle accepte sans difficulté.

Dorian et moi retrouvons notre lit en France tard dans la nuit suivante. J'expire un grand coup lorsque je me couche comme si je venais de traverser une épreuve. Dorian se tourne vers moi, me prend dans ses bras et me glisse à l'oreille que tout ira bien. Il a raison : après tout, j'aurais pu trouver bien pire que lui.

Mars : l'étude est finie

Les semaines défilent et nous voilà déjà mi-mars. Nous délaisserons bientôt le territoire français pour nous installer définitivement au domaine. Je n'ai pas le temps d'y penser, mes examens sont dans deux semaines. Alors que je rentre de cours le vendredi soir, j'aperçois un carton sur la table du salon.

— Comment s'est passée ta journée ? me demande Dorian.

— Bien, merci, et la tienne ?

— Très bien, merci. Nous avons reçu un colis qui devrait te faire plaisir. J'ai pensé que nous pourrions l'ouvrir ensemble.

Nous nous installons sur le canapé pour découvrir nos faire-part. Notre prestataire a fait un travail exceptionnel. Ils sont somptueux et correspondent exactement à ce que nous souhaitions. J'en prends un exemplaire pour l'apporter à Laure immédiatement.

— Mademoiselle, vous avez du courrier, dis-je en lui tendant l'enveloppe.

Elle l'ouvre puis me prend dans ses bras.

— Il est magnifique ! Vous allez les envoyer la semaine prochaine ?

— Oui, nous allons nous y coller ce week-end.

— Vous avez besoin d'aide ? J'avais prévu de travailler sur mes partiels, mais ça, c'est bien plus fun !

— Avec plaisir.

— OK, alors c'est parti, je vais remplir ma première tâche en tant que témoin !

Nous nous installons dans le salon tous les trois. Laure s'assied sur le sol et nous propose de rédiger les adresses. Inutile de vérifier : son écriture est bien plus jolie que celles de Dorian et moi. Nous passons deux heures à glisser un faire-part par enveloppe, coller le timbre, rédiger l'adresse du destinataire, fermer l'enveloppe avant de coller au dos une jolie étiquette, avec nos noms et l'adresse du manoir, fabriquée en même temps et dans le même thème que nos faire-part.

Dès le lendemain, Dorian et moi partons armés de notre carton les déposer à La Poste. Une bonne chose de faite. Cette étape décisive signifie que nous pouvons faire une pause sur l'organisation du mariage. Je peux me concentrer sur la fin de mon année scolaire. Elle signifie également que nous ne pouvons plus faire marche arrière : d'ici quelques jours, cinq cents personnes seront informées de notre mariage. Nous gérerons les autres aspects comme la décoration, le choix du menu avec le traiteur, les fleurs, ainsi que les nombreux petits détails, dès notre arrivée en Angleterre.

Voilà, nous sommes le vendredi premier avril, mes partiels sont terminés. Exceptionnellement, Dorian a accepté de m'accompagner en soirée, il semble même détendu et heureux d'être avec moi. Pour la toute dernière fois, je sors avec mes amis et je compte bien en profiter. Nous célébrons la fin de nos examens et surtout la fin de nos études. Nous avons passé deux années inoubliables ensemble, ce groupe était génial, l'ambiance était excellente et nous allons entrer dans la vie active avec de superbes souvenirs. Aucun de nous n'a envie de sortir du bar. Nous sommes nombreux à quitter le secteur dès le lendemain pour partir vers de nouvelles aventures. Pourtant, nous repoussons tous la fin de cette soirée qui se prolonge jusque très tôt le matin. Lorsqu'il est temps de se séparer, l'émotion aidée par l'alcool nous submerge. Les larmes coulent sur bien des joues ; même les plus virils cachent difficilement leurs yeux rouges. Heureusement, je rentre accompagnée de ma meilleure amie ainsi que de mon futur mari, limitant ainsi la peine.

Nous nous levons tardivement le lendemain. Dorian et moi passons l'après-midi à faire nos valises. Prêts à laisser cet appartement qui nous aura vus naître en tant que couple pendant plus d'un an. J'ai la boule au ventre depuis la veille, rien n'y fait, je ne parviens pas à m'en défaire. J'ai tellement de souvenirs dans cette ville, sous ce toit, avec mes amis, Laure, mais aussi Dorian. Je range mes cours, mes habits, ma mémoire. J'essaie de tout faire rentrer dans nos valises. Plusieurs fois, j'essuie une larme sur ma joue. Je retombe sur des photos de Laure et moi le soir de notre emménagement dans notre premier appartement ; sur celles des soirées à thème où nous frôlions parfois le ridicule avec tout le groupe, affublés de rayures, pois, lunettes géantes, perruques et autres déguisements. Je m'attarde sur une boîte à chaussures dont j'avais presque oublié la présence. Elle contient des tickets de cinéma, des forfaits de ski, des petits mots sur des bouts de papier en tout genre. Derrière tout ce bazar se cachent les courriers de Dorian. Ceux qu'il glissait dans ma boîte aux lettres presque tous les jours lorsqu'il avait tout fait pour me reconquérir. Je ne peux m'empêcher de revoir tout le chemin parcouru, la tristesse, la haine, le désarroi, jusqu'à ce jour de septembre où il m'avait retrouvée. J'entends encore ces premiers mots : « Tu ne fumes pas, j'espère ? ». Médusée, je sentais toute la douleur à peine enfouie refaire surface pour m'arracher le cœur, devant mes amis témoins d'une scène improbable dont ils ne comprenaient pas réellement l'enjeu. Je tentais de guérir une nouvelle fois, mais en vain, face à un Dorian déterminé, prêt à tout, résolu à ne rien lâcher, jusqu'à ce que je cède. Touchée en plein cœur depuis bien des mois, il m'avait été impossible de résister malgré la peine, malgré la peur de souffrir encore et encore. L'amour que je ressentais pour lui était déjà bien au-delà de tout ce que j'aurais pu imaginer. Je n'avais plus qu'à me rendre à l'évidence : la Rose était piégée dans les glaces de l'Iceberg depuis bien longtemps.

Alors que je sors à peine de mes pensées, Dorian, intrigué par mon immobilité, vient s'installer contre moi. Il pose sa tête sur mon épaule, m'entoure de ses bras, et nous voilà tous les deux sur le sol au pied de mon armoire, cette boîte à chaussures ouverte entre mes jambes.

— Est-ce que tout va bien ?

— Oui, juste un peu trop d'émotion en peu de temps.

— C'est normal, c'est même plutôt bon signe. Plus elles sont fortes et plus tes souvenirs seront indélébiles.

— Tu as certainement raison.

— Tu as bientôt terminé ? Laure ne va pas tarder à nous rejoindre.

— Oui, j'ai presque fini. J'espère qu'ils ont des nappes résistantes à l'eau, les larmes vont encore couler à flots ce soir.

Il m'embrasse dans la nuque avant de se lever. Je m'empresse de terminer, ferme le dernier sac, me maquille légèrement avant de retrouver Laure et Dorian dans le salon. Il était convenu que nous irions une dernière fois au restaurant tous les trois avant notre départ définitif. Nous discutons de notre année, des souvenirs qui vont nous rester, bons comme mauvais. Croisons les doigts pour que nos résultats soient positifs. L'heure avance, nous obligeant à en venir aux derniers détails de notre cohabitation qui touche à sa fin.

— Laure, je sais que tu vas rester ici après notre départ. Sache que je ne vais pas vendre l'appartement dans l'immédiat. Tu peux conserver la clef et même y laisser tes meubles pour le moment si tu le souhaites, lui propose Dorian.

— C'est très gentil, je ne sais pas si je reviendrai après mon stage dans le Sud cet été. Je préviendrai Allie si c'est le cas.

— Je voulais également te prévenir que tu vas recevoir un virement des loyers que tu as payés depuis que nous avons emménagé ici. Ils te seront utiles pour commencer dans la vie, annonce Dorian.

— Vraiment ? Ça me gêne énormément. Il n'y a pas de raison pour que je ne te paye pas de loyer ; après tout, tu m'as logée, tu as même fait faire des travaux pour que je puisse emménager, répond Laure visiblement embarrassée.

Impressionnée par sa générosité envers mon amie, j'observe Dorian.

— J'insiste, considère cela comme un cadeau pour l'obtention de ton diplôme. Bien entendu, j'ai prévu la même chose pour toi, Allie.

Je pose ma main sur la sienne, excessivement touchée par son geste envers moi, mais surtout envers ma meilleure amie. Je sais qu'il est inutile d'argumenter, sa décision était certainement prise dès le jour où nous avons emménagé tous les trois.

En rentrant du dîner, j'enlace Laure très fort devant notre porte : Dorian et moi serons certainement partis avant qu'elle ne se lève demain. Je suis très émue de cette dernière soirée qui sonne la fin de mes études ainsi que de ma colocation avec Laure. Nous sommes à la porte du saut dans le grand bain de l'âge adulte. La première étape déterminante sera en septembre pour moi. Nous nous reverrons dans cinq mois pour mon mariage, ensuite la vie nous dira si nos chemins continueront à se croiser régulièrement ou non, mais je sais que ce sera le cas. Notre amitié est plus forte que quelques milliers de kilomètres.

Le réveil sonne vers 6 heures le dimanche matin. Dorian et moi prenons le petit-déjeuner, chargeons les deux voitures et vérifions que nous n'avons rien oublié. Nous buvons un dernier thé, bien emmitouflés, debout sur notre balcon face à la beauté des montagnes avant de quitter les lieux définitivement, juste avant 8 heures. Nous nous suivons sur la route, chacun dans notre véhicule rempli au maximum. Des larmes coulent sur mes joues. Je vois défiler dans mon rétroviseur la façade de l'appartement, les bâtiments de l'université, notre premier appartement, le bar où nous avions nos habitudes, le lac où nous allions nous promener et enfin les montagnes qui disparaissent peu à peu comme nous remontons vers le nord. La route va être longue. Je comprends que ce n'est que le début d'une sorte de voyage initiatique…

Avril : l'habit fait la mariée

Je retrouve Kimberley dans son bureau pour un second stage à ses côtés. Nous rentrons dans le vif du sujet des projets en cours sans mentionner un instant mon propre mariage. La haute saison débute, mais contrairement à l'année passée, nous allons être deux pour l'anticiper. Le nombre de contrats obtenus augmente chaque année et notre travail de l'été dernier a plu. Il porte ses fruits seulement un an après. Nous sommes dans le *rush*[38] dès le départ, laissant mes journées défiler à toute vitesse. J'organise des mariages la semaine en plus du mien le dimanche. Je rêve de fleurs, menus, décorations de table, nœuds de chaise, pupitres et autres, toutes les nuits.

Deux semaines après mon arrivée, je consulte mes résultats d'examen. En plus d'être soulagée de ne pas avoir à retourner en France pour les rattrapages, je découvre avec fierté que j'ai décroché une mention pour ma toute dernière année d'études. Il ne me reste qu'à valider mon mémoire pour obtenir officiellement mon diplôme.

Dorian et moi reprenons nos habitudes de l'été dernier. Chacun est dévoué à son métier, nos journées de travail sont harassantes. Malgré tout, nous trouvons des moments pour nous. Bien qu'il m'invite à me conduire comme chez moi, je ne parviens pas à installer mes affaires au domaine. Seuls mes habits ont retrouvé le dressing de Dorian. Cette pièce triste gagne en luminosité. Un match se joue entre les rangées de costumes sombres et mes vêtements colorés dignes d'un étal

[38] Activité intense

chez Etam ou Zara. Mes cours sont restés dans les cartons. Mes objets personnels ainsi que mes souvenirs n'ont en revanche pas encore trouvé leur place. La majorité est à l'abandon dans mes valises. Je dois avouer que moi non plus, je ne trouve pas réellement ma place. C'est étrange, je connais les lieux par cœur. Nous y avons vécu quatre mois l'été dernier, pourtant je ne m'y sens pas à l'aise. Jusque-là, je n'avais jamais considéré le domaine comme mon chez-moi ; ce n'était qu'un hébergement lorsque je travaillais ici et un lieu de passage lorsque j'accompagnais Dorian. Je dois dorénavant me faire à l'idée que nous vivons ensemble sous ce toit morose. J'ai beau essayer, je ne m'y sens pas chez moi. Toutes ces pièces austères, ces moquettes sombres, ces tableaux sinistres et ces orfèvreries vieillissantes accrochés au mur comme dans un musée, ne me ressemblent pas.

Je manque cruellement de lumière, de clarté, même de gaieté entre ces murs. J'ai parfois cette sensation d'étouffer sous la couche épaisse des doubles rideaux en velours, des moquettes grenat ainsi que des moulures aux plafonds. Je regrette ma chambre à l'étage, au moins j'avais une fenêtre. La chambre de Dorian, coincée entre son bureau, son dressing et le couloir, n'a même pas d'accès vers l'extérieur. Je m'y sens enfermée. Je sais qu'il a grandi dans cet environnement, que ce dernier a été agrémenté par les membres de sa famille au fur et à mesure des générations. Pour lui, cet univers est son cocon. Je ne veux pas le priver du seul lien qui lui reste avec ses aïeux. Je suis également consciente que de telles modifications amèneraient beaucoup de travaux, mais j'espère qu'il acceptera d'aménager certaines choses petit à petit, au moins dans les pièces que nous utilisons le plus. Sans le bousculer, je lui exprime mon ressenti. Dès que j'aborde le sujet, il désapprouve la moindre proposition de changement. Cette nostalgie d'un temps passé me pèse. Au-delà de me sentir étrangère aux lieux, j'ai l'impression d'être la petite amie de Dracula[39], vouée à vivre dans une époque qui n'est pas la mienne.

Bien que je connaisse toutes les personnes que je croise entre ces murs, je me sens privilégiée par ce personnel qui me sert, sans même que je m'en rende compte parfois. Je sais, par mon expérience ici, les tâches quotidiennes effectuées par l'équipe. J'ai le sentiment de ne pas être digne de ce service, de ne pas mériter son dévouement. Après tout, je ne suis qu'Allie. Aucun de mes rêves d'enfant ne laissait présager ce que je vis aujourd'hui. J'ai toujours été assez pragmatique ; les princes, les châteaux, ce n'était pas pour moi. Il semblerait que Cendrillon me ressemble plus que je ne l'avais imaginé finalement. Parfois, je garde de vieux réflexes de mon rôle de gouvernante, n'osant empiéter sur la vie du maître des lieux. J'oublie que je suis la maîtresse de maison ou plutôt, je m'efforce de ne pas penser que j'usurpe ce rôle.

Mis à part mes réserves quant aux lieux, ma cohabitation avec Dorian est toujours bonne. Nous nous voyons en coup de vent la semaine. Je m'implique énormément auprès de Kimberley. Dorian, quant à lui, se retrouve face à une crise sans précédent dans son entreprise depuis que nous sommes installés. Je reste à l'écoute, même s'il ne se confie que très rarement sur son travail. Pourtant, il faudrait être aveugle pour ne pas s'apercevoir du stress qu'il subit ces derniers temps. Je fais davantage les frais de ses humeurs. Je prends mon mal en patience, compréhensive face à la pression qu'il endure. Celle-ci ne fait pas bon ménage avec ce sentiment d'être étrangère dans ces lieux que je devrais considérer comme ma maison. Heureusement, notre amour toujours très présent nous sauve des tempêtes involontaires.

---

[39] Vampire immortel créé par l'écrivain Bram Stoker

Mes parents restent réticents aux événements à venir et surtout, à la vitesse à laquelle nous y serons. Malgré tout, ils ont accepté de nous rejoindre au domaine cette semaine. Notre première étape le lundi matin est le choix des alliances. La seconde est l'une des plus agréables pour moi. J'emmène ma mère au magasin de robes où j'ai l'habitude d'aller. Dorian m'a proposé de faire appel à un couturier qui me dessinerait une robe sur mesure, mais je ne préfère pas. James nous dépose, ma mère et moi, devant la boutique : la vendeuse me reconnaît instantanément bien que je ne sois pas venue depuis plusieurs mois. Elle se réjouit lorsque je lui explique que je viens cette fois-ci pour une robe de mariée. Elle me fait entrer dans la partie droite du magasin où je n'avais encore jamais été. J'y découvre des mannequins parés de magnifiques toilettes blanches, ainsi que des rangées entières de robes serrées le long du mur. Elle nous propose de prendre place sur le canapé, m'apporte un catalogue, avant de me poser des questions sur mes idées, mes goûts et mon budget. Je tourne les pages de ces modèles Empire, sirènes, princesses, courts, longs, blancs ou colorés.

Je jette mon dévolu sur une robe ivoire dite *sirène,* proche du corps, avec un bustier et de larges bretelles décoratives en dentelle situées au-dessous des épaules, et sans traîne. La vendeuse m'installe dans la cabine d'essayage, me demande de mettre une guêpière et des chaussures puis vient m'aider à enfiler le précieux tissu. Je sors de la cabine, me place face au miroir, lève mon regard en inspirant profondément. La vendeuse fait de rapides ajustements de coiffure, orne mes cheveux d'un voile avant de me proposer des gants en dentelle. Ma mère est émerveillée. La vendeuse, polie, est peu convaincue, et bien que je me sente princesse un instant, je ne le suis pas non plus. Nous tentons un autre modèle dans le même style, puis un troisième. Finalement, la vendeuse me présente une robe légèrement plus ample au-dessous du buste ; je suis sceptique et mes doutes se confirment à l'essayage. Elle me propose un format *princesse,* mais je refuse. Le côté parachute ne me dit rien qui vaille. Je suis habituée aux tenues près du corps lorsque je porte des robes de soirée et je souhaite absolument rester dans ce style. Elle me montre alors un modèle *Empire* ; je suis très dubitative, mais je le passe quand même. Verdict : le format déesse grecque, bien que très joli sur le catalogue, ne me va absolument pas. Je refuse les robes courtes et colorées. Alors il ne nous reste plus qu'une robe fleurie, presque champêtre, mais qui ne convient pas du tout. À court d'idées, elle repart dans ses rayons avant de revenir les bras chargés de mon premier choix, la forme *sirène*. J'en essaie à nouveau trois : ni la première ni la deuxième moulante du buste jusqu'en haut des cuisses avant de partir en tulle décoré de dentelle, ne me plaisent. Je les enlève rapidement. La troisième, satinée, totalement lisse, ornée de dentelle grise le long des coutures du dos nu, me plaît davantage, mais je n'ai pas de coup de cœur.

Alors que je remets mes habits de tous les jours, plutôt désespérée de ne pas trouver mon bonheur, la vendeuse me demande d'essayer un tout dernier modèle. Elle refuse de me le montrer et me conseille de garder les yeux fermés jusqu'au miroir si possible. Je m'exécute, n'ayant plus rien à perdre après en avoir déjà essayé une dizaine qui ne me convenaient pas. Elle me guide jusqu'à l'extérieur de la cabine, arrange mes cheveux en un chignon, laisse deux petites mèches le long de mes joues et n'ajoute rien de plus. Elle me positionne face au miroir puis m'invite à ouvrir les yeux. Je m'émerveille immédiatement devant cette majestueuse robe. Elle ne correspond à aucun de mes critères, pourtant elle est parfaite. À travers le miroir, j'aperçois ma mère les larmes aux yeux, qui sourit, abasourdie. Le dessus de la robe est un corsage chemisier très moderne, sans manches ni aucune fioriture. Il présente un très joli décolleté en V fermé uniquement dans la nuque par trois boutons surplombant un dos nu qui s'arrête juste au-dessus des reins. Sur le devant, le haut du jupon se termine sur une cocarde simple mais élégante. La jupe ample prolongée par une traîne d'environ un mètre cinquante, donne du volume sans pour autant la surcharger. Le tissu ivoire uni satiné donne un rendu d'une harmonie parfaite.

— Tu es magnifique ma chérie, murmure ma mère visiblement émue.

— Merci, maman.

— Qu'en pensez-vous ?

— Elle est parfaite, dis-je simplement à la vendeuse.

— Vraiment ?

— Oui, vraiment parfaite.

— Je sais qu'elle ne correspond à aucun de vos critères, mais je vous imaginais vraiment dans ce type de robe.

— Il n'y a aucun doute, c'est ma robe.

— Excellent, est-ce que vous souhaitez des gants ?

— Je ne crois pas, non.

— Très bien, regardons les voiles alors.

— Je ne sais pas, je la trouve tellement jolie, je n'ai pas envie de rajouter quoi que ce soit.

— Pourquoi pas, en effet, elle se suffit à elle-même. À la place du voile, que penseriez-vous d'un peigne décoré à mettre dans vos cheveux ?

— Est-ce que vous en auriez un avec une fleur proche de la rose ? Par contre, j'aimerais rester dans les tons blancs ou ivoire.

— Une rose blanche ? J'ai celui-ci, essayons. Voilà ! Vous vous mariez en septembre, c'est bien cela ?

— Oui, tout à fait.

— Aurez-vous besoin d'une étole ou d'un boléro ?

— Est-ce que vous auriez un boléro qui pourrait ressembler à une veste de tailleur, en plus léger ?

— Je pense à la même chose que vous, le format chemisier du haut s'y prête. Pour aller avec cette robe, j'en ai un qui s'arrête juste en bas du dos nu, manches trois quarts, et qui ne dénature pas le col V. Allez-y, essayez-le.

— Voilà, c'est exactement ça. Qu'en penses-tu maman ?

— Tu es parfaite ! Cette robe est exactement ce qu'il te fallait, elle te ressemble, même au-delà, elle *vous* ressemble. L'élégance du chemisier me fait totalement penser à Dorian avec ses costumes, sans parler de la grâce, la simplicité et l'harmonie du tout, c'est somptueux.

La vendeuse prend mes mesures puis nous convenons d'un rendez-vous pour le deuxième essayage en juin. Un dernier essayage est prévu mi-août pour ajuster la robe avant le mariage.

— Voilà, je vais créer votre dossier. Quels sont les noms des mariés, s'il vous plaît ?

— Delonay et Galary.

— Monsieur *Dorian* Galary ? demande-t-elle.

— Oui.

— C'est bien ce que je pensais, je n'ai pas osé vous poser la question à votre arrivée. Alors je vous le confirme, cette robe est parfaite pour votre mariage. Comme l'a dit votre mère, elle vous ressemble à tous les deux. Je suis certaine que la forme du chemisier va beaucoup lui plaire, lui qui est toujours en costume.

La clochette de la porte se fait entendre. Avant que la vendeuse n'ait le temps de s'excuser, Dorian apparaît suivi par mon père.

— Bonjour, pouvons-nous entrer ?

– Bonjour, monsieur Galary. Bien sûr, nous avons terminé, lui répond la vendeuse.

– Parfait, alors qu'en est-il ? demande-t-il une épaule adossée au mur, les mains dans les poches de son pantalon, tellement charmant.

– J'ai trouvé ma robe, dis-je émue en m'approchant de lui.

Il m'enlace alors que je me blottis contre lui, heureuse. C'est la première fois que nous démontrons notre affection devant mes parents. Je reprends mes esprits et nous quittons la boutique. Nous passons la soirée tous les quatre au domaine à parler principalement du mariage. Mes parents partent tôt le lendemain, souhaitant profiter du voyage pour faire une escapade à Londres.

Ils ne se montrent toujours pas enthousiastes. Cependant, l'essayage de robes a adouci ma mère qui a été très touchée. Nous sommes à mi-chemin, le mariage aura lieu dans quatre mois. J'espère que d'ici là, ils me donneront leur bénédiction. Les savoir récalcitrants à mon propre mariage me fait mal au cœur. C'est un événement important dans une vie, j'ai besoin de les compter à mes côtés. Je sais qu'ils seront présents. Pour autant, ça ne me suffit pas : j'aimerais qu'ils soient présents et heureux.

Leur départ crée des tensions entre Dorian et moi. Il ne comprend toujours pas leur réaction. Je ne peux pas lui en vouloir, il est loin d'être le plus mauvais parti pour une femme. Il a parfois des mots assez durs à leur encontre ce que je ne tolère pas. Il les respecte, les apprécie, mais après avoir autant bataillé pour que ce mariage ait lieu, je pense que dans son esprit plus rien n'allait y faire obstacle. Or, seuls Hadrien, Diana, et son personnel de maison, semblent se réjouir pour nous. La presse y ajoute son grain de sel quelques jours plus tard. Bien qu'il ne fasse la une que des magazines économiques et financiers, un article sur « le mariage programmé du riche héritier Dorian Galary et de la jeune étudiante française *Alicia De Lanay* » soulève avec délicatesse l'importance des contrats de mariage pour protéger sa fortune. J'ai bien du mal à me réjouir de pouvoir servir d'exemple aux futurs couples prêts à se passer la bague au doigt. La presse a même obtenu la date de signature de notre contrat, auprès de notre avocat. Heureusement que le contenu n'est pas précisé. Voir ma vie étalée sur une page de magazine aussi sérieux soit-il est loin d'être agréable, d'autant plus qu'ils ont été incapables d'écrire correctement mon nom et mon prénom. Je suis moi-même abordée un matin par un journal local à mon arrivée au bureau. Kimberley vole à mon secours avec une fermeté qui fait d'elle cette femme d'affaires accomplie. Certains employés finiront par nous avouer s'être vu proposer des sommes d'argent contre des informations ou, mieux encore, contre des photos. Heureusement, leur dévouement envers Dorian est sans faille. Son poids dans le monde des affaires a vite fait taire les envieux prêts à vendre du papier quel qu'il soit. On ne s'attaque pas à la vie privée de Dorian Galary sans craindre un procès qui vous ferait mettre la clef sous la porte. Vous êtes prévenus.

Mai : intuition masculine

Mai est déjà là et avec lui, son lot de soucis. L'un des mariages que nous organisons est sur le point d'être annulé. Le propriétaire d'une salle se confond en excuses. Une erreur dans son carnet de réservation va obliger nos mariés à partager les lieux avec un second couple. Fidèle partenaire de Kimberley, il sait que cette erreur risque de lui nuire. Nous ne nous attardons pas sur ses explications. Il nous faut réagir vite, car il est hors de question qu'un tel désastre arrive. Nous travaillons d'arrache-pied pour trouver un lieu de remplacement. Au bout de plusieurs jours d'un stress inouï, de cauchemars et de nombreux appels infructueux, je finis par dénicher une salle. Une annulation de dernière minute nous sauve la vie. Nous faisons immédiatement le trajet avec Kimberley pour vérifier qu'elle correspond aux critères de nos mariés. Elle nous convient, nous la réservons sans attendre. Nous sommes presque autant soulagées que le couple lui-même.

Nous reprenons de zéro un dossier qui était quasiment bouclé. Nous passons en revue toutes les étapes d'une organisation faite habituellement en plusieurs mois, en seulement trois semaines. À toute cette folie s'ajoutent les exigences d'autres mariés qui n'ont que faire de ce contretemps. Le plus beau jour de leur vie ne peut être gâché parce que nous tentons de sauver celui d'un autre couple. Dorian fait d'ailleurs partie de ce type de clients. Il me demande très régulièrement où j'en suis pour le nôtre. Il n'est pas enchanté que je ne puisse m'y consacrer davantage ces derniers temps. Ces questionnements fréquents nous ont d'ailleurs valu un dialogue de sourd un soir.

— Alors, tu en es où ?

— Je suis satisfaite des derniers jours, j'ai bien avancé.

— Parfait. Qu'est-ce qu'il te reste à régler ?

— Tout ce qui est prestataires, c'est bon. Il ne nous reste quasiment que les invités à prévenir. C'est une grosse partie, mais qui n'est pas déterminante pour la tenue du mariage.

— Comment ça, les invités ? De quoi parles-tu ?

— Du mariage galère au boulot. Pourquoi, tu parles de quoi ?

— De *notre* mariage, Allie. Je me moque de celui des autres.

— Ah, je pensais simplement que tu t'intéressais à mon travail. Je n'ai pas eu une minute à moi avec les horaires que je fais au boulot en ce moment.

— Je vois tes priorités.

— Ce n'est pas une question de priorités. Je suis débordée, c'est tout.

Le samedi du fameux mariage en perdition, je me lève à 4 heures du matin, me rends au bureau, puis Kimberley et moi partons en direction de la salle. Nous vérifions les derniers détails, corrigeons les aléas inhérents à cette organisation de dernière minute. Nous sommes soulagées de constater qu'après plusieurs semaines intenses, ce mariage va enfin avoir lieu. La cérémonie et le repas se passent à merveille. Lorsque nous les quittons à la fin de notre mission, les mariés nous remercient mille fois d'avoir sauvé leur journée.

Sur la route du retour, Kimberley et moi nous réjouissons de l'exploit accompli. Je rentre épuisée au domaine vers 2 heures du matin. Dorian ne dort pas. Je le rejoins au salon.

— Bonsoir.

— Bonsoir, Allie. Comment s'est passé le mariage ?

— Bien, très bien, merci. Nous avons assuré malgré les événements. Les mariés étaient ravis.

— Tant mieux.

— Et toi, comment s'est passée ta journée ?

— Bien, je faisais le point sur ce qu'il restait à faire pour le nôtre. As-tu avancé sur la décoration ?

Et voilà, c'est reparti. Dorian ne peut pas s'empêcher d'aborder le sujet, même à cette heure tardive.

— Franchement non, pas avec les semaines que j'ai passées dernièrement. On en reparle demain tranquillement ? Je suis éreintée, je vais m'allonger.

— Oui, bien sûr.

Je pars me coucher, surprise de ne pas être suivie de près par Dorian. Je m'endors avant qu'il ne passe la porte de notre chambre. Lorsque je me réveille, il est déjà levé. Je sors du lit vers 14 heures, j'ai dormi douze heures d'affilée, j'en avais terriblement besoin. J'arrive dans la cuisine en short, avec une chemise de Dorian mal boutonnée. Je me sers un morceau de pain de mie grillé avec du Nutella, accompagné d'un grand bol de lait. N'ayant pas le courage d'aller jusqu'à notre salle à manger privée, je m'installe à la première table que je croise. J'attaque mon repas tranquillement, mon téléphone sur la table, plongée dans des vidéos de chats sur internet. À ma grande surprise, Dorian entre dans la pièce à ce moment-là.

— Bonjour, Allie, lance-t-il d'un ton digne d'un patron pour son employée.

— Bonjour.

— J'ai rapporté notre classeur. Comme je te l'ai indiqué hier, je l'ai feuilleté : les choses n'ont pas beaucoup avancé depuis notre retour. Tu avais noté que nous devions recontacter la fleuriste en mai, tu l'as fait ? demande-t-il en se tenant debout face à moi.

— Non, pas encore. Nous avons choisi blanc pour la couleur, mais nous devons nous mettre d'accord sur le type de fleurs. J'ai mis le catalogue qu'elle m'a envoyé juste là. On peut le regarder aujourd'hui et je l'appelle demain. Je finis mon repas, je prends une douche ensuite je te rejoins. On prendra le temps de regarder tout ça, si tu veux ?

— Et pour les chaises, as-tu trouvé où les louer ? Tu as noté une arche florale pour la cérémonie, as-tu des adresses ? Et le traiteur, quand vient-il nous faire déguster les plats ?

— Non, je n'ai rien fait de tout ça. On en parle dans une petite heure ?

— Pourquoi pas maintenant ?

— Si tu veux, mais je viens de me lever, mon cerveau est encore au ralenti. Tu me laisses juste une heure pour émerger et après, on s'y met sérieusement.

— Allie, il y a un problème ?

— Absolument pas, pourquoi ?

— Tu n'as avancé sur rien. Je pensais que nous pourrions rattraper le retard aujourd'hui, mais vu l'heure à laquelle tu t'es levée, le plan me semble compromis.

— Dorian, tu le sais, j'ai eu un mois de malade. Un mariage allait être annulé et ce n'était pas concevable. Il a fallu trouver des solutions à la dernière minute. Nous avons été débordées. J'avais besoin de reprendre des forces ce matin, alors non, je n'ai pas pu m'occuper de tout ça, mais promis, je vais m'y mettre.

— Le nôtre non plus ne peut pas être annulé et pourtant rien n'est prêt.

— S'il te plaît, laisse-moi finir mon petit-déjeuner et prendre une douche, et promis, nous travaillerons dessus juste après. Il nous reste trois mois, ça va le faire, ne t'inquiète pas, dis-je presque en le suppliant, consciente que je tente de désamorcer une bombe sur le point d'exploser.

— Justement, je m'inquiète Allie. Tu m'as habitué à mieux, à croire que ça n'a pas d'importance pour toi.

— Comment ça, je t'ai *habitué à mieux* ? Dorian, je ne suis pas ton employée sur ce coup-là. Il s'agit de *notre* mariage, non ? Alors, et toi ? Tu as contacté la fleuriste ? Tu as vu pour les chaises, le menu ou je ne sais quel autre détail encore ?

— C'est comme ça que tu le vois ? Notre mariage est un *détail* pour toi ?

— Pas du tout, j'ai eu du travail, tu peux le comprendre ? Le mois dernier, tu as été sous pression tout le temps. T'étais même hyper désagréable, j'ai laissé couler. Je ne peux pas dire à Kimberley que j'ai autre chose à faire, c'est mon boulot. Je ne peux m'occuper de ça que quand je suis en repos, et excuse-moi, aujourd'hui je suis fatiguée. Si tu veux que ça avance, vas-y, fais-toi plaisir, soumets-moi des idées, appelle la fleuriste ou des prestataires pour les chaises. Au lieu de te plaindre, tu n'as qu'à le faire.

— Allie, c'était à toi de faire tout ça, c'est ce que nous avions décidé.

— Je n'ai rien décidé du tout. Nous étions d'accord pour de ne pas faire appel à une organisatrice, pas que *je* serai l'organisatrice. Nous devions nous occuper de tout ça ensemble. Si je n'ai pas le temps, tu peux aussi t'en charger.

— Parce que tu crois que j'ai plus de temps que toi ? Je ne suis pas en stage, j'ai une entreprise à faire tourner.

— Pardon ? *Monsieur* a un emploi plus important que le mien, donc je dois me farcir tout le reste. Belle mentalité.

— Arrête Allie, l'organisation de mariages, jusqu'à preuve du contraire, c'est ton métier, pas le mien.

— J'aurais dû te laisser embaucher Kimberley. Au moins tu ne m'aurais pas saoulée un dimanche matin. C'est peut-être *elle* que tu aurais dû épouser d'ailleurs.

— Les préparatifs avanceraient au moins.

— Tu m'emmerdes, c'est clair ?

— Tu n'as pas le droit de me parler sur ce ton !

— Je t'ai demandé une seule chose : me laisser déjeuner et prendre ma douche en paix. Je ne pensais pas que ça serait si compliqué à comprendre pour un mec comme toi. Le mariage peut attendre une heure de plus.

— Que tu le veuilles ou non, ce mariage aura lieu, alors tu ferais mieux de t'y mettre et pas dans une heure. Je te rappelle que tu m'épouses dans trois mois.

— Que je le veuille ou non ?

— C'est une façon de parler, tu m'as compris, se reprend-il en baissant la voix.

— Non, je ne crois pas.

— Je voulais juste te rappeler que le mariage était prévu dans trois mois, mais ne joue pas à l'imbécile, tu as très bien compris. Je te laisse, voilà le classeur, je t'attends dans mon bureau dans une heure avec des idées et des solutions, ordonne-t-il en m'agitant le classeur sous le nez avant de me tourner le dos en s'éloignant.

Je me lève d'un bond. Je jette le classeur dans sa direction, qui s'échoue ouvert, le contenu éparpillé à ses pieds, le laissant sans voix au moment où je le dépasse avant de déguerpir.

— Demande à ton organisatrice.

J'attrape mon sac à main dans l'immense armoire en bois de l'entrée, puis sors du manoir en claquant la porte. Je descends le grand escalier en hâte. Je me maudis lorsque mes pieds nus touchent les cailloux de l'allée. Je rejoins ma voiture, chausse la paire de baskets qui traîne à l'arrière puis démarre en trombe avant de quitter le domaine. Ses mots résonnent dans ma tête. « Que tu le veuilles ou non », « je t'attends dans mon bureau », « une imbécile », « tu m'as habitué à mieux ». Je roule sans but pendant de nombreux miles[40], j'ai débranché ma tête lorsque j'ai mis le moteur en marche, et je ne sais ni où je vais ni où je suis. Deux bonnes heures plus tard, je me gare sur un parking face à la mer. Mes mains m'ont conduite sur cette plage, celle de la demande en mariage. Je reste un long moment à contempler le paysage, les mains encore sur le volant. Je descends de la voiture, avance sur le sable, toujours vêtue de la chemise de Dorian, et d'un short. Les rares personnes que je croise me regardent, intriguées. Je finis par boutonner correctement la chemise et la rentrer dans mon short. Comme le dirait ma mère, j'ai boutonné lundi avec mardi. Je marche face aux faibles rayons de soleil, mes cheveux volent dans tous les sens, le manque de coup de brosse de ce matin n'a plus d'importance. Je déplie mes manches, serre mes bras contre mon torse pour me réchauffer. Le vent est froid aujourd'hui. J'ai perdu la notion du temps. Fatiguée, je reviens vers le bord de la plage et m'assieds sur l'une des quelques marches en pierre. Elles sont abritées du vent par le muret délimitant le sable, du parking. Quelqu'un s'arrête à ma hauteur. Je ne réagis pas. Il s'assied, mais je reste les yeux rivés sur la mer

---

[40] Mesure anglo-saxonne de longueur équivalant à 1 609 mètres

qui s'éloigne. Je sors de mes pensées au contact d'une veste sur mes épaules.

— Allie, nous devrions rentrer, tu es gelée.

— Dorian ? Comment tu as su que j'étais là ?

— Une intuition.

— Une intuition ? Comment m'as-tu retrouvée ?

— J'ai eu de la chance, peut-être.

— De la chance ?

— Viens, allons discuter ailleurs, répond-il à mon scepticisme. Je vais confier tes clefs à James, nous rentrerons ensemble.

— Non, je ne préfère pas.

— Très bien. Je vais prévenir James qu'il peut rentrer, nous prendrons ta voiture.

— Ou tu rentreras en taxi, dis-je alors qu'il se lève pour rejoindre son chauffeur. Il s'arrête un instant, mais ne répond pas et repart.

Je me lève, monte les marches et suis le chemin le long de la berge alors que Dorian me rejoint.

— James est parti, nous devrions nous mettre au chaud, tu ne penses pas ?

Sans un mot, je marche jusqu'à ma voiture. Je lui rends sa veste avant de m'installer au volant. Je mets le moteur et le chauffage en route. Dorian s'installe sur le siège passager sans que je ne l'aie invité et reste silencieux un moment. La radio joue *Let Her Go* de Passenger. Il s'approche pour l'éteindre, mais je l'en empêche.

— Allie, excuse-moi, j'ai dépassé les bornes. J'ai toujours peur que tu changes d'avis, j'ai cru que ton attitude était intentionnelle. J'étais inquiet, mes mots ont dépassé mes pensées.

— D'accord.

— D'accord ?

— Je m'excuse également.

— Ce n'est rien, nous avons deux heures de route devant nous. Nous allons pouvoir rattraper le retard ensemble.

— Je ne crois pas.

— Ce ne sera pas suffisant, bien entendu. Nous allons faire les choses dans l'ordre et tout ira bien.

— Non.

— Non ? Qu'y a-t-il Allie ? Parle-moi.

— Pour la première fois depuis janvier, je pense que je fais une erreur.

— C'est normal d'avoir des doutes, nous avons eu une dispute. Ce sont des choses qui arrivent à tous les couples. Nous nous sommes excusés, demain tu auras oublié et tout redeviendra comme avant.

Je ne réponds pas, laissant le chanteur terminer sa chanson par ces mots : « *Only know you love her when you let her go, and you let her go*[41]… »

— Je ne veux plus t'épouser, Dorian. Je vais rentrer, récupérer mes affaires et trouver un logement pour la fin de mon stage.

---

[41] Tu comprends que tu es amoureux d'elle seulement quand tu la laisses partir, et tu la laisses

partir…

— Je ne comprends pas.

— Moi non plus. Je ne comprends pas comment j'ai pu être aveugle à ce point.

— Aveugle à quoi ?

— Tu me considères toujours comme l'une de tes employées. Tu me donnes des ordres, je suis ta chose, je t'appartiens.

— Je suis désolé que ce soit le sentiment que tu aies, mais Allie, tu peux me croire, ce n'était pas mon intention. Je n'ai pas contrôlé mes paroles tout à l'heure.

— Comment tu as su que j'étais assise sur ces marches à deux heures de chez toi ?

— Je te l'ai dit, une intuition.

— Sors de ma voiture.

— Allie… m'implore-t-il.

— Dorian, sors de ma voiture. Je ne peux pas épouser un homme qui me ment ni celui que j'ai croisé dans la cuisine ce matin. Et ils font partie de toi, alors je crois qu'il vaut mieux qu'on en reste là, dis-je en lui tendant sa bague.

— Allie, ne fais pas ça, s'il te plaît.

— Au revoir, Dorian.

Après un moment d'hésitation, il sort de ma voiture visiblement sous le choc. Je démarre en trombe et sors du parking. Quinze minutes plus tard, je croise James qui a dû faire demi-tour. J'accélère. Je me presse une fois au domaine. Je me change, prends le plus gros de mes affaires, laisse sur le lit la chemise que je portais, puis repars aussitôt ma valise terminée. Nous sommes dimanche. Je ne croise que les gardes. Je décide de prendre la route vers le bureau de Kimberley dans l'idée de trouver un hôtel à proximité pour la nuit. J'ai peur de voir James me barrer la route au prochain croisement ou pire, voir Dorian m'attendre devant l'hôtel, adossé à sa voiture, les mains dans les poches. Je retire la clef de ma chambre à l'accueil, j'ai les mains moites. Une fois à l'intérieur, je ferme les rideaux. Je m'installe rapidement, allume mon ordinateur portable et envoie un SMS à Laure lui demandant de se connecter aussi vite que possible sur Skype. Trente minutes plus tard, elle se connecte enfin.

— Coucou poulette, c'est quoi l'urgence ?

— J'ai rompu avec Dorian.

— Pardon ?

Je fonds en larmes, pas une seule n'avait coulé sur mes joues jusque-là. Je craque, prenant conscience de ce qui est en train de se passer.

— Attends, attends, calme-toi Allie, explique-moi. Que s'est-il passé ? T'es où, là ?

— Je suis à l'hôtel, dis-je dans un sanglot.

— OK, raconte-moi.

— J'ai eu un mois de taré. Un mariage a failli être annulé, c'était la folie. Je suis rentrée vers 2 heures du matin de ce fameux mariage qui a quand même pu se faire grâce à notre *taf*, à Kimberley et moi. J'avais dormi deux heures, j'avais quasiment fait le tour du cadran. J'étais complètement *HS*[42].

— Doucement, doucement, respire.

— Ce matin, au petit-déj', il m'a demandé des comptes sur l'organisation de notre mariage. Comme si j'étais son employée. Il m'a traité d'imbécile et il m'a sorti qu'on se marierait que je le veuille ou non.

---

[42] HS : hors service. Comprendre ici *épuisée*

— Il a dit ça ? Il se prend pour qui ? Si t'as envie de dire non, même le jour J, t'es libre de le faire.

— C'est pas tout, on s'est engueulés et à la fin, je suis partie. J'ai roulé plus de deux heures, après j'ai marché longtemps sur la plage. Laisse tomber, j'étais en short avec une chemise de Dorian, pas coiffée, pas lavée, en mode dimanche matin quoi. Finalement, je me suis assise sur les marches qui mènent à la plage. Devine qui s'est pointé ?

— Dorian ?

— Ouais.

— Comment il a fait pour savoir ?

— Je lui ai posé la question, il m'a répondu qu'il avait eu une intuition.

— Tu ne le crois pas ?

— Tu le crois, toi ?

— J'en sais rien, mais c'est vrai que c'est bizarre.

— Tu te souviens de la rando qu'on avait faite avec la troupe, quand je vous avais parlé de lui ? Et juste à ce moment-là, il me souhaitait de profiter de la vue ou un truc dans le genre. Vous aviez tous trouvé que c'était flippant.

— Oui, carrément.

— Et la soirée à la patinoire ? Au bar ? La chambre d'hôtel à côté de la nôtre le soir du gala ?

— Tu me fais flipper.

— Et attends, je viens de penser à une autre fois, quand il a fait venir son notaire. Je suis retournée au B&B que j'avais réservé, mais je ne lui avais pas précisé duquel il s'agissait. Devine qui a toqué à ma porte dix minutes après mon arrivée ?

— Tu crois qu'il t'espionne ?

— J'en sais rien, mais c'est étrange, non ?

— Mais du coup, il va te retrouver aussi, là ?

— Il sait où je travaille, donc je m'attends à le voir débarquer au plus tard au boulot mardi. Il n'est pas du genre à lâcher l'affaire.

— Allie, tu m'inquiètes. S'il te fait peur, il faut avertir la police.

— Non, je n'ai pas peur. Dorian ne me ferait aucun mal.

— Le connaissant, ça me surprendrait aussi, mais bon. Tu vas faire quoi ?

— J'en sais rien. Je ne sais même pas si j'ai eu raison. J'ai besoin que tu m'aides. Qu'est-ce que t'en penses ?

— Bon, si tu veux que je t'aide, tu vas déjà commencer par me répéter toute votre conversation mot pour mot, que je me fasse une idée des dégâts !

Je reprends depuis le début, de mon retour dans la nuit de samedi jusqu'à ce que Dorian sorte de ma voiture.

— Alors ? T'en penses quoi ?

— J'en pense qu'il est fou amoureux de toi et qu'il a certainement peur que tu t'en ailles. Il n'est pas doué pour la conversation, en plus d'être très maladroit, ça on le savait déjà. Après, oui, il te traite comme son employée, mais il ne connaît que ça, des employés. On ne peut pas dire qu'il soit très sociable ton Dorian. Tout le monde lui obéit au doigt et à l'œil dès qu'il est dans le coin, alors il est habitué à ça. Franchement, je pense qu'il a flippé, qu'il a perdu ses moyens et du coup, il a fait n'importe quoi. Ça ne l'excuse pas, je te l'accorde !

— Donc, j'ai eu tort ?

— J'ai jamais dit ça, t'es la seule à pouvoir le savoir, ma chérie. Par contre, faudrait éclaircir cette histoire d'espionnage ou je ne sais quoi.

— Il ne voudra jamais avouer un truc pareil si c'est vraiment le cas.

— Et s'il le fait, tu pourrais lui pardonner ?

— De m'espionner ? Tu le ferais, toi ?

— J'en sais rien, ça ne m'est jamais arrivé et pourtant, d'habitude, c'est moi qui tombe sur des mecs louches.

— Je t'ai surpassée là, je crois !

Nous rions, je savais que Laure était la personne sur qui compter dans ce genre de situation : elle a une facilité à tout dédramatiser sans même s'en rendre compte.

— Laure, je suis perdue, je dois faire quoi ? Je viens de quitter celui que je pensais être l'homme de ma vie.

— Tu l'aimes ?

— À ton avis ?

— À mon avis, dans cette histoire, vous êtes juste deux idiots terrorisés à l'idée de perdre l'autre, et prêts à faire n'importe quoi. Du coup, vous faites n'importe quoi. Vous devriez vous expliquer, déjà.

— Je ne veux pas le revoir.

— Tu sais que c'est mort ? Il est peut-être déjà avec sa tente sur le parking de ton boulot à t'attendre jusqu'à mardi matin. Il va pas se laisser faire ton Dorian.

— Oui je sais, mais si je le vois, je vais craquer.

— Allie, en parlant du loup.

— Quoi ?

— Il vient de m'envoyer un message, je te le lis. « Bonjour Laure, Allie et moi avons eu un différend. Elle est partie. Je ne parviens pas à la joindre, je sais que tu seras présente pour elle. Pourras-tu lui transmettre que je suis désolé, c'est un terrible malentendu, je suis prêt à tout pour qu'elle accepte de me laisser au moins une chance de m'expliquer. Nous pouvons reporter le mariage si elle le souhaite, mais nous ne pouvons pas tout arrêter à cause de ces quelques mots que je ne pensais pas. Nous n'avons jamais eu de tels désaccords, il s'agit juste d'une mauvaise passe due certainement à la fatigue et au stress que nous rencontrons tous les deux en ce moment. S'il te plaît, Laure, dis-lui que je l'aime et confirme-moi si elle va bien. Merci infiniment, Dorian. »

— Je suis perdue.

— Allie, c'est quand la dernière fois que Dorian et toi vous vous êtes pris la tête ? Vraiment, pas juste sur le choix du programme télé du soir.

— Jamais, enfin si, en novembre 2013, quand je travaillais pour lui. J'avais remis un de ses collègues à sa place, un vrai connard. Il n'avait pas franchement apprécié. Et puis, sur le trottoir devant le bar, quand il m'avait embrassée devant tout le monde alors que je lui avais demandé de rentrer chez lui.

— Non, mais depuis que vous êtes ensemble ? Quand son notaire est venu ?

— Non, on avait mis les choses au clair, mais on ne s'était pas vraiment fâchés.

— Quand tes parents ont débarqué à l'appartement, alors ?

— Non plus, on a eu une conversation pas super agréable, mais on ne s'était pas engueulés.

— Une conversation d'adulte, quoi.

— Ouais, voilà.

— Donc, c'est la première fois.

— Oui, c'est pas faux.

— Et avec Anthony ?

— Quoi Anthony ?

— Vous vous êtes engueulés ?

— Jamais, juste le jour où j'ai su pour Anna.

— Donc, tu t'es jamais vraiment engueulée avec un de tes mecs ni avec tes parents. Des parents, c'est chiant, mais les tiens sont quand même particulièrement adorables.

— Où tu veux en venir, Laurette ?

— Je veux en venir que ton Dorian n'a pas totalement tort quand il dit que vous ne pouvez pas tout arrêter pour un désaccord. Il y a autre chose qui t'a fait prendre cette décision ?

— Non, du tout. De mon côté, tout allait bien entre nous jusqu'à 14 h 10. C'est sa crise et surtout le fait qu'il débarque sur la plage, qui m'ont fait douter.

— Imagine-le en sens inverse. Si demain tu crises parce qu'il devait faire quelque chose qu'il n'a pas fait. S'il te quittait après ça, t'en penserais quoi ?

— Qu'il exagère.

— Allie, j'aimerais aussi t'avertir que même si c'est votre choix, vous allez peut-être un peu vite. Si je peux être honnête avec toi, je pense que vous devriez annuler ce mariage. Vous êtes ensemble depuis genre trois minutes et demie. C'est beaucoup trop tôt. En plus, ça vous fout une pression de dingue à tous les deux.

— Certaines vont s'en donner à cœur joie pour lancer des rumeurs sur notre couple, si on fait ça.

— Tu t'en tapes. Allie, si c'est vraiment l'homme de ta vie, c'est peut-être mieux que de divorcer dans un an parce que ça vous a flingués, non ?

— C'est sûr.

— Reste un peu à l'hôtel, va bosser, fais ta vie. S'il vient te voir, dis-lui que tu vas lui laisser une chance de s'expliquer. Si besoin, fixe-lui un rendez-vous pour qu'il te foute la paix. Fais le point avec toi, sur tes sentiments, repose-toi et prends ta décision à ce moment-là, sur votre couple déjà. Tu as agi à chaud, mais il faut savoir si ça ne cache rien d'autre, OK ?

— Tu as raison.

— OK, alors maintenant tu te lèves de ta chaise, tu te fais un thé, tu te détends. Laisse ton téléphone éteint si tu ne veux pas être embêtée, essaie de passer une bonne nuit. Pour le reste, tu verras demain. Deal ?

— Deal !

Nous raccrochons quelques minutes plus tard. Je savoure mon thé et vais me coucher juste après. La journée m'a épuisée, je m'endors assez vite, presque soulagée suite à cette conversation.

Je flemmarde le lundi sans allumer mon téléphone une seule fois. Je pars travailler mardi matin, reposée. J'allume mon portable en arrivant au bureau ; j'ai de nombreux appels et messages sur mon répondeur ainsi que des SMS de Dorian. Je n'en ouvre aucun. Kimberley s'aperçoit de l'absence de bague à mon doigt. Je prétends l'avoir déposé à la bijouterie pour adapter l'alliance au style de celle-ci. Une heure après avoir débuté ma journée, Hadrien m'appelle. J'hésite à décrocher, mais je réponds malgré tout.

— Allô ?

— Bonjour Allie, c'est Hadrien, excuse-moi de te déranger.

— Aucun souci, je peux t'accorder une minute, dis-je en voyant Kimberley légèrement agacée par cet appel sur mon temps de travail.

— Ça sera suffisant. Allie, est-ce que tu as une pause pour déjeuner ?

— Oui, pourquoi ?

— Est-ce que je peux venir te chercher, j'aimerais discuter avec toi ?

— Hadrien, je ne sais pas…

— S'il te plaît, je ne prendrai pas sa défense, promis ; j'aimerais juste discuter.

— Très bien, rendez-vous vers midi. Tu sais où me trouver ?

— Oui, j'y serai, merci Allie.

— Hadrien ?

— Oui ?

— Tu seras seul ?

— Bien entendu.

Je raccroche. Kimberley me regarde, suspicieuse. Le meilleur ami de mon futur mari m'invite à déjeuner seul à seul, je peux comprendre sa réaction. Midi arrive, Hadrien est pile à l'heure. Je sors du bureau pour le rejoindre à sa voiture. Il m'emmène dans un restaurant juste à côté. Il est bel et bien seul. Je suis soulagée que Dorian ne nous attende pas sur place.

— Allie, merci d'accepter de m'écouter. Dorian ne sait pas que je suis là.

— Vraiment ?

— Vraiment. Il m'a expliqué la crise que vous traversez. Dis-moi, ma chère Allie, tu te souviens du magicien ? Ce soir-là, je t'avais expliqué que parfois il ne faudrait pas avoir peur de le secouer. Est-ce que c'est ce que tu fais ? Est-ce que c'est ta manière de le secouer ?

— Oui, je m'en souviens et non, ce n'est pas ce que je fais. Il a vraiment dépassé les bornes. Je ne peux pas tolérer qu'il ne me respecte pas.

— Détrompe-toi, Allie, tu es la personne qu'il respecte le plus au monde. Si tu ne le secoues pas, alors est-ce que c'est une rupture ?

— Je ne sais pas.

— Je pense que tu n'as pas encore tiré un trait définitif sur Dorian. Je me trompe ?

J'acquiesce d'un signe de la tête.

— Alors s'il te plaît, ne le fais pas. Je serai bien incapable de t'en donner la raison, mais je suis certain que vous êtes faits pour vivre ensemble. Je n'ai pas la prétention de lire l'avenir, pourtant c'est une évidence pour moi.

— C'est un peu maigre pour me convaincre. D'autant plus que tu veux surtout le bonheur de Dorian. Alors, est-ce que tu ne cherches pas juste à t'accrocher à notre relation parce qu'il semble heureux ?

— Vous êtes faits l'un pour l'autre. J'en mettrais ma main à couper si ça pouvait te prouver que j'ai raison.

— Si seulement il me suffisait de te croire.

Il passe la fin du repas à me persuader du bien-fondé de ces dires. Je finis presque par croire qu'il a des ailes cachées sous sa veste. Serait-il l'ange gardien de son ami ? Mon chemin serait-il à jamais lié à celui de Dorian ?

Sur le trajet du retour, je prends mon courage à deux mains.

— Hadrien, j'ai une question épineuse à te poser. Est-ce que Dorian me surveille ou me fait suivre ?

— Je n'en ai pas connaissance. Il n'en est pas incapable, mais si c'est le cas, son but serait certainement de te protéger à distance. — Il marque une pause — Allie, écoute ton cœur. Toi-même, tu sais que j'ai raison. Il est l'homme de ta vie. Ça ne fait aucun doute.

Je ne sais pas quoi répondre à cette dernière phrase prononcée devant la porte de mon bureau. J'entre, et alors que Kimberley m'emboîte le pas, je lis dans son regard qu'elle a tout entendu et qu'elle a compris.

— Ce n'est pas une mince affaire ce Dorian, il est aussi détestable qu'hypnotisant.

Je ne réponds pas, tentant de me remettre au travail malgré toutes ces émotions. Je passe mes journées à réfléchir à cette situation et à entendre les mots d'Hadrien résonner dans ma tête. Dans la nuit du samedi, après un mariage, Kimberley me dépose sur le parking de notre bureau. Je me dirige vers l'hôtel à cent mètres de là. Devant l'entrée, je fais demi-tour. Je retourne sur le parking, monte dans ma voiture avant de filer au manoir, le cœur battant à toute allure.

Juin : perdre son envol

Je passe les grilles du domaine, gare la voiture en bas des marches avant de monter l'escalier. Une fois dans le couloir, j'avance dans la pénombre vers le salon et pousse la porte. Il est une heure et demie du matin. Dorian est là, un whisky à la main. Il m'a vue à travers la vitre, je le sens nerveux. Je remarque le classeur de notre mariage sur la table basse. Sa voix est fébrile lorsqu'il me dit bonsoir. Je lui avoue être venue pour que nous puissions nous expliquer. Il me propose de profiter de l'air frais des jardins pour le faire. Je refuse de prendre sa main quand il me la présente. Nous marchons en silence dans la nuit.

— Allie, je suis prêt à reporter, voire à annuler, ce mariage. Peu importe, tant que tu nous laisses une chance de comprendre ce qui se passe et de résoudre la situation. Je ne remets pas en question tes doutes. Ils me paraissent totalement légitimes avant de prendre un engagement comme celui-ci, mais j'aimerais que tu sois complètement honnête avec moi. Je ne crois pas que cette dispute soit la seule responsable de la situation actuelle. J'aimerais que tu m'éclaircisses sur ce qui a pu nous conduire ici ; je peux tout entendre.

— Je n'avais aucun doute sur nous et notre mariage quand je me suis levée dimanche dernier. Je n'ai pas avancé sur son organisation, pas parce que je n'en avais pas envie, mais parce que je n'ai vraiment pas eu le temps de le faire. Tes mots m'ont blessée, j'ai eu l'impression d'être ta gouvernante et non ta fiancée. Le fait que tu doutes de ma motivation, que tu insinues que je n'ai rien fait par fainéantise ou manque d'envie, m'a vraiment agacée. J'ai été débordée par mon travail. J'étais épuisée par des semaines qui n'en finissaient pas, avec un stress énorme. Alors, oui, je n'étais bonne à rien en rentrant le soir. J'ai reporté la préparation de notre mariage, ce n'est pas bien, mais je n'avais pas la force de tout mener de front. C'est déjà ce que je fais depuis janvier. J'ai dû cumuler mes cours, la préparation de mes examens et l'organisation de notre mariage. Je dois l'avouer, je sature un peu. J'avais besoin d'une bonne nuit de sommeil puis d'un réveil en douceur avant de reprendre le cours de ma journée ainsi que les préparatifs. Tu n'as pas voulu l'entendre, alors je suis partie. Mon cerveau s'est mis en pilote automatique quand j'ai pris le volant et je suis arrivée sur la plage sans l'avoir prémédité. J'ai fait le vide pendant ces quelques heures. Je ne pensais à rien, seule avec moi-même. J'avais besoin d'un moment de liberté. Je pense que si tu ne m'avais pas rejointe, je serais rentrée. Nous aurions certainement repris là où la dispute s'était arrêtée, ensuite nous serions passés à autre chose. Mais il a fallu que tu viennes, que tu t'incrustes dans ce petit moment de liberté. Ça m'a vraiment gonflée. Alors oui, j'ai réagi avec ma spontanéité habituelle et je t'ai rendu la bague. J'avais tellement besoin d'être seule. Tu m'as prouvé qu'avec toi, c'était impossible. Tu me retrouves même là où je n'avais moi-même pas prévu d'aller. Même en couple, nous avons tous besoin d'intimité, mais tu t'es immiscé dans la mienne au pire moment.

— Je comprends, je suis désolé. Je ne voyais rien avancer, j'ai pris peur. J'ai imaginé que tu avais des doutes, que tu changeais d'avis, que tu annulais le mariage. J'ai pensé que tu me quittais sans me le dire, que tu allais m'abandonner là, à deux pas de l'autel. Je ne t'ai pas fait confiance. Mes mots ont dépassé mes pensées, j'ai été ridicule de me conduire comme je l'ai fait. Je t'ai rejointe pour m'excuser, je n'ai pas pensé que tu avais juste besoin d'être seule. Résultat, c'est moi qui t'ai fait changer d'avis. Je suis un idiot. Je peux te garantir de te laisser davantage d'espace et de liberté. Je l'ai déjà fait cette semaine pour que tu puisses prendre le temps de réfléchir.

— Je dois avouer que j'ai été assez surprise de ne pas te voir ces derniers jours. Je m'attendais à ce que tu déboules à mon travail.

— Pour être honnête avec toi, je suis venu. J'avais besoin de m'assurer que tu allais bien.

— Quand ?

— Mercredi matin, je t'ai vue arriver à pied, ensuite je suis parti.

— Tu as fait deux heures de route juste pour m'apercevoir ?

— Oui, je n'avais aucune nouvelle, j'ai été rassuré. Si je ne suis pas venu à ta rencontre, c'est parce que deux petites voix m'ont conseillé de te laisser un peu d'espace.

— Hadrien et Diana ?

— Hadrien et Laure.

— Laure ?

— Je l'ai contactée pour avoir de tes nouvelles. Elle m'a conseillé de te laisser tranquille quelque temps, ce sont ses termes. Elle m'a expliqué que tu étais quelqu'un qui aimait que tout fonctionne sans accroc, que tu avais les pieds sur terre, même si ta spontanéité te faisait parfois faire des choses et le regretter ensuite. Et que tu pouvais avoir besoin de te retrouver avec toi-même, pour réfléchir avant de prendre les bonnes décisions. Alors j'ai obéi, dans l'espoir que cette bonne décision soit en ma faveur.

— Je vois, nous avons de bons amis. Dorian, quelqu'un m'a rendu visite cette semaine.

— Qui donc ?

— Hadrien, nous avons déjeuné ensemble mardi midi.

— Je l'ignorais.

Malgré mes doutes sur l'orchestration de ce repas par ces deux compères, je vois dans ses yeux qu'il semble sincère.

— Dorian, j'ai besoin que tu me dises la vérité. Est-ce que tu m'espionnes d'une manière ou d'une autre ? Est-ce que quelqu'un me suit ou est-ce que tu me pistes, je ne sais comment ?

Il baisse les yeux, inspire profondément, s'arrête, me fait face et relève la tête.

— Pour la plage ? Non, j'ai juste des connaissances bien placées. Un coup de fil et j'obtiens certaines informations notamment où a été aperçue ta voiture durant les dernières minutes. Je suis désolé, sincèrement. Je n'ai jamais voulu empiéter sur ton intimité. Je t'assure que je n'y ai eu recours qu'en cas de force majeure. Mon intention n'a jamais été de te surveiller. Lorsque je t'ai retrouvée en septembre à l'université, il m'était impossible d'imaginer perdre ta trace de nouveau un jour. Alors, j'ai contacté un ami. Il n'y avait pas de mauvaises intentions derrière tout ça. C'était un geste désespéré, fait par un homme désespéré, tu dois me croire.

— Je te crois, mais avoue que c'est tordu comme idée.

Il acquiesce, embarrassé.

— Je suis prêt à tout par amour pour toi, même si ça signifie me cacher dans un trou de souris pour pouvoir m'assurer que tu vas bien.

— C'est ce qu'on m'a dit. Il est temps d'arrêter d'être *prêt à tout*.

— Je peux te promettre une chose : la prochaine fois que j'envisagerai quelque chose d'un peu exagéré, je demanderai l'avis d'Hadrien avant de me lancer.

— J'espère surtout qu'aucune autre idée de ce genre ne te passera par la tête.

— Allie, je ne suis pas facile à vivre, je le sais. Sans parler des erreurs que j'ai faites, beaucoup d'erreurs, mais elles ne sont que les témoignages de mon amour pour toi. Si nous nous marions, je changerai, tout deviendra plus simple. Je n'aurai plus à te prouver mon amour, notre lien le fera pour moi, d'une manière bien plus simple et bien plus douce.

— Être marié ne signifie pas que tout est acquis. Te concernant, tu sais très bien que tu ne changeras pas, personne ne change vraiment.

— Tu as raison, je ne changerai peut-être pas, mais je m'améliorerai. Je te promets de faire de mon mieux. Que vas-tu décider pour nous deux, Allie ? Je n'en peux plus d'attendre.

— Nous nous aimons, c'est indéniable. Je ne veux pas tout arrêter pour une dispute, mais j'ai besoin de temps pour savoir si je suis à la hauteur de la vie qui m'attend à tes côtés.

Il hoche la tête, chamboulé par ma présence, cette discussion, notre situation. Avec son accord, je reste dormir dans ma chambre de gouvernante pour la nuit. Cette mise au point m'a vidée de toute mon énergie. Je m'allonge puis m'endors difficilement vers 5 heures du matin. Je ne mets pas de réveil et ouvre les yeux, réveillée par les rayons du soleil vers 10 heures. La nuit a été chargée en émotions. Je vais me préparer dans la salle de bain avant de descendre. J'aperçois Dorian qui court dans les jardins. Il sourit lorsqu'il m'aperçoit. Je lui annonce mon départ du domaine faisant disparaître aussitôt ce bonheur de son visage.

Je rejoins ma chambre d'hôtel, pensive. Une après-midi pluvieuse se dessine. Cette météo maussade ne m'aide en rien. J'enfile un imperméable, prends mon parapluie et pars déambuler dans les rues. J'étouffe, j'ai besoin d'air. Mon cerveau est dans un brouillard total, incapable de raisonner avec discernement. De retour dans la chambre, je tourne en rond une bonne partie de la soirée. Le lundi matin, un rayon de soleil vient me chatouiller le visage à travers les rideaux. La matinée est bien entamée. Je suis encore dans mon lit lorsque je sursaute à la sonnerie de mon téléphone oublié sur l'oreiller dans la nuit. Je m'éclaircis la voix.

— Allô ?

— Mademoiselle Delonnay, je me permets de vous contacter pour notre rendez-vous. Nous avions fixé 16 heures, mais si vous le souhaitez, nous pouvons nous voir dès que vous êtes disponible pour votre essayage. J'ai eu une annulation ce matin.

Ma robe ! J'avais complètement oublié le deuxième essayage. Je remercie la vendeuse en lui confirmant que je serai là d'ici une heure et demie. Je saute dans la douche, regrettant de ne pas avoir eu la présence d'esprit d'inventer une excuse pour ne pas me rendre à ce rendez-vous.

J'arrive au magasin de robes à 14 heures. Il y a déjà des clientes alors je patiente en feuilletant des magazines. Après une vingtaine de minutes, me voilà dans la cabine d'essayage, j'ai les mains moites. La vendeuse me passe la robe en s'intéressant à l'avancée des préparatifs. Lorsque je fais face au miroir, je fonds en larmes. Elles ne sont pas dues à l'émotion et elle le comprend bien.

— Vous pouvez vous laisser aller, je sais à quel point organiser un mariage peut être stressant. Vous savez, je vois passer beaucoup de futurs mariés. Une chose est certaine : si votre couple passe l'épreuve de cette préparation, c'est plutôt bon signe pour la suite. Organiser son propre mariage, ça signifie qu'en un an environ, vous allez devoir prendre toutes les décisions pour préparer le jour qui est censé être le plus beau de votre vie. Si vous le faisiez seule, ça irait. Là, vous allez devoir vous entendre sur tout afin qu'il soit parfait pour vous deux. Or, vous n'allez pas être d'accord sur chaque point.

— Vous étiez sûre de vous quand vous vous êtes mariée ?

— Pas du tout. Je me posais des tonnes de questions et puis ma grand-mère, qui était une femme pleine de sagesse, m'a dit : « ma chérie, tu ne dois t'en poser qu'une seule : as-tu envie de faire des projets avec cet homme ? Si ta réponse est *oui*, c'est que tu peux l'épouser ; après, il faudra juste tenter de mener ces projets à bien au quotidien. Ça sera une lutte de tous les jours, mais elle en vaudra la peine si vous vous aimez ». J'ai toujours cette phrase en tête, surtout les jours où ça ne va pas forcément comme je le voudrais. Vous êtes amoureux, c'est flagrant. Mais pour les projets, est-ce que vous en avez envie ? Par exemple, est-ce que vous le voyez être le père de vos enfants ?

— Il sera un très bon père, j'en suis certaine.

— Oui, mais est-ce que vous parlez de vos enfants ou d'enfants en général ?

— Je ne sais pas.

— Je pense que vous le savez. Il faut juste oser se le dire, quelle que soit la réponse.

Nous terminons les vérifications. Cette robe est vraiment somptueuse. Je la retire, émue, et remercie chaleureusement la vendeuse. Nous convenons d'un dernier essayage le 20 août. Je regarde l'heure : il est 15 h 30, je vais rentrer à l'hôtel. J'aperçois un message qui clignote, d'un numéro inconnu. J'écoute mon répondeur. Le bijoutier m'a contactée sans me donner de raison. Il souhaite que je le rappelle. Je suis à une centaine de mètres seulement. Je décide de m'y rendre.

Une fois sur place, je me présente à une vendeuse que je ne connais pas. Elle m'installe dans un petit salon à l'écart, m'indiquant que son collègue va me rejoindre. Il apparaît avec les alliances dans les mains.

— Elles sont arrivées ce matin, se réjouit-il. Monsieur Galary va-t-il se joindre à nous ?

Je n'ai pas le temps de répondre que sa collègue installe Dorian à mes côtés. Nos regards stupéfaits se croisent. Il a sans aucun doute reçu également un appel.

— Je vous laisse les essayer, nous dit le bijoutier en nous tirant de notre surprise. Qu'en pensez-vous ? Posez votre main sur la sienne. Vous verrez, c'est un ensemble parfait.

J'obéis au vendeur. Ma peau frôle celle de Dorian. Après quelques secondes à admirer les alliances si parfaitement coordonnées, je replie mes doigts entre les siens et il les sert comme pour s'y agripper. Je m'évertue à cacher mon émotion. Nous restons silencieux un moment, peut-être trop longtemps. Le bijoutier toussote afin de nous sortir de notre rêverie.

— Elles sont magnifiques, se reprend Dorian.

J'acquiesce.

Nous repartons aussi émus que gênés, perdus comme un plongeur en apnée, coincé entre ses poumons réclamant de l'oxygène et son cœur attiré par les profondeurs. Dorian tient fermement entre ses mains un écrin contenant nos deux anneaux côte à côte, sans savoir s'ils auront l'occasion d'en sortir. Malgré sa déception évidente, je quitte aussitôt les lieux. Cette journée a été trop forte en émotions pour moi. Ces deux rendez-vous de future mariée ne me facilitent pas la tâche.

Je conduis sans m'apercevoir de la route qui défile. J'entends mon téléphone sonner. Il est au fond de mon sac. Je cherche à l'attraper, mais n'y parviens pas. Sortie de mes pensées, je me concentre sur ma conduite. Mon téléphone sonne de nouveau. Je n'arrive pas à l'atteindre : mon sac est bien trop chargé de choses inutiles. Je n'ai aucune possibilité de m'arrêter. Je pense à Kimberley, certainement un problème sur un dossier. Je poursuis jusqu'au parking du bureau, j'irai la voir directement sur place en arrivant. Je n'ai pas le temps de me garer correctement que le téléphone sonne encore une fois. Agacée, je plonge les doigts dans mon bazar. Le sac dans une main, le téléphone dans l'autre, je décroche sans regarder l'identité de l'appelant.

— Allie ! Enfin, j'ai cru que je ne parviendrais jamais à te joindre !

— Claire ? Que se passe-t-il ?

— Il faut que tu ailles tout de suite à l'hôpital. C'est Monsieur, il a été hospitalisé en urgence.

— Quoi ? Qu'est-ce qui s'est passé ?

— Écoute, il vaudrait mieux que tu y ailles, je ne peux pas t'expliquer ça par téléphone.

— Dis-moi au moins comment il va ?

— Rassure-toi, ça va aller.

Je repars aussitôt. Pourquoi Claire n'a-t-elle rien voulu me dire ? Que s'est-il passé ? A-t-il eu un accident en rentrant de la bijouterie ? Ça ne peut-être que ça. Elle pense que ça va aller, mais qu'est-ce que ça signifie ? Est-il gravement blessé ? Est-il dans le coma ? J'accélère, tremblante. Je répète à voix haute « Dorian, j'arrive. Je t'aime et j'arrive ».

Juillet : tout feu, tout drame

Je m'impatiente devant les portes vitrées de l'hôpital, qui ne s'ouvrent pas assez vite à mon goût. Je me précipite à l'accueil, demande le service dans lequel se trouve Dorian. L'ascenseur est d'une lenteur atroce. Le bouton des étages s'allume avec paresse. Troisième étage, enfin. Les portes s'ouvrent, j'aperçois Claire et Hadrien au bout du couloir. Hadrien se dirige vers moi, le regard inquiet, les bras grand ouverts.

— Où est Dorian ?

— Le médecin est avec lui, nous devons attendre dehors.

— Qu'est-ce qui s'est passé ?

— On ne sait pas.

— Ça s'est passé où ? Il y a des témoins ?

— Au domaine. Non, c'est Claire qui a été alertée par le tapage.

— Comment ça ? Je ne comprends pas ? Comment a-t-il a pu avoir un accident au domaine ?

— Assieds-toi là. Nous allons t'expliquer.

Je m'installe sur l'une des chaises du couloir. Claire me retrace l'après-midi. Dorian est rentré assez perturbé. Il s'est enfermé dans son bureau. D'un seul coup, Claire a été surprise par un vacarme sans nom venant du petit salon. Elle a frappé à la porte, pas de réponse. Un ouragan ravageait tout sur son passage. Elle a entrouvert la porte et a vu les meubles sens dessus dessous, le bras de Monsieur en sang, et du verre incrusté dans les murs. Tout était cassé. Il ne s'arrêtait pas, il jetait tout ce qui lui passait sous la main. Elle a cherché à lui parler, mais il était comme ailleurs. Apeurée, elle a couru pour aller chercher les gardes. Ils ont eu du mal à le maîtriser pour le calmer. Claire a appelé les pompiers qui l'ont amené ici. Je suis abasourdie, j'ai cru à un accident de voiture. Je devrais être soulagée, mais je ne le suis pas. Le médecin sort de la chambre. Je me présente.

— Il a besoin de repos. Madame, vous pouvez entrer, mais quelques minutes, pas plus. Nous lui avons administré un tranquillisant. Il est éveillé, mais peut vous paraître confus, c'est normal. Il va rester ici plusieurs jours, ensuite il devrait pouvoir rentrer. Est-ce qu'il a subi un stress important ces derniers temps ou un traumatisme ?

— Oui, c'est une période délicate.

— Voilà, bon eh bien, rassurez-vous, il sera pris en charge ensuite.

J'entre dans la chambre doucement. Il semble endormi. Je m'approche du lit, passe ma main dans la sienne. Il ouvre à peine les yeux.

— Allie ? marmonne-t-il, visiblement bouleversé de me voir.

— Oui, c'est moi.

— C'était la dernière. Je suis désolé.

— Ce n'est rien, repose-toi, dis-je sans comprendre le sens de sa phrase.

Je m'assieds à côté du lit, sa main toujours dans la mienne. Je sens Dorian se détendre peu à peu, jusqu'à s'endormir. Je dépose un baiser sur son front puis sors de la pièce. Je rassure Hadrien et Claire, toujours présents dans le couloir. Ils repartent, me confiant Dorian. Contre l'avis du médecin, je retourne dans la chambre. Je reste sur cette chaise à le regarder dormir paisiblement. L'infirmière passe deux heures plus tard. Elle m'invite à rentrer chez moi, les visites sont terminées. Dorian dort toujours, je caresse ses cheveux et m'éclipse.

Je me dirige naturellement vers le château. Hadrien, Diana ainsi que le personnel sont dans le grand salon. L'air abattu, ils se redressent tous à mon arrivée, comme une lourde vague juste prête à s'échouer sur le sable. Je réponds à leurs questions sur l'état de Dorian et demande à Claire de m'accompagner au petit salon. Hadrien se joint à nous. Elle ouvre la porte pour me laisser découvrir l'ampleur des dégâts. Les verres et les bouteilles de whisky ont été fracassés sur les murs. Le sofa à l'opposé de la pièce est broyé. L'une des fenêtres est brisée. La bibliothèque est détruite et avec elle, la rose sous cloche qu'il m'avait offerte. Le sol est couvert de sang, d'éclats de verre et de pétales éparpillés. Je suis sidérée par le spectacle affligeant qui s'offre à moi. Comment a-t-il pu péter un plomb à ce point ? La voix de Claire me raconte une nouvelle fois ce qu'il s'est passé, mais je n'entends pas.

— Il s'est effondré quand les gardes l'ont enfin maîtrisé. Il était en larmes, Allie, en larmes. Je ne l'ai jamais vu comme ça. Le regard noir et des larmes qui coulaient.

Je récupère ma rose échouée sur le sol puis nous quittons la pièce. Je propose à tous ceux qui le souhaitent de dîner ensemble dans la cuisine. Ils sont inquiets. Je les aide à préparer quelque chose à manger pour nous remonter le moral. Je rassure les troupes avant que chacun ne parte. J'appelle Kimberley pour la prévenir des événements et lui demande de m'accorder une semaine d'absence. Je décide de rester sur place pour la nuit. Je passe devant le petit salon, pousse la porte avec appréhension. J'observe une nouvelle fois le désordre. Je récupère son téléphone que j'aperçois sous un amas de livres. L'écran a fait les frais de la colère de Dorian. Comme pour me sentir plus proche de lui, je me couche dans sa chambre, celle qui était la nôtre il y a encore quelques jours. Une fois installée, j'enfouis ma tête dans son oreiller. Mon cœur accélère comme je sens son odeur. Je peine à m'endormir, essayant de comprendre comment il a pu en arriver là. La lumière de son portable s'allume dans la pénombre. J'hésite puis le prends dans mes mains, une simple notification de rappel vient de s'afficher. Consciente de mon acte, je regarde les derniers messages. Je ne trouve que des échanges avec ses collègues, Claire, Hadrien, Laure ou moi. Je vais alors dans l'historique des appels. Le propriétaire de la salle que nous avons louée l'a contacté vers 17 heures. Dorian venait de rentrer de la bijouterie. L'appel a duré trois minutes. Je ne trouve aucun autre élément pouvant expliquer son état. J'espère qu'il ira mieux demain, j'aimerais comprendre.

Je me lève de bonne heure, me prépare et me rends à l'hôpital. Je suis aussi rassurée, que lui est étonné de me voir. Il semble épuisé, mais, assis, il profite d'une tasse de thé. Je n'ose pas lui poser toutes les questions qui me viennent à l'esprit par peur de le brusquer.

— Bonjour, Dorian.

— Bonjour, Allie, tu ne devrais pas être là, s'étonne-t-il.

— J'ai pris ma journée, ne t'en fais pas.

L'arrivée de l'infirmière interrompt sa réponse. Elle lui indique que l'équipe médicale arrive afin d'organiser son retour.

Sans m'adresser le moindre mot, il part prendre sa douche dès que l'infirmière s'éclipse, puis il délaisse la chemise de l'hôpital au profit des affaires que je lui ai apportées. Blessé au bras, je l'aide malgré son refus. Il passe un pyjama en soie qui remplace son costume habituel. Il se plie sans sourciller à ce changement que je lui impose. On ne passe pas sa journée dans un lit d'hôpital en costard trois-pièces. Il s'assied sur le fauteuil adjacent à son lit.

Je profite de son état d'éveil pour me risquer à quelques questions, d'abord sur comment il se sent. Puis je tente d'en savoir davantage.

— Je ne m'attendais pas à te voir à la bijouterie. J'ai même hésité à m'y rendre. Qu'allais-je faire de deux alliances qui ne serviront pas ? Je pensais simplement les récupérer et rentrer. J'ai eu une lueur d'espoir lorsque nous les avons essayées. Sentir ta main sur la mienne, c'était tellement apaisant. Te toucher m'avait terriblement manqué. Et puis, te voir repartir m'a troublé. Tu paraissais détachée. Je t'ai vue t'enfuir. Une fois au domaine, je suis allé mettre l'écrin dans mon coffre, à côté de ta bague de fiançailles. J'avais besoin d'un verre alors je me suis enfermé dans le petit salon. Mon téléphone a sonné, la salle que nous avions réservée a brûlé. Elle est partie en fumée, Allie. Il n'en reste presque plus rien. J'écoutais le propriétaire me détailler l'incendie, mais je n'avais qu'une seule pensée en tête : ce mariage n'aurait pas lieu ni en septembre ni jamais. Je crois que je n'ai même pas raccroché, j'ai projeté mon téléphone contre le mur. Je me suis retourné, j'ai vu la bouteille entamée et le verre sur le minibar, je les ai fait valser. Ensuite, je ne me souviens plus très bien. Tu vois, tu n'auras même pas à te justifier. Le mariage est définitivement annulé. Je savais que j'avais fait des erreurs. Je savais qu'il serait difficile pour toi de me pardonner. Je ne pensais pas que même l'Univers était contre moi. À croire que je n'ai pas le droit au bonheur.

— Je suis sincèrement désolée. Je ne pensais pas que ça prendrait cette tournure. Peut-être que l'on peut trouver une solution ? dis-je comme pour l'apaiser.

— À quoi ? Notre mariage ? Allie, sois réaliste un instant. Même s'il avait encore été question de ce mariage avant l'incendie, il est impossible de trouver une salle de cette envergure en moins de huit semaines. De toute façon, la question ne se pose pas, tu sais pertinemment que même sans ça, ce mariage n'était d'ores et déjà plus d'actualité.

Je baisse la tête, impuissante face cet homme désabusé.

— Je te remercie d'être venue, Allie, tu n'étais pas obligée. Je ne vais pas te retenir plus longtemps, je sais que tu as du travail. Je te souhaite d'être heureuse. Pense à moi parfois.

— Attends, qu'est-ce que tu entends par là ?

— C'était la dernière. Maintenant, il faut se rendre à l'évidence. Ça ne fonctionne pas entre nous.

— La dernière quoi ?

— La dernière chance. Claire te ramènera tes affaires restées au domaine.

C'est donc ça qu'il essayait de me faire comprendre hier. Son visage s'est assombri, son regard est vide. Je ne réponds pas. Il ne voudra pas m'entendre, quelle que soit ma réponse. Il tourne son visage vers la fenêtre, comme pour ne pas me voir partir. Dorian vient de m'offrir une porte de sortie en or. La salle est inutilisable, nous avons une excellente excuse pour annuler le mariage. Je n'aurai pas à porter le chapeau de celle qui part. Celle qui a osé rompre les fiançailles sur le parking de cette plage sur laquelle elle avait accepté de l'épouser, sept mois auparavant. Étourdie, je reprends mes esprits lorsque l'équipe médicale entre dans la chambre. Je me faufile entre les médecins et le mur, puis me dirige vers la porte. L'infirmière me rattrape avant que je ne m'en aille. Je baisse les yeux dans l'espoir de lui cacher mes yeux rouges.

— Le docteur aimerait que vous soyez présente pour entendre ce qu'il a à dire, chuchote-t-elle.

Piégée, je reste. Il prend de ses nouvelles et lui explique qu'il pourra rentrer le lendemain matin, mais uniquement sous certaines conditions qu'il devra respecter scrupuleusement, à commencer par du repos. Il sera suivi par un spécialiste qui décidera d'un traitement si nécessaire. Dorian acquiesce, docile.

— Vous avez plus que jamais besoin de votre entourage, laissez-les vous aider. Peut-être que votre compagne peut profiter de l'été pour prendre des congés si elle travaille.

— Ça ne sera pas nécessaire, répond-il, factuel.

— C'est déjà fait. Je serai présente à ses côtés, ne vous inquiétez pas.

Je lis la surprise dans les yeux de Dorian qui était convaincu que j'avais déserté les lieux.

— Alors, c'est parfait. Habituellement, nous ne faisons pas de réunion improvisée avec le patient, mais vous n'êtes pas n'importe quel patient, monsieur Galary. Je souhaitais vous y faire prendre part.

L'équipe médicale le salue et nous laisse seuls. Je devrais lui parler, mais aucun mot ne vient.

— Je n'ai pas besoin de ta pitié. Tu as bien mieux à faire que d'être au chevet d'un vieil aigri comme moi.

— Je ne vais nulle part. Tu as besoin que l'on prenne soin de toi. Je suis là pour ça.

— C'est terminé, Allie. Ce n'est plus à toi de prendre soin de moi. Tu peux partir.

— Non, Dorian, je reste.

— Alors, tu ne me laisses pas le choix. — Il marque une pause, relève la tête et me foudroie du regard. — C'est définitivement terminé entre nous. Je ne veux pas de ta présence ici ni au domaine. Sors de ma vie. Je ne peux pas faire plus limpide. Adieu, Allie.

Soufflée par la violence de ces propos, je m'approche doucement, pose ma main sur son bras, mais il ne réagit pas. Une larme coule sur ma joue comme je m'éloigne.

— Allie, est-ce que tout va bien ? m'interpelle Hadrien dans le hall de l'hôpital.

— Dorian ne veut plus me voir, il m'a quittée, dis-je encore sous le choc.

Je vois les yeux d'Hadrien s'écarquiller, il reste bouche bée alors que je fonds en larmes dans ses bras. Je prends une profonde inspiration, le remercie puis rejoins ma chambre d'hôtel. J'hésite à contacter Laure ou mes parents. Ils se montreront compréhensifs face à mon chagrin, mais seront soulagés de savoir que cette fois-ci, tout est réellement terminé. Je m'attends à des « on te l'avait bien dit », « ça ne pouvait pas marcher », « c'était voué à l'échec » et la dernière, mais non des moindres, « tu trouveras mieux ».

Le soleil se lève, je n'ai pas dormi de la nuit. Je me prépare, fais ma valise, paye ma facture d'hôtel et rends la clef. Je prends ma voiture, direction le domaine. Je dépose mes affaires au manoir puis accompagne James à l'hôpital. Je me dirige vers la chambre de Dorian. Je n'entre pas, le médecin est justement avec lui pour sa sortie. Dès qu'il a terminé, Dorian se relève, attrape son sac et m'aperçoit alors qu'il se retourne.

— Allie ? Qu'est-ce que tu fais ici ? proteste-t-il mécontent.

— Je te ramène à la maison.

Je lis la confusion sur son visage.

— Je pensais avoir été clair pourtant, s'étonne-t-il en me dépassant.

James prend son sac, Dorian le suit jusqu'à la limousine. Il s'installe à l'arrière en refermant aussitôt derrière lui. Je ne me dégonfle pas et monte à l'avant.

— James, faites descendre cette jeune femme.

— Veuillez m'excuser, Monsieur, mais je suis les ordres de votre médecin. Allie reste avec nous.

— Je vois.

Dorian part s'enfermer dès que nous arrivons au domaine. Il refuse la moindre visite. Jusqu'au lendemain soir, il n'ouvre qu'à son médecin traitant, et au spécialiste qui lui a été adressé. Ils lui apportent les plateaux-repas qu'il avait laissés à l'abandon dans le couloir. Je dors à l'étage. Je frappe régulièrement à la porte de son bureau pour lui dire quelques mots. Aucune réponse. Dorian se mure dans le silence. En accord avec les professionnels qui le suivent, nous convenons de mettre en place des mesures plus radicales s'il persiste.

Le jeudi, je décide d'insister. Il est temps qu'il sorte au moins pour prendre l'air. Je le menace de le faire interner s'il continue ainsi. Une heure plus tard, il s'évade enfin de son sanctuaire. Sans même nous adresser un regard, il franchit le hall d'entrée, descend les escaliers à toute vitesse avant de se précipiter vers les écuries. Millésime galope vers les jardins, emmenant Dorian avec lui. Ne le voyant pas revenir, je tourne en rond. Trois heures plus tard, le visage obstiné, il rentre enfin pour s'enfermer de nouveau. Lassée des trois derniers jours, je cherche une feinte pour qu'il m'ouvre. Ce mutisme m'exaspère ; s'il espère que je vais laisser tomber, il se trompe.

— Dorian, ton médecin arrive, dis-je à travers la porte.

Deux minutes plus tard, je toque à nouveau. Mon cœur bat à toute vitesse. Il ouvre, je m'engouffre aussitôt dans la pièce sans lui laisser la possibilité de réagir. J'y suis, il ne parviendra plus à se débarrasser de moi. Il comprend qu'il s'est fait berner.

— Dorian, que ce soit très clair entre nous. Je ne te laisserai pas tomber. Tant que tu seras cloîtré dans ta chambre ou dans ton bureau, j'y serai aussi. Tu as besoin que l'on t'accompagne.

Laisse-moi être ton amie. Et si je t'insupporte, dis-toi que plus vite tu seras remis sur pied, plus vite tu seras débarrassé de moi.

Il m'observe en silence. Sans que je puisse deviner la moindre réaction sur son visage, il part s'allonger sur son lit. Je m'assieds sur un fauteuil à proximité, un des livres de sa bibliothèque entre les mains. Une heure plus tard, Claire nous apporte nos repas. Je la remercie, déposant le tout sur le lit. J'invite Dorian à goûter ce qui lui a été concocté, lui rappelant que c'est la seule solution s'il souhaite me voir libérer les lieux. Il accepte d'avaler quelques bouchées, toujours sans m'adresser le moindre mot.

Je le laisse se préparer à aller dormir. Je poursuis ma lecture. Dès qu'il est endormi, j'adresse des messages à Claire et Hadrien pour les tenir informés de son état. Je décide de m'installer à ses côtés. Je ne parviens pas à fermer l'œil de la nuit. Nichée contre son dos, je profite de ces instants de proximité. Il se réveille dans mes bras. Je dépose un baiser sur sa joue avant de presser légèrement mon corps contre le sien. Je le libère, je ne veux pas sembler trop oppressante. Il n'a pas bougé. À ma grande surprise, il se montre plus réceptif en ce vendredi. Je reste sur mes gardes, m'attendant à une stratégie de sa part. Il accepte une promenade dans les jardins au cours de la matinée. Peu bavard, il répond à peine lorsque je lui parle. En milieu d'après-midi, je fais préparer les chevaux. Je ne suis pas rassurée, mais Dorian a besoin de se reconnecter avec la nature qui l'entoure. Il me sème dès le départ, lançant son cheval au galop. Il espère me voir faire demi-tour, mais je m'accroche. Agrippée aux rênes, je prie pour que Miss Wendy soit réceptive aux messages télépathiques que je lui envoie. Je rattrape Dorian à l'entrée d'une clairière. Miss Wendy s'arrête à proximité de Millésime ; mon regard croise celui de son cavalier.

— Tu es coriace, me lance-t-il.

— Et encore, tu n'as pas tout vu.

— Tu ne comptes pas abandonner, je suppose ?

— Non, j'ai eu un très bon maître, je sais comment m'y prendre.

Il descend de son cheval, l'attache non loin avant de m'inviter à faire de même. Il tient le licol de Miss Wendy pendant que je mets pied à terre. Les chevaux sécurisés, je l'accompagne.

— Allie, je te remercie d'être à mes côtés, mais ce n'est pas une bonne idée. J'ai besoin d'aller mieux. Te voir tous les jours ne me facilitera en aucun cas la tâche.

— Inutile d'essayer, je ne partirai pas. Tu as besoin de tes proches, de tes amis.

— Je ne veux pas que tu sois mon amie, Allie. Rien que cette idée me rend malade. Alors, je suis désolé, mais ce que je t'ai dit à l'hôpital est toujours d'actualité. Nous ne pouvons plus nous voir. C'est trop douloureux pour moi.

— Je comprends.

J'inspire profondément.

— C'est bien trop douloureux pour moi aussi. Pourtant, je vais rester. Je ne veux pas être ton amie, Dorian. Je veux bien plus que ça.

— Allie, me supplie-t-il, je ne supporterai pas de te voir partir une nouvelle fois. Je n'en ai plus la force.

— Alors, laisse-moi rester.

Il s'immobilise, se tourne vers moi, me prend les mains.

— Je ne suis pas certain que ce soit raisonnable. Nous ne sommes pas compatibles. Les derniers événements nous le prouvent. Finalement, peut-être que nous nous mentons à nous-mêmes. Nous étions les seuls à y croire, regarde où ça nous a menés. Si tu m'abandonnes dans six mois, un an, dix ans, j'en mourrai Allie. Je te l'assure, et tu ne veux pas de ma mort sur la conscience. Alors, s'il te plaît, accepte que ce soit la fin et que ce soit irrévocable cette fois-ci.

Je m'avance pour le prendre dans mes bras. Ce contact est peut-être le dernier et pourtant, je ne peux m'y résoudre. Nous retournons au manoir. Il accepte que je passe la nuit sur place. Je m'incruste de nouveau à ses côtés, surprise qu'il m'admette dans sa chambre. Comme la veille, j'attends qu'il s'endorme pour m'allonger à ses côtés. Intimidés par la situation, nous prenons le petit-déjeuner sur son lit, sans un bruit. Il est l'heure pour moi de partir. Il me raccompagne à la porte de son bureau et accepte une ultime étreinte. Des larmes coulent sur mon visage, je le sers du plus fort que je peux, comme pour imprimer les marques de son corps sur le mien. J'entends le cliquetis de la poignée sur laquelle il appuie. C'est le signal de mon départ. Bouleversée, je ne parviens pas à lever la tête dans sa direction pour voir son visage une dernière fois.

Je monte dans ma chambre récupérer mes affaires. Effondrée, j'embrasse chaleureusement Claire, Charles, James ainsi que tous les autres. Ils vont terriblement me manquer. Je monte dans ma voiture, démarre, passe les gardes que je salue. Je roule vers l'hôtel que j'occupais ces dernières semaines. Incapable de stopper le torrent qui coule sur mon visage, je suis contrainte de me garer sur le côté de la route à plusieurs reprises jusqu'à atteindre enfin le parking proche de l'hôtel. Mon corps tout entier tremble, je suffoque. Mon cœur meurt à chaque battement, je hurle de douleur, je frappe mon volant de toutes mes forces. Des passants m'observent, intrigués. J'ouvre la portière, descends, prends de nombreuses inspirations trop saccadées pour me soulager. J'essuie mes larmes, observe mon reflet dans la vitre, mes yeux sont gonflés et terriblement rouges. J'attrape mon sac, je suis incapable de marcher. Je souffre, immobile, comme paralysée, mes jambes ne me portent plus. Je m'assieds sur le siège avant, mes affaires sur les genoux, maintenues entre mes bras comme un doudou agrippé par un enfant. Je reprends mon souffle, les pose sur le siège passager, ferme ma portière et démarre. Cinquante minutes plus tard, j'arrive au domaine, les yeux brûlants. Je parcours le chemin effectué il y a deux heures. Je passe les gardes, arrête ma voiture au pied du grand escalier que je gravis deux marches à la fois. Claire s'approche, surprise de mon retour. Je lui demande de prévenir Dorian de l'arrivée de son médecin. Elle me confie qu'il est resté enfermé dans sa chambre depuis mon départ. Elle toque à la porte de son bureau.

— Monsieur, votre médecin est là.

— Je ne veux recevoir personne.

— Monsieur, excusez-moi, mais il insiste, il ne partira pas sans vous avoir au moins aperçu.

La poignée bouge, il entrouvre la porte d'une dizaine de centimètres sans même s'approcher. Je la pousse. Il me tourne le dos, je m'avance. J'entoure ses bras des miens avant de poser ma tête contre son épaule.

— Ma conscience préconise que nous ne soyons plus jamais séparés. Je sais qu'elle a raison.

— Allie… murmure-t-il, une lourde souffrance perceptible dans sa voix.

— Dorian, tu as toujours cru en nous, n'abandonne pas, pas maintenant. S'il te plaît, regarde-moi.

Doucement, il me fait face ; le bleu de ses yeux ressort encore davantage, entouré par ce rouge sang causé par le chagrin de nos adieux.

— Un jour, je t'ai demandé de me laisser guérir de toi. Aujourd'hui, je te demande de ne pas m'abandonner.

— Tu en es certaine ?

— Certaine. En plus, j'ai toujours eu envie de travailler dans un service de gériatrie, alors j'ai pensé que tu pourrais me servir d'expérience, voire me recommander dans le futur.

Il rit avant de me laisser l'embrasser. Il m'enlace pendant de longues minutes. Notre étreinte est savoureuse. Je me love contre lui, bien décidée à prendre soin de l'homme que j'aime.

Nous reprenons lentement nos esprits. Je demande à Claire restée à proximité de nous servir le déjeuner sur la terrasse. Elle acquiesce, un immense sourire aux lèvres.

Je suis consciente que Dorian a besoin de repos. Je m'adapte à son rythme. Le dimanche matin, je prépare tout de même quelques affaires et l'emmène prendre l'air sur *notre* plage, comme nous aimons l'appeler. Nous arrivons au B&B avant d'aller arpenter les rues main dans la main. J'aime ces journées ensoleillées, elles me reboostent. Je n'ai jamais aimé les canicules. Je préfère la brise d'une plage de Bretagne au soleil brûlant de la Côte d'Azur. Je suis faite pour cette douce chaleur qui me caresse la peau. Je dois quand même être honnête, j'aimerais pouvoir porter mes tenues achetées durant l'été passé avec Laure, il y a deux ans. L'Angleterre me permet d'éviter les coups de soleil. Pourtant, je ne serais pas contre quelques degrés de plus pour au moins profiter de mes petites robes. Je m'habitue de plus en plus aux températures d'ici, mais je ne sors jamais sans un gilet, et son meilleur ami le parapluie n'est jamais très loin. Un autre avantage à ces délicats rayons : les lunettes de soleil. Derrière elles, j'ai presque 26 ans, Dorian en a 42 ; pourtant nous pourrions bien en avoir tous les deux 35. Étrangement, les échanges avec ceux que nous croisons s'en trouvent simplifiés, ou peut-être est-ce juste mon imagination ?

Nous prenons notre temps : un verre en terrasse suivi d'un repas face à la mer. Ensuite nous nous éloignons de la ville pour une promenade dans les montagnes galloises aux alentours. À notre retour, nous passons nous rafraîchir au B&B, revêtons des vêtements plus élégants pour rejoindre notre restaurant habituel, celui que nous avons baptisé « la cerise ». Notre repas est délicieux, les lumières étincellent dans nos yeux, nos mains se quittent à peine dès que nos assiettes sont vides. Je retrouve ce sentiment de légèreté qui m'habite lorsqu'il n'y a pas un nuage entre nous. J'oublie les tumultes des dix-huit derniers mois. Le notaire, le mensonge sur l'appartement, le désaccord de mes parents, la demande en mariage ratée, les révélations de Kimberley sur le mariage de Suzanne et Dorian, les médisances de Mme Rushmore et des autres, le retour de Suzanne, la dispute, l'incendie, l'état de santé de Dorian et tous ces obstacles qui nous ont poursuivis. Nos têtes et nos cœurs se rejoignent à nouveau sur le même chemin. Nous avions besoin d'une pause seul à seul.

Nous finissons la soirée par une promenade pieds nus sur la plage, éclairés par les lumières de la ville. Je tiens le tissu de ma robe qui finit, malgré toutes mes précautions, par effleurer les vagues venues nous rejoindre du bout des lèvres. Je suis joyeuse : le champagne sûrement, ou bien le plaisir de profiter de mon anniversaire en présence de l'homme de ma vie, sans aucun doute. Dorian se détend peu à peu. Nous nous enlaçons avant de plaisanter, de nous courir après, de tomber sur le sable, de nous arroser. J'ai 15 ans, il en a tout juste 17, nous laissons notre insouciance prendre le dessus. J'aime voir le sourire de ce Dorian adolescent, ce sourire qui lui a été retiré trop tôt, trop brutalement. J'aime quand il apparaît. Je comprends qu'il ait pu se mettre dans un tel état il y a quelques jours. Cet ancien traumatisme a refait surface par le biais de cette pause dans notre couple, suivie par cette annulation de mariage imposée. En effet, il semblerait que l'Univers s'acharne. Ce soir, nous sommes prêts à nous battre contre les imprévus. Nous serons plus forts que le destin. Notre amour sera bien plus qu'un traitement pour panser des plaies ; il nous rend heureux avec ses imperfections comme avec ses moments suspendus. Quelle importance si demain arrive dans une heure ou jamais tant que nous sommes ensemble.

Cette belle soirée nous apporte sa fraîcheur estivale. Nous ne sommes pas les seuls à nous promener sur cette plage. D'autres couples, au loin, profitent du moment main dans la main, bercés par le bruit des vagues. Un groupe de jeunes installés sur le sable vit au rythme de quelques notes de musique, ponctuées de rires.

Le temps s'est arrêté une fois de plus ce soir. Je frissonne, Dorian me prend dans ses bras pour me réchauffer. Nous repartons vers la berge, blottis l'un contre l'autre. Ma robe restera peut-être marquée par l'écume, mais mon cœur, lui, restera marqué par ce souvenir tendre d'une soirée d'été parfaite.

Nous nous réveillons à la lueur du jour en ce lundi matin. Nous nous levons en douceur, avant de nous préparer pour aller profiter de notre petit-déjeuner anglais. Nous prenons le temps pour une promenade sur la côte. Le vent est frais. Nichée dans un petit pull, je me laisse guider sur ces falaises magnifiques. Le soleil est timide, le bleu du ciel se mélange au blanc d'une brume marine, des bateaux se dessinent sur un horizon flou. Ces couleurs délicates sont d'une beauté apaisante. Des moutons nous observent à distance, nous marchons sur ce sentier dont quelques cailloux ressortent de l'herbe verte suite au passage d'autres curieux avant nous. Le silence est total. Seul le souffle du vent caresse nos oreilles d'une musique envoûtante. Nous poursuivons notre pèlerinage. En communion avec la nature, nous nous sentons presque les intrus dans ce paysage divin. Nous rentrons le soir après avoir dîné de bonne heure. Dans la voiture, lorsque Dorian aborde l'annulation du mariage, je clos le sujet en lui répondant simplement que je m'en charge. Je veux qu'il se repose, qu'il décompresse. Il n'a pas besoin de ça. Pour la première fois de sa vie, il se laisse guider. Enfin apprivoisé, il s'en remet entièrement à moi. Au bout d'une vingtaine de miles, je l'observe s'endormir paisiblement sur le siège passager.

Dès le mardi, je reprends le travail. Contre l'avis de son médecin, Dorian reprend également. Il lui a promis de se ménager, mais un chef d'entreprise peut-il vraiment se ménager ? Je m'occupe de commander de nouveaux faire-part afin d'annoncer à nos cinq cents convives l'annulation du mariage, faute de salle. Je préviens les prestataires qui se montrent tous très compréhensifs.

Le dimanche suivant, et avec l'aide de Claire, j'organise un apéritif pour mes 26 ans, avec le personnel, Dorian, Hadrien et Diana. Dorian rayonne, rassurant sans même s'en rendre compte tous ceux qui se sont inquiétés pour lui. Le petit salon a été nettoyé, rangé, et sa décoration a été revue ; un nouveau sofa est venu remplacer l'ancien pour mon plus grand plaisir.

Notre vie est redevenue presque normale, l'organisation du mariage en moins. J'ai fait livrer les faire-part à mon travail. Je profite de mes pauses déjeuner pour les envoyer petit à petit. Quelle idée d'inviter autant de monde ! Une fois ce travail rébarbatif effectué, il ne me reste qu'une toute dernière tâche. Prévenir la mairie que nous n'aurons pas besoin de l'officier d'état civil ce jour-là. Je ne sais pas pourquoi, mais je repousse chaque jour l'appel fatidique.

Août : est fait de surprise

Dorian est assez fatigué depuis son *pétage* de plombs. Je veille à ce qu'il n'en fasse pas trop. Il joue le jeu ou du moins, fait semblant. Il est suivi de près par son médecin. Avec l'aide de son psychologue, il travaille sur des blessures profondes. Même si Dorian se montre sceptique, cet accompagnement est bénéfique. Il a subi une intense période de cauchemars lors des premières séances. Revivre ces expériences est éprouvant, mais ô combien nécessaire. Au château, nous vivons au gré des courants. Nous endurons, moi la première, les effets de cette thérapie. Parfois léger, Dorian est souriant. Parfois sombre, il glace du regard quiconque ose lui adresser la parole. Pour vivre d'amour et d'eau fraîche, il faut réussir à faire fondre l'Iceberg. C'est un travail de longue haleine ; pour autant, je ne baisse pas les bras.

Avec Kimberley, nous commençons à sentir l'intensité du travail s'amoindrir au bureau. Il nous reste encore des mariages de grande envergure à orchestrer en août comme en septembre. Le plus conséquent est passé pour cette saison. J'en profite pour limiter les heures en soirée. Je rentre presque chaque jour à l'heure prévue, me permettant ainsi de prendre soin de Dorian. Je l'invite à m'accompagner pour une promenade dans les jardins, nous sortons au restaurant ou au théâtre. Je ne veux pas être celle qui le maintient debout, mais il est hors de question que je le laisse s'effondrer. Au lieu d'être une béquille, je préfère me considérer comme la main qui l'accompagne. Je sais qu'il sera toujours là pour moi lorsque j'en aurai besoin. Il me paraît évident d'être là pour lui. La pression, qui a été intense au niveau professionnel de son côté ces derniers mois, diminue avec la période de vacances qui s'installe. Je tente de le convaincre de prendre quelques jours de repos comme tous les ans en août, mais il refuse. Pourquoi être en congé alors que je travaille ? Il ne cesse de me répéter qu'il va bien. Je ne peux pas le contredire, il est indéniable qu'il semble aller bien. Il est vraiment plus sensible qu'il ne le laisse entrevoir, mais il n'en reste pas moins fort. Voir cet homme inébranlable prendre parfois l'eau au profit d'une certaine vulnérabilité, le rend d'autant plus charmant.

Ce matin, nous sommes le 10 août. Dorian est tendu. Nous aurions dû nous marier dans un mois jour pour jour. Notre calendrier Google nous l'a gentiment rappelé dès notre réveil. Quelle andouille ! J'ai pensé à presque tout, sauf à supprimer l'événement de nos agendas respectifs. J'imagine déjà une journée maussade. Je devrais nous prévoir un week-end ensemble. Je ne peux pas l'emmener sur notre plage, je ne ferais que remuer le couteau dans la plaie. Je dois trouver un endroit agréable où nous pourrions oublier ce que nous aurions dû faire le 10 septembre prochain.

Je quitte Dorian pour me rendre au bureau. J'aurais aimé rester aujourd'hui. Je le sens au plus bas. Je sais que dès qu'il sera plongé dans son travail, il oubliera au moins un peu. J'ai pour habitude d'utiliser cette heure de route pour organiser ma journée. Aujourd'hui, je suis pensive.

Kimberley m'accueille avec un grand sourire. L'un des tout premiers devis que j'ai proposés seule à un couple de clients est signé. Ils acceptent ma proposition. Elle est fière de mon travail. Cette bonne nouvelle me redonne le sourire. C'est un dossier important pour moi. Kimberley a jusqu'ici toujours géré les prospects. Perdre un contrat parce qu'elle le confie à sa stagiaire est un risque trop important pour son entreprise. Pourtant, il y a plusieurs semaines, elle était en rendez-vous à l'extérieur lorsque j'ai eu la visite d'un couple de futurs mariés. Je leur avais d'abord proposé qu'elle les rappelle. Devant leur insistance, je les avais écoutés avant de leur notifier un devis à venir.

Kimberley m'avait alors laissé établir le document seule. Si c'est moi qu'ils avaient rencontrée et qui les avais conseillés, elle estimait normal que je m'exerce à finaliser la signature avec eux. Elle avait soigneusement vérifié le devis que je leur proposais puis devait me confier le dossier de A à Z si signature. Elle a apporté des pâtisseries pour fêter cela ce matin et me promet une coupe de champagne dans l'après-midi. Cette réussite me met du baume au cœur. C'est exactement ce dont j'avais besoin. À l'heure du thé, elle tient sa promesse et sort deux coupes de champagne.

— Félicitations pour ton mariage !

Ces mots me frappent de plein fouet. Elle ne l'a pas fait exprès. Elle aurait pu porter un toast à ma maison, à ma voiture. Nous ne sommes ni dans l'immobilier ni dans la concession automobile. Nous organisons des mariages. Je trinque avec elle, un sourire de façade aux lèvres. La légèreté de la journée suite à cette bonne nouvelle s'envole. Les deux dernières heures me paraissent une éternité. Je me sauve du bureau dès que 17 heures s'affiche.

Je roule, pressée de prendre Dorian dans mes bras. Je le retrouve dans le petit salon, un verre de whisky à la main, impatient lui aussi de me prendre dans ses bras. Nous passons la soirée blottis l'un contre l'autre. Nous ressemblons à deux amants au coin du feu, la cheminée en moins, la chaleur d'août en plus.

Une fois couché, Dorian se tourne dans tous les sens avant de réussir à s'endormir. Impossible pour moi de le rejoindre aux pays des rêves. Vers 4 heures du matin, je me lève d'un bond. Je viens d'avoir une idée grandiose. Le jour prévu initialement pour notre mariage sera un jour de fête. Je ne vais pas organiser un week-end en amoureux, mais une surprise, ici, au domaine. J'écris toutes mes idées sur papier immédiatement. Le temps imparti va être juste, mais je suis confiante. Cette fois-ci, je vais trier les invités sur le volet. Il est impossible d'avoir cinq cents personnes ici, et même si c'était le cas, je n'en ai pas du tout envie. Ce jour-là sera rempli de joie et de rires. Je refuse de passer une journée triste et sans goût. Notre salle a brûlé, certes. Peut-être que l'Univers tout entier est contre nous, admettons. Nous aurions sûrement annulé le mariage même sans cet impondérable. Ce n'est pas une raison pour se morfondre pendant tout un week-end.

Pour que tout soit parfait et surtout prêt dans les temps, je vais avoir besoin d'aide. Il faut aussi que la surprise soit totale, alors j'ai besoin d'un complice. Dès le lendemain, je donne rendez-vous en fin de journée à mes futurs bras droits.

Je me gare sur le parking du pub avec Claire. J'aperçois la voiture de Kimberley qui arrive juste derrière nous. Je la remercie d'avoir fait le déplacement puis nous entrons. Hadrien nous attend, assis sur une banquette en velours. Nous nous installons, commandons, et devant leur impatience, je leur explique mon projet. Ils acceptent tous les trois de contribuer à ma surprise. Nous repartons, chacun en charge de différentes missions. J'appelle Laure dès le lendemain midi pour lui exposer mon plan. Malgré ses réticences, elle m'assure qu'elle sera présente.

Dix jours plus tard, après ma journée au bureau, j'ai rendez-vous pour le dernier essayage de robe. Je n'ose annoncer la nouvelle à la vendeuse. Devant son insistance pour savoir si la situation s'est arrangée depuis mes larmes la dernière fois, je n'ai pas d'autre choix que de lui avouer l'annulation du mariage. Elle s'étonne de ma présence. La facture étant payée, je ne souhaitais pas lui laisser la robe. Elle me propose de revenir lorsque nous serons prêts afin qu'elle puisse faire des retouches si besoin. La robe soigneusement emballée dans sa housse, je lui demande de me remettre également le costume de marié de Dorian. Je m'échappe, les bras chargés. Mon émotion est palpable. Mes mains tremblent sur le volant.

Je croise Dorian à mon retour. Il m'aide à leur trouver une place dans le dressing. Il m'enlace tendrement une fois ces tenues rangées. C'est pitoyable une robe de mariée sans mariage. Sur un coup de tête, nous abandonnons le domaine, une petite valise à la main. Nous sommes samedi soir, nous avons deux jours pour nous aérer l'esprit. Dorian roule sans but ou presque. Il s'arrête au pied d'un palace. Il m'invite à patienter quelques instants dans sa Porsche. Lorsqu'il me rejoint, le vent vient jouer dans ses cheveux bruns. Le soleil l'éblouit, me faisant fondre devant son charme.

— Nous n'avons plus qu'à nous installer, se réjouit-il.

Je découvre un environnement luxueux. Nous ne quittons pas ce nid avant le lundi. Nous avons tout ce dont nous pourrions rêver sur place : salon de massage, jacuzzi, spa, hammam, sauna, piscine, terrasse privée, restaurant gastronomique. Une musique douce caresse nos oreilles où que nous soyons. Je suis ravie d'avoir opté pour une fête au domaine dans trois semaines plutôt que d'organiser un week-end en amoureux. Dorian a mis la barre très haut, je n'aurais jamais trouvé mieux. Le hall, les couloirs, le bar et le restaurant, sont décorés avec élégance dans une ambiance tamisée. Les tables sont dissimulées derrière des plantes et des paravents magnifiques. L'intimité de chaque client est respectée dans ce paradis qui accueille des personnalités du monde entier. Il est temps pour nous d'aller de l'avant. Après la cohue des semaines passées, nous n'avons pas abordé à nouveau le sujet de notre dispute. Le moment est venu de mettre cartes sur table. C'est Dorian qui lance la discussion à l'apéritif.

— Je voulais m'excuser, Allie. J'ai vraiment été incorrect avec toi ce fameux dimanche où tu es partie. Ce n'était pas mon intention.

— Je le sais. Je m'excuse également. Nous étions tous les deux sous pression au travail, sous pression pour notre mariage. Je regrette de t'avoir rendu la bague sur un coup de tête sur ce parking. J'avais besoin d'appuyer sur le bouton *pause* quelques jours.

— Je regrette que nous ayons dû annuler notre mariage. Pourtant, je crois que c'était la meilleure chose à faire. Je ne t'ai pas écoutée. Tu n'étais pas prête. J'irais même plus loin : notre couple n'était pas prêt. Je suis prêt, tu le sais, mais un mariage ne se construit pas seul. J'ai oublié dans ma précipitation que ça ne signifiait pas juste l'organisation préalable et se dire *oui* le jour J. Un mariage, c'est ce qui vient ensuite. C'est la vie de tous les jours. C'est l'amour, les joies, mais aussi les soucis, la fatigue, la pression professionnelle. Ce sont toutes ces choses qui peuvent rendre le quotidien difficile malgré les sentiments. Or, c'est à tout ça que, toi, tu pensais. Je ne te presserai plus. Je suis toujours aussi certain de vouloir faire ma vie et fonder une famille, avec toi. Laissons faire, prenons le temps d'être prêts, ensemble. Qu'en penses-tu ?

— Tu as raison. Il y a presque un an, tu me disais que c'est moi qui, un jour, te supplierais de m'épouser. Qui sait ?

Nous rions, les yeux dans les yeux. Bien plus amoureux l'un de l'autre à chaque instant qui passe.

— Hadrien avait préparé une sortie entre hommes le matin du mariage. Il insiste pour que nous y allions malgré tout. Je n'ai pas envie, j'aimerais rester à tes côtés ce jour-là.

— Tu devrais y aller, d'autant plus que Claire m'a aussi parlé d'une sortie shopping pour me changer les idées. Nous nous retrouverons le soir, ne t'inquiète pas. J'ai demandé à Kimberley de garder malgré tout les congés qu'elle m'avait accordés. Nous aurons le reste du week-end pour nous.

— Très bien, tu vas me manquer pendant ces longues heures.

Je souris en lui prenant la main posée sur la nappe. J'espère que ma surprise lui plaira. L'angoisse du jour qui approche s'est transformée en hâte de voir sa réaction. Je n'en peux plus d'attendre que ces trois semaines défilent enfin.

Septembre : de pétales et d'eau fraîche

C'est enfin le jour J. Hadrien, complice, vient chercher Dorian tôt dans la matinée. Peu enclin à se prêter au jeu, Dorian a finalement accepté devant l'insistance de son ami. Après tout, une bonne séance de golf lui permettra d'oublier qu'il devait se marier aujourd'hui.

16 h 30 : les premiers véhicules roulent sous mes fenêtres et sont guidés dans le garage qui leur est réservé afin de ne pas être visibles. Tous les invités sont conviés à patienter dans le grand salon avec petits fours et champagne. Je me suis installée dans mon ancienne chambre pour me préparer. Je suis terriblement anxieuse. J'espère que tout se déroulera comme prévu. 17 h 00 : Claire me rejoint, elle est aussi angoissée que moi. Les invités sont tous arrivés et vont bientôt être amenés sur la terrasse. 17 h 15 : Hadrien passe les grilles avec Dorian, Claire les accueille et explique à Dorian qu'une petite surprise l'attend, et qu'il a besoin de revêtir le smoking qu'elle a préparé dans sa chambre.

17 h 50 : Claire vient me chercher. Les convives sont prêts, Dorian également. Les couloirs sont silencieux. Tout le monde est à l'extérieur avec ordre d'y rester. Je descends l'escalier, les jambes tremblantes. Habituée au tissu léger et fluide d'une tenue de soirée, ma main soulève avec précaution cette robe féérique. J'avance dans le couloir jusqu'à la salle de réception ; les tables sont dressées, de magnifiques roses blanches sous cloche ornent les centres de chacune d'entre elles. Des tentures blanches sont

suspendues au plafond. Elles partent des quatre coins de la salle et se rejoignent autour du somptueux lustre. Nous avons également installé deux chevalets géants sur lesquels sont affichés le menu et un joli portrait de Dorian et moi. Je suis très satisfaite du choix des chaises en bois blanc : les dossiers sont sculptés en forme de rose, et seule l'assise en velours est de couleur rouge. Toute l'équipe a travaillé à merveille durant les courtes heures que nous avions à disposition. Mon cœur bat la chamade, des bouffées de chaleur m'envahissent. 17 h 55 : mon reflet ivoire se dessine sur la baie vitrée qui me sépare des personnes présentes. Mon père me rejoint. C'est l'heure.

— Tu es éblouissante, s'émerveille-t-il en me tendant le bras.

— Merci, papa.

— Tu es prête ma puce ?

— Allons-y.

L'aiguille glisse sur 18 h 00 lorsque nous quittons la pièce. Nous nous dirigeons doucement vers la terrasse. J'aperçois les invités assis face à l'arche fleurie de roses blanches. Je pose un pied sur l'allée centrale habillée d'un tapis rouge décoré de roses blanches cousues en son centre. Je sens une agitation dans l'assemblée.

Claire donne le signal pour que l'orchestre commence à jouer la version instrumentale de *Glitter in the Air* de Pink. Dès que la mélodie retentit, mes jambes se mettent à trembler de plus belle. Le moment du premier pas vers Dorian est arrivé, je suis légèrement déséquilibrée, mais le soutien sans faille de mon père me rend plus forte. Nous voici sur la terrasse, les invités se lèvent lorsque j'apparais. J'entends des murmures de surprise et d'admiration. Dorian, à l'extrémité de l'allée, me fait face, bouleversé. Je reprends progressivement le dessus sur mes émotions, avançant un pas devant l'autre, guidée par la musique, mon regard plongé dans le sien. Nous voilà très proches. Mon père dépose ma main dans celle d'un Dorian abasourdi, avant de m'embrasser sur la joue et rejoindre ma mère. Je me tourne vers Dorian presque timidement, me noyant aussitôt dans ce bleu fascinant, encore plus troublant grâce à l'émotion qui l'habite.

Face à nous, l'officier d'état civil commence la cérémonie. Submergée par des sentiments variés et intenses, j'écoute les paroles de cette femme, mais n'entends aucun autre son que le battement de mon cœur. Enfin, elle nous invite à échanger nos vœux, Dorian improvise.

— J'ai su que tu étais celle que je cherchais le jour où je t'ai vue entrer dans mon bureau. Ce jour-là, j'attendais une employée, j'ai trouvé une âme sœur. Depuis ce jeudi 28 février 2013, j'ai été impatient de vivre cet instant à tes côtés. Je n'avais nul doute que tu étais celle qui me rendrait heureux, j'avais simplement besoin de le comprendre avant de te convaincre que je saurais te rendre heureuse. Je m'y efforcerai chaque minute de ce moment et jusqu'au jour de ma mort, même au-delà si cela m'est possible. Allie, je t'aime comme jamais je n'ai aimé, aujourd'hui et bien plus chaque jour.

— Dorian, nous avons connu la tentation puis le remords, le coup de foudre et l'orage, la confiance et le mensonge, le bonheur et la peine, la certitude et les doutes, et même le feu et les flammes. Nous avons tenté coûte que coûte de rester sur le même chemin, d'éviter tous les obstacles qui s'y trouvaient, nous avons peu à peu surmonté nos difficultés. Si nous sommes ici, aujourd'hui, c'est à la force de notre amour. Je suis prête à relever tous les défis qui nous attendent parce que je sais d'où nous venons et que le plus beau reste à venir. Je t'aime Dorian, aujourd'hui et bien plus chaque jour.

— Très bien, avant de procéder à l'échange des consentements, je vais inviter quiconque souhaiterait s'opposer à ce mariage à parler maintenant ou à se taire à jamais.

À ces mots, mon cœur s'emballe. Je pense à mes parents qui, malgré leur présence, ont déjà clairement exprimé leur opinion que ce mariage, en plus d'être précipité, leur semble voué à l'échec de par nos différences. Je pense à Mme Rushmore et à ses accusations « infidèle un jour, infidèle toujours ». Elle ne fait pas partie des invités, mais combien de ceux présents aujourd'hui pensent comme elle ? Combien d'entre eux pensent que c'est un mariage d'intérêt, que je ne suis qu'une « viande fraîche attirée par l'argent » comme j'ai pu les entendre dire il y a trois ans de cela ? Je pense à Suzanne, absente aujourd'hui, mais qui un jour s'est imaginée à ma place. Je pense à Kimberley qui est persuadée que Dorian est incapable de stabilité amoureuse. Je pense à Carole, assise à quelques chaises de là. Ce premier amour dont Dorian a eu tant de mal à guérir. Celle qui aurait dû devenir Mme Dorian Galary et qui est devenue Mme Edward Galary. Je pense même à Laure, enthousiaste, émerveillée par ce conte de fées lorsqu'elle a rencontré Dorian pour la première fois, mais qui ne s'est pas cachée de ses doutes sur la longévité de notre couple. J'entends un murmure qui monte dans l'assemblée, j'aperçois des regards qui s'échangent. J'ai planifié le mariage surprise parfait, je n'avais pas pensé que tout pouvait s'effondrer en un instant. Le plus beau jour de notre vie est entre les mains de nos invités, je sens mon cœur écrasé par toutes ces mains médisantes. Chaque murmure, chaque bruit de chaise qui bouge, le broie un peu plus. Ces quelques secondes me paraissent interminables, soumises au bon vouloir de nos soi-disant amis. Je suis tellement à bout de souffle que je sursaute lorsque l'officier d'état civil reprend la parole.

— Parfait ! Monsieur Dorian Henry Galary, acceptez-vous de prendre pour épouse mademoiselle Alice Émélia Delonnay ?

— Je le veux.

— Mademoiselle Alice Emélia Delonnay, souhaitez-vous prendre pour époux monsieur Dorian Henry Galary ?

— Je le veux.

— Les alliances, s'il vous plaît ?

Hadrien lui tend l'écrin. Dorian glisse délicatement l'alliance à mon doigt, puis tremblante, c'est à mon tour de mettre l'anneau autour du sien. Nos mains se resserrent l'une sur l'autre, liées à jamais.

— Vous pouvez embrasser la mariée.

Il s'approche, lève mon visage vers le sien pour plonger son regard dans le mien. Je lis dans ses yeux un bonheur immense juste avant qu'il ne m'embrasse. Pendant ce baiser, j'entends les applaudissements des convives et découvre avec émerveillement les bulles de savon qui volent tout autour de nous lorsque je reprends mes esprits.

— Je vous aime, Mrs[43] Galary.

— Je pense que tu peux me tutoyer maintenant.

— J'y penserai. Tu sais, tout ce que tu as dit tout à l'heure, ça en valait la peine. Je revivrais tout à l'identique si c'est ce qui nous a permis d'être ici aujourd'hui.

— Moi aussi, sans hésitation.

Laure nous saute dessus, totalement survoltée.

— Alors Dorian, pas trop surpris ? Il est trop génial ce manoir ! Votre déco est juste splendide ! Et toi, tu es somptueuse ! Dorian, tu as intérêt à la rendre heureuse, sinon tu auras affaire à moi, le menace-t-elle sur le ton de l'humour, même si je vois dans son regard qu'elle est sincère.

---

[43] « Madame » en anglais

— Merci ma poulette, d'avoir accepté d'être là.

— Je suis ton témoin, c'est normal. Je suis là pour toi et je serai toujours là pour toi quoi qu'il arrive, me glisse-t-elle à l'oreille en me prenant dans ses bras.

Le message de Laure est limpide : elle ne croit pas une seconde à ce mariage. Je feins de ne pas avoir lu entre les lignes, mais là encore, elle sait que j'ai compris. Nous sommes pris d'assaut par nos invités armés de leurs coupes de champagne, qui se pressent pour nous féliciter. Tous devaient s'attendre à une soirée triste en remplacement d'un mariage annulé à peine deux mois auparavant. Ils s'amusent de la surprise, moquant Dorian de n'avoir rien vu venir dans ses propres murs.

Le soleil nous fait cadeau de sa présence, rendant cette journée sublime. Le photographe en profite pour nous créer des souvenirs inoubliables avec nos proches. Mes parents émus nous étreignent chaleureusement. Dorian est certainement très loin d'être le gendre qu'ils imaginaient avoir un jour, mais je lis un bonheur sincère sur leur visage. Mes amis sont hystériques de vivre une telle expérience : le château, le mariage, des invités de marque. Leur présence me fait énormément de bien dans ce paysage mondain et me ramène à l'essentiel : l'amour ainsi que le soutien de mes proches.

Après l'apéritif, il est l'heure de passer à table. Je remarque sur un guéridon de bois ma rose rouge sous une cloche neuve. Claire l'a fait réparer après la colère de Dorian. Hadrien puis mes parents entament chacun un discours, suivis de Laure qui a révisé au mieux son anglais. Je lis l'émotion sur les visages lors des trois premiers puis une réaction légèrement amusée voire presque choquée pour celui de mon témoin. Laure est fidèle à elle-même et surtout, à un discours digne d'une étudiante qui s'adresse à une autre. Elle a fait fi de l'opinion que pourraient avoir les personnes présentes. À l'aide de photos ainsi que de vidéos, elle passe en revue nos souvenirs, m'obligeant à la nostalgie puis soudain aux rires, aux larmes ou, avouons-le, à la gêne. Je lui saute au cou lorsque la dernière image se fige. Je suis touchée par cette note de naturel qui me ressemble tant, même si je suis légèrement embarrassée que toutes ces personnes m'aient découverte par ces images. Je ne suis pas mécontente du mélange des genres de cette soirée, oscillant entre la spontanéité de mes amis et l'attitude guindée du reste de la salle. À ma grande surprise, Dorian se lève également pour la remercier avec sincérité.

— Tu n'as pas honte de ta femme ? dis-je à Dorian dans le creux de son oreille.

— Au contraire, j'aurais aimé en voir plus. Tu es pleine de surprises, sourit-il.

— Certains ont dû être choqués.

— Aujourd'hui, je n'ai d'yeux que pour toi, je n'ai même pas vu que nous n'étions pas seuls.

— Tu es un beau parleur, mais c'est mignon.

Le repas avance, le traiteur a fait un travail remarquable, les compliments pleuvent. Les desserts sont apportés, nous nous plaçons derrière eux, une coupe à la main, puis prenons la pose devant les appareils. Chacun se régale de ces somptueux gâteaux alors que le champagne coule à flots.

Il est bientôt temps de se lancer dans notre ouverture de bal et je sens le stress m'envahir de nouveau. Le grand lustre s'éteint, la salle se plonge dans une lumière tamisée grâce aux candélabres installés pour l'occasion. Dans un murmure, les invités se positionnent en arc de cercle aux extrémités de la pièce.

Les premières notes résonnent, Dorian se lève, m'invite à danser d'un regard et d'une main tendue. J'y dépose la mienne puis me laisse guider au centre de la piste. Il place ma seconde main sur son épaule et dépose la sienne sur ma hanche. Nous

nous laissons diriger par le rythme de la mélodie. La voix nous emmène sur les mots de Josef Salvat, *Diamonds*.

« When you hold me, I'm alive, we're like diamonds in the sky. I knew that we'd become one right away. Oh, right away[44]… »

Je me noie dans son regard. J'oublie quel jour nous sommes, l'heure qu'il est et jusqu'à la présence de toutes ces personnes. Ma main lâche la sienne pour m'approcher davantage, collant mon torse au sien, au diable la bienséance. Mes bras autour de son cou, je dépose mon front contre sa joue, les yeux fermés, sentant les battements de nos cœurs qui se synchronisent. Je comprends à cet instant que c'est ce que dorénavant nous serons : deux cœurs qui battent en harmonie, inséparables l'un de l'autre.

La chanson se termine tandis que les applaudissements retentissent. L'orchestre se met en place avant de poursuivre sur une deuxième chanson. La piste de danse se remplit. Je reste un moment dans cet état second, blottie dans les bras de Dorian. Je refuse de laisser la réalité nous rejoindre. Immobile, il me sert contre lui, ému par ma réaction. Du bout de ses doigts, il relève mon menton, m'observe un instant les yeux dans les yeux avant de déposer ses lèvres sur les miennes. Ce baiser paisible nous isole du rythme de la musique ; au beau milieu de ces danseurs en cadence, notre monde s'est arrêté. Dorian pose son front contre le mien avant de prendre ma main pour m'entraîner vers la terrasse. Il passe sa veste sur mes épaules. Silencieux, nous

---

[44] « Lorsque tu me serres dans tes bras, je suis vivant, nous sommes comme des diamants dans le ciel. J'ai immédiatement su que nous ne ferions qu'un. Oh, immédiatement… »

restons un instant à notre endroit préféré, les jardins dans la pénombre comme seuls témoins.

— Merci, murmure-t-il.

— Merci ?

— Pour cette extraordinaire surprise. Tu n'auras pas à le regretter.

— Tu devrais attendre avant de me remercier. Je vais peut-être te faire vivre un enfer.

— J'ai toujours su que le diable était une femme, rit-il.

Je lui raconte comment Hadrien, Claire, Kimberley et moi, avons organisé ce mariage surprise à la dernière minute. Les prestataires que j'avais annulés depuis peu étaient ravis que je les recontacte. En contemplant les fleurs blanches du jardin qui illuminent la nuit, nous profitons de ce court instant de complicité, loin de l'effervescence de la journée, avant de nous mêler de nouveau aux invités. Dorian m'accompagne sur la piste de danse, mais sans grande surprise cède volontiers sa place à Laure lorsqu'elle me rejoint. Encouragées par l'orchestre, nous nous lançons déchaînées dans une chorégraphie improvisée. Nous rions, heureuses de nous retrouver après ces cinq mois éloignées l'une de l'autre. Notre bonne humeur est communicative, l'ambiance est bonne, chacun se détend au fur et à mesure des heures qui avancent. La fin de soirée approche, les convives nous félicitent à nouveau au moment de leur départ. Seuls les membres du personnel, les proches de Dorian et mes invités, installés au domaine pour la nuit, sont encore avec nous.

Accompagnés de ceux dont la présence était essentielle auprès de nous aujourd'hui, nous terminons ce jour si précieux, une coupe de champagne à la main. Alors qu'il est l'heure d'aller se coucher, chacun rejoint sa chambre. Dorian et moi restons seuls dans cette grande pièce bien vide après tant d'animation. Main dans la main, nous prenons quelques secondes pour imprimer dans nos mémoires cette journée qui marquera à jamais nos vies. D'humeur romantique, il me porte jusqu'à notre chambre où il me dépose délicatement sur le lit. Un seau rempli d'une bouteille, ainsi que des pétales de roses rouges et blanches disposés sur le couvre-lit, nous y attendent. Nous sourions, surpris de l'attention de Claire à notre égard, mais, fatigués, nous laissons la bouteille intacte. Tristes de quitter nos habits de bal à jamais, nous accompagnons le geste de caresses afin de nous rendre la tâche plus facile. Alors que le domaine dort, dans l'intimité la plus douce, nous nous aimons d'un accord parfait.

Nous passons le dimanche avec nos proches avant leur départ dans l'après-midi. Lundi matin, nous paressons sous les draps, dans les bras l'un de l'autre. Complices, nous nageons dans un bonheur immense.

— Je regrette de t'avoir fait subir autant de choses lorsque j'avais des incertitudes sur notre mariage. Je suis si heureuse d'être à tes côtés aujourd'hui. Comment ai-je pu seulement en douter ?

— Au contraire, je suis heureux que tu les aies eues. Je te sens sereine. Peut-être que si tu n'avais pas répondu à toutes les questions que tu te posais à ce moment-là, tu les aurais maintenant.

— Peut-être. Tu as raison, je me sens sereine. Je t'aime comme jamais je ne t'ai aimé et j'ai la sensation que ce sentiment peut encore s'intensifier au fil du temps.

— Alors, je suis le plus heureux des hommes et le serai un peu plus chaque jour passé à tes côtés.

Il était une fois...

Septembre se termine et avec lui, mon stage s'achève aussi. Octobre débute par deux jours que nous passons en France dans notre appartement pour la soutenance de mon mémoire. L'automne nous emmène vers notre voyage de noces de trois semaines. Hadrien et Diana ne partiront finalement pas à notre place. À la surprise de Dorian, j'avais souhaité retourner au même endroit que l'année passée. Le calme des vagues, avec le bleu du ciel et de la mer à perte de vue, m'a manqué. Nous étions comme seuls au monde dans ce lieu paradisiaque. Je rêve à ressentir cette sensation, bien plus que lors de notre premier séjour.

Le voyage me paraît long, mais je l'oublie aussitôt les pieds posés sur le sable chaud. Nos vacances se passent à merveille, même si nous connaissons maintenant cette île par cœur. Nous profitons d'un moment hors du temps, loin des médisances, des tumultes et des tempêtes dont nous avons été victimes.

Début novembre, je commence mon contrat aux côtés de Kimberley. Il y a un mois, j'étais Allie petite étudiante stagiaire ; me voici Mrs Galary, officiellement embauchée. Les semaines défilent à toute vitesse, notre vie de jeunes mariés nous rend heureux. Nous passons les fêtes de Noël en France auprès de mes parents. Je sens toujours une gêne entre eux même s'ils apprécient Dorian. Il leur est difficile de comprendre qu'il est mon mari dorénavant.

Pour le Nouvel An, nous retournons au domaine. Laure et certains de mes amis sont présents. Kimberley est là également.

Les minutes défilent, nous rapprochant progressivement de l'heure fatidique. Elles nous entraînent petit à petit vers une année qui sera, je le sais, inoubliable.

— Passe une excellente année 2017, Allie. 2016 a été pleine d'émotions. 2017 viendra nous combler, j'en suis certain. Je t'aime bien plus chaque jour, me déclare-t-il en m'entourant de ses bras.

— 2017 nous comblera, j'en suis certaine également. L'un de tes rêves devrait se réaliser plus rapidement que tu ne pourrais l'espérer.

— Qu'est-ce que tu sous-entends ?

Je dépose sa main sur mon ventre, le sourire aux lèvres.

— J'ai fait un test ce matin. Il est positif.

Ses yeux brillent soudainement d'un éclat encore méconnu. Il me prend dans ses bras, incapable de parler et submergé par l'émotion. Nous restons discrets pour garder ce secret bien caché entre nos deux corps unis par cette étreinte.

— Je t'aime Dorian, bien plus chaque jour.

Une fois de plus, son contact me réconforte. Oui, nous sommes un très jeune couple avec tellement de différences, mais y a-t-il vraiment une règle à respecter en ce qui concerne l'amour ? Le plus important de tout n'est-il pas simplement de s'aimer ? Dans ses bras, je mesure la grandeur de l'expérience que nous nous apprêtons à vivre. Malgré l'appréhension, je suis rassurée de la vivre avec lui. Ce soir, je n'ai aucun doute : il est le père que je veux pour mes enfants.

***

En ce premier janvier 2017, nous sommes allongés l'un contre l'autre, son torse contre mon dos, sa main délicatement posée sur mon ventre. Nous sommes convaincus de la sincérité réciproque de nos sentiments. Nous nous sentons invincibles. Les sceptiques attendent certainement dans l'ombre, mais leurs voix ne nous atteignent plus. Ce soir, pour protéger notre couple, et par prolongement, notre famille à venir, nous fermons définitivement nos oreilles à ces attaques. Nous n'avons plus rien à leur prouver. Mon cœur a subi bien des bouleversements ces derniers mois, mais tous m'ont conduit vers Dorian malgré les détours. Bien sûr, il y aura encore des doutes, des peurs, peut-être même des peines ; pourtant, rien ne sera insurmontable tant que nous marcherons côte à côte. Je le sens comblé par les cadeaux que la vie lui a faits, n'oubliant pas son passé, mais l'acceptant bien davantage. Il a enfin droit à sa part de bonheur. Je tourne légèrement mon visage vers le sien pour déposer un baiser sur ses lèvres. Il s'endort, blotti contre moi. Dorian est heureux, apaisé, à sa place.

Si seulement l'Univers approuvait notre amour…

Chers lecteurs,

Maintenant, c'est à vous de jouer : laissez un commentaire sur Amazon et/ou sur ma page Facebook pour que ce roman continue de vivre et parte à la rencontre de nombreux lecteurs.

Vous l'aurez compris, ce roman est autoédité. Sans vous, il n'existe pas. Avec vous, il vit. Avec votre aide, il prend son envol.
Un commentaire c'est à peine quelques minutes de votre temps, la satisfaction d'avoir votre avis sur mes écrits, et la possibilité pour Allie et Dorian de divertir d'autres lecteurs.

Alors, n'hésitez plus et commentez !

Vous pouvez visiter mon site internet et vous inscrire à la newsletter afin de recevoir l'actualité de mes romans à paraître, et plein d'autres surprises. : www.juliebaggio.fr
Me suivre via mes pages :
Facebook : Julie Baggio
Et Instagram : juliebaggioromance

Je vous remercie infiniment de faire partie de ce rêve. Nous nous retrouverons bientôt au détour du dernier volet de cette trilogie…

Julie Baggio

Dépôt légal : décembre 2020

Made in the USA
Columbia, SC
06 January 2021

30408643R00198